須藤古都離

講談社

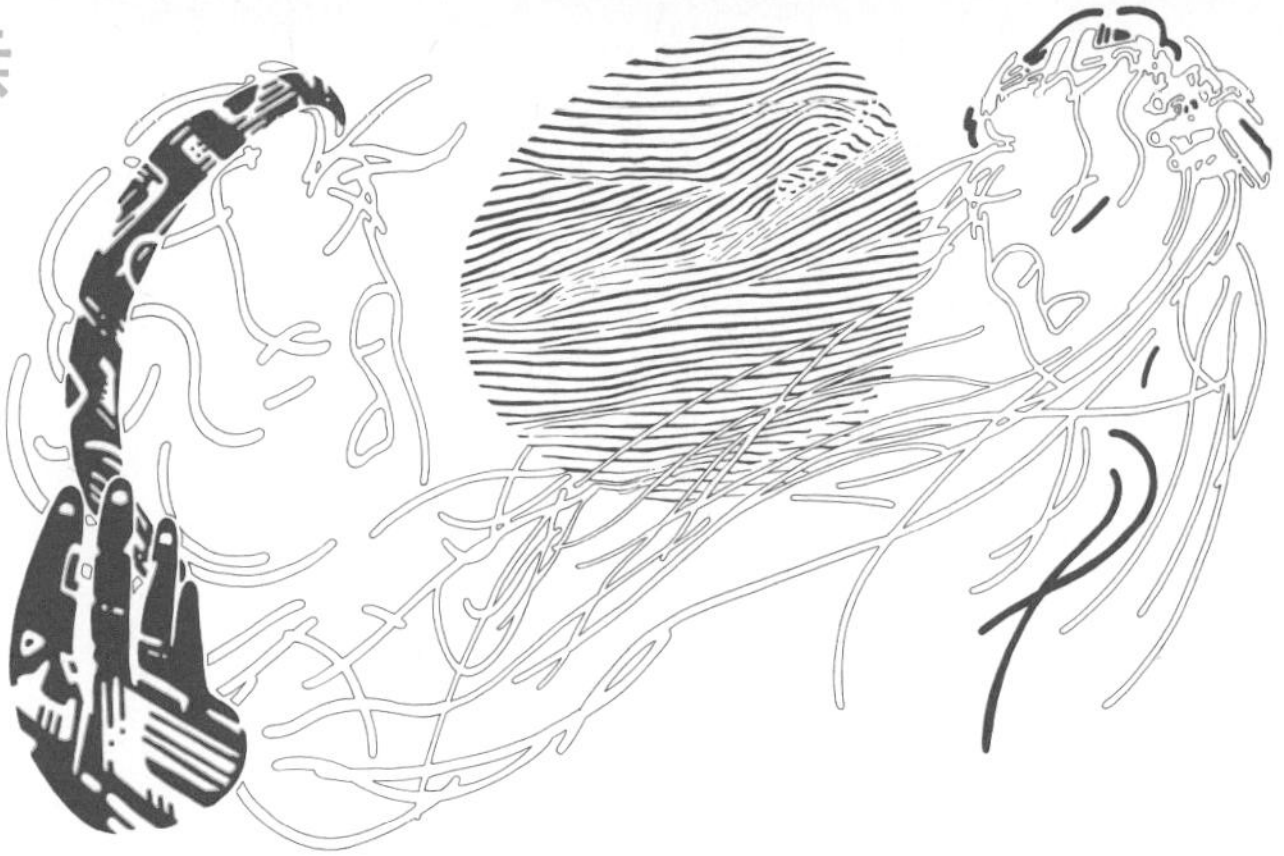

無限の月

目次

無限の月

月があかるすぎるまぼろしをすする

種田山頭火

私は一人だった。
死ぬまでずっと一人なのだろうと思っていた。
いつからか、あなたが私のもとへ来るようになった。
夢を見る時、私たちは一緒だった。
目を覚ませば、また一人になってしまう。
それでも、あなたがまた来てくれると分かっているだけで、私は満ち足りていた。

1 満月

町の写真を撮りたいって人がいるから案内してやってくれ。周《ジョウ》じいさんにそう言われた時に、徐《シュー》春洋《チュンヤン》は楽な仕事だと思った。こんな辺鄙《へんぴ》な町まで来て何の写真を撮るのかと、気にはなった。観光名所も、豊かな自然もない。広い中国の、どこにでもある普通の田舎町《いなかまち》だからだ。周じいさんの話では、カメラマンはオランダだかスイスだか、とにかくヨーロッパから来た外国人だということだった。だから町で一番英語が上手だと思われている徐春洋に依頼が来たのだ。もともと内装業を生業《なりわい》にしていたのだが、今では何でも屋のようになってしまっている。頼まれれば、観光客の相手でもなんでもする。

丁寧に接すれば、いくらかギャラも弾んでくれるだろう。そう思った徐春洋はカメラマンが町に着く前に、近所をドライブして景色が綺麗《きれい》な場所を探しておこうと思った。だが、どれだけ写真撮影にいいスポットを探そうとしても、この町にそんなものは無い。ささやかな花畑ならあるが、そんなものは世界中のどこにでもあるだろう。

中国の田舎の写真を撮りたいのなら、もっと伝統的な暮らしを営む場所なんていくらでもある。このあたりは都会から離れてはいるが、農家はそれなりに稼いでいることもあって、伝統的な暮らしなんて残っていない。経済的な発展に取り残されたわけではないが、無個性で中途半端《ちゅうとはんぱ》な土地だ。わざわざここまで来るカメラマンのことを考えると、一、二時間かけてドライブして周辺の観光地を案内することになるかもしれない。

そんなことを数日間考えていた徐春洋だったが、バス停で待ち合わせたカメラマンと話をしてみると、全《すべ》て杞憂《きゆう》だったことが分かった。カメラマンは、この何もない町を撮りたかったらしい。二年前に中国を旅した時にこの町の景色に惚《ほ》れ込《こ》んで、次はここで撮影をすると決めていたようだ。

何がカメラマンを魅了したのか、徐春洋には全く分からなかった。そんな価値のある光景があるとは、徐春洋にはとても思えなかった。

徐春洋はグレゴリーと名乗った赤毛の大男を助手席に乗せ、車を走らせた。すると彼はまるで子供のように窓に顔を貼《は》り付《つ》けて、感嘆の声をあげた。

「何がそんなに面白いんだ?」やたらと興奮しているカメラマンを訝《いぶか》しんで訊《たず》ねた。自分に見えない何かが見えているのだろうか?

「家ですよ。どの家も素晴らしい。こんなに面白い家は世界中探してもないです!」

徐春洋は窓の外を見た。見えるのは何の面白みもない、普通の家ばかりだ。

とはいえ、面白みがないのは外見だけだ。この町の家を知り尽くしている徐春洋はそのことを知っていたが、彼にそのことが分かるはずがない。

「家が素晴らしい？　そうなのか？　ちょっと分からないな」

「よく分かりますよ。大体そういうものです」彼は人懐《ひとなつ》っこい笑顔で答えた。

「長く住んでいる人は、その場所の良さに気付くのが難しいものです。旅人の目でしか見えないものというのはどこにでもあります。この町の家の写真を撮ったら絶対に楽しいと、この二年間ずっと思ってました。今、またここに来て、その思いは確信になりました。きっと面白い写真が撮れますよ」

「やっぱり分からないな。ここの家は君の目にはどう映ってるんだ？」

「じゃあ、ちょっと車を止めてもらえますか？　僕もここから撮影してみたいですし」グレゴリーはそう言いながら、すでにカメラをカバーから出していた。

車を路肩に止め、少し高い位置から馴染《なじ》み深い町並みを見下ろした。

「いいですね、この角度。思い描いていた通りの構図です」グレゴリーがファインダーを覗《のぞ》きながら言った。

「まず誤解してほしくないんですが、僕がこれから言うことは、この町やここに暮らす人を馬鹿《ばか》にしたり、下に見たりしているってことではないんです」彼は丁寧に話した。興味本位で写真を撮ることの暴力性を自覚している者の言葉だった。

「僕がこの町の家を見た時、そこにあるのは家という機能ではなく、家という概念のように見えるんです。これだと分かりづらいですね。普通、家というのは歴史的な流れの中で人が居住する場なので、文化的な文脈があります。様式というか、そこにはどうしてもある種の息遣い、統一感、もしくは人の営みが生み出す重みがあります」

徐春洋は彼の言葉を聞いていたが、どうも要領を得なかった。

「ですが、ここの家はそういった伝統や歴史から切り離されて、突然ポンポンと建てられたような軽さがあるんです。なんといったらいいか、家主がそれぞれに建てたい家を好きなように建てたんでしょうね。どの家も驚くほど個性的なんですが、どれも、なんというか、子供の絵本に描いてあるお城みたいに見えるんですよね」

絵本のお城と聞いて、徐春洋は堪《たま》らずに声を出して大笑いした。

「本当だ、絵本のお城みたいだ！」

どの家も毎日見ている、というよりもどの家の住人とも付き合いがあるのだが、そんなことは言われるまで気が付かなかった。

畑や水田が広がる中に、ポツンポツンと建つ大きな家々はお城のように見えた。それも重厚な様式のものではなく、借り物のデザインのように粗雑だった。経済的な豊かさを手にした農村で、新しい家を建てることになった時に中国的なデザインは好まれなかった。お城のような派手で西洋的なデザインは、豊かさの象徴のように思えたのかもしれない。

先ほど彼が言っていた、伝統や歴史から切り離された家、というのはとても正しい表現のように思えた。

「分かってくれましたか？　ちょっと待っててください。今、試してみますから」

グレゴリーはしばらく写真撮影をした。ガードレールにカメラを置いてみたり、いろいろなアングルから撮ってみたり。徐春洋はスマホでネットを見ながら時間をつぶした。

「ちょっと見てみますか？」

彼が撮影した家の写真は驚くほど現実離れしていた。

「なんだこれ、ミニチュアみたいだ」

すぐそこにある家のはずなのに、ディスプレイに表示されている家は玩具《おもちゃ》のように見えた。小さくて軽いものにしか見えない。面白いと思う反面、どこか不気味だった。

「そうなんですよ。逆チルト撮影といって、昔からある撮影技法なんです」グレゴリーが嬉《うれ》しそうに語りだした。

「人が小さいものを見る時の焦点の当て方を、カメラで再現した撮り方なんです。普通の町並みを撮っても面白いんですが、ここの家はそもそも絵本のような外観なので、この技法を使うとまるでドールハウスみたいですよね」

「本当に、まるで人形の家みたいだな」徐春洋はカメラのディスプレイと、すぐ目の前にある現実の家を見比べた。

「黄《ホアン》さんのところは小さい女の子がいるから、この写真を見せたら気に入るかもな」

「知り合いなんですか？」

「もちろん。この町の人は全員知ってるよ。俺は内装業をやってるもんでね。内装といっても本当はネット回線や通信の部分がメインなんだが、頼まれればなんでもやる。どの家もお客さんだし、家族ぐるみの付き合いだ。まぁ、小さい町なんてどこもそんなもんだな」

「良かったら、その家族と話せますか？　できれば、家の外観だけでなく、そこに住んでいる人たちにも焦点を当てたいんですよね」

「いいよ、誰でも紹介してあげられるよ。きっとみんな喜ぶんじゃないかな。この町が魅力的だなんて、海外の人から言われたら、みんな協力してくれるはずだよ。食事にも誘われるんじゃないか？」

徐春洋の予想は当たっていた。黄さんの家まで車で行くと、家族そろって嬉しそうにグレゴリーの写真を眺《なが》めた。

「このお家《うち》の玩具が欲しい」とまだ六歳の女の子が言うと、みんなで笑った。

家族写真を撮りたいとグレゴリーが言うと、近所に遊びに行っていた祖父母も呼んできて、家族五人が笑顔で家の前に並んだ。彼が撮った写真は黄さん一家の幸せを余すところなく写し取った。

グレゴリーと徐春洋は黄さん一家の夕飯に招かれた。まだ夕飯には早い時間だったが、黄さんが持ってきた酒を庭で楽しんでいるうちに、すぐに日が暮れ始めた。

「しかし、カメラってのは見たまんまのものを撮るものだとばかり思ってたね。こんなに現実離れしたものが写るとは面白いね」

白酒《バイジウ》をグイッと飲むと、黄さんがグレゴリーの肩を叩《たた》いて言った。徐春洋はそれをグレゴリーに訳して伝える。

「見たまんま、というのは現実そのものではありません。それは人の目が世界をそう見ているというだけなので。他《ほか》の動物の目からは違う世界が見えます。例えば魚眼レンズというのは水中で魚が上を見た時にこう見えるだろうという想像から作られたレンズです」

徐春洋は彼の説明を聞いて深く納得した。さすがプロのカメラマンは、カメラについて語れば面白いことを言うものだ。

「なんだなんだ、宴会するなんて俺は聞いてないぞ？」

徐春洋が後ろを振り返ると、すぐ近くまで王《ワン》さん夫婦が来ていた。

「おお、王さん。いいところに来たな！　お客さんが来たから、歓迎会を始めたところさ。あんたも交ざっていくかい？」

「すまんが明日も早いからね。どうせ飲み始めたら朝まで帰してくれないだろ？」

「そんなことないさ。奥さんが残ってくれるなら、あんたはいらないから帰してやるよ」黄さんは大声で笑った。

「黄さん、もうすっかりでき上がってるじゃないか。まったく、まだ夕方だってのに」王力洪《ワンリーホン》は呆《あき》れたように言った。

「グレゴリー、いいモデルが来てくれたぞ。この町一番の美男美女夫婦だ」徐春洋が一声かけると、彼は嬉しそうにすぐにカメラを手にした。

「美男美女だなんて、そんなことないですよ」王さんの奥さんが照れくさそうに英語で応《こた》えた。

「英語ができるんですね」グレゴリーが嬉しそうに言うと、「少しだけです」奥さんは謙遜《けんそん》した。

「何だって？」英語が分からない王力洪は、奥さんの隣で少し不機嫌そうだった。

「町一番の美男美女夫婦だって言ったんだよ」

「この田舎町で一番？　そんなこと言われたって嬉しくないね」王力洪は鼻で笑った。

「何言ってんだよ。美人の奥さんをもらってから、いつもニヤニヤしっぱなしじゃないか。羨《うらや》ましいね。いいから飲めよ！」黄さんは大声で騒いだ。

グレゴリーが王さん夫婦の写真を撮ろうとカメラを向けると、それに気付いた奥さんが咄嗟《とっさ》に顔の向きを変えた。その一瞬の動きの意味をグレゴリーは即座に理解した。顔の右側を撮って欲しくないのだろう。もう辺りも少しずつ暗くなってきていたのでグレゴリーは気が付かなかったが、ほくろか痣《あざ》か、何か気に入らないものがあるのだろう。グレゴリーは奥さんの顔の映りに気を付けながら、黄さんと話す王さん夫婦の写真を少し離れて何枚か撮った。その場でディスプレイを確認するグレゴリーの後ろから、徐春洋も写真を覗き見た。

楽し気な宴《うたげ》の一枚。農村の団欒《だんらん》の一場面。どの写真を見ても、みんなの表情は明るく、嬉しそうだ。

その中に、一枚だけ不穏なものがあった。

奥さんが英語で話しているのに、何を話しているか分からず困惑している王力洪。自分の妻を睨《にら》むような彼の視線の鋭さは、困惑というよりも怒りに近いかもしれない。奥さんはその表情に気が付いたのか、怯《おび》えているようにも見えた。

次の写真の中の二人は笑顔だった。一瞬、表情が固まっただけだったのだろうか。そこになんの意味もないはずだ。

だが、なぜかその一枚の写真が、他の多くの写真よりも徐春洋に大きな印象を残した。

王さん夫婦はグレゴリーの写真を見て嬉しそうに笑いあった。少しだけ宴に交ざったが、十分もしないうちに帰って行った。

家の中に入って夕飯を食べているうちに、辺りは暗くなってしまった。夜景の中の家も撮りたいとグレゴリーが言うので、少し空気がひんやりとしてきた外にみんなで出た。

グレゴリーは家の真正面に三脚を立ててカメラを構えたが、少し頭をひねった。

「明かりは一階だけの方が綺麗に見えるかもしれませんね。もし面倒でなければ二階と三階の明かりを消していただけますか？」

グレゴリーが申し訳なさそうに言う。徐春洋が黄さんにそれを伝えると、黄さんはグレゴリーをチラッと見て微笑《ほほえ》んだ。

「もちろん、問題ないよ」黄さんはそう言うと、ポケットからスマホを取り出して少し操作した。すると次の瞬間に、二階と三階の明かりは消えた。

「驚きました。スマホで操作できるようになってるんですね」グレゴリーは大げさに驚いて見せ、黄さんは嬉しそうに笑った。

「ここは田舎だけど、いい技術者がいるからね。最初は騙《だま》されたかと思ったが、意外と便利なもんだよ」

「失礼なことを言いますね。黄さんが最新の技術を試したいって言ったんじゃないですか」徐春洋が言い返した。

「この辺は田舎だけど、みんな新しいもの好きだからね。どの家もスマホで家電が操作できるようになってる」徐春洋は自分の仕事を自信満々に語った。

グレゴリーがその後に撮った写真は、今まで以上に芸術的なものだった。夜の闇《やみ》に覆《おお》われる家と、家族の温かな団欒が対比的に見えるようだった。

その日から三週間かけて、町の全ての家とその住人を撮ると、グレゴリーは町の住人に惜しまれながらオランダに帰ることになった。

グレゴリーの帰国当日はちょうど九月の満月の日だった。高速道路を走る車窓から、大きな月が見えた。グレゴリーを空港まで送る車の中で、中秋の満月が中国人にとって大事なのだということを徐春洋は話した。

「そうでしたか、そんなことを知らずに撮影の予定を組んでました。今度は満月に合わせて予定を組むことにします」グレゴリーは悔《くや》しそうに言った。

空港から帰ってくると、徐春洋はそのままベッドに倒れこんだ。すでに夜も遅くなっていた。シャワーを浴びようかと一瞬悩んだが、ベッドの柔らかさに体が馴染んでしまうと、立ち上がるのは面倒だった。徐春洋はスマホを操作して、家の戸締りを確認すると、電気を消した。

徐春洋はすぐに深い眠りについたが、残念なことに長くは続かなかった。

突然家中の明かりが一斉に点《つ》いたのだ。

それだけではなく、テレビが勝手に大音量で映像を流し始め、パソコンのスタート画面が立ち上がった。エアコンが冷房で部屋を急速に冷やし始めた。洗濯機がガランガランと回り始めて、徐春洋は驚いて目を覚ました。

「クソ、何なんだよ」

帰って来た時の薄着のままで寝ていた徐春洋はまずエアコンを止めて、それから騒音を立てているテレビと洗濯機を止めた。システムの誤作動、というレベルの問題ではなさそうだ。

どうやら、家のシステムがハッキングされたらしい。何の目的だか分からないが、愉快犯だろうか。だとしたら、まずはパソコンをネットワークから切り離さないといけない。徐春洋は寝ぼけ眼でパソコンに向かった。

画面を見て、心臓が止まりそうになった。

ノートアプリが立ち上がっていた。そこには恐ろしいメッセージが繰り返されていた。

〈助けてくれ、警察に連絡　助けてくれ、警察に連絡　助けてくれ、警察に連絡　助けてくれ、警察に連絡　助けてくれ、警察に連絡　助けてくれ、警察に連絡　助けてくれ、警察に連絡……〉

画面を見ている間にも、そのメッセージは止まることなく繰り返されている。

徐春洋は一瞬躊躇《ためら》ったが、それが偽のメッセージである可能性を考慮して、パソコンのネットワークを切断した。もちろん、それで文面は止まった。

「何だったんだよ……」

全ての異常が終わったかと思った瞬間、隣の家から同じようにテレビの騒音が聞こえてきた。隣の家も同じようなハッキングの被害に遭ったのだろうと、窓の外を見て、徐春洋は自分の目を疑った。町の半分の家も同じように明かりが点いており、電化製品が誤作動を起こしているようだった。

高台の上にある徐春洋の家からは、自分がネットワークを構築した家がことごとく被害に遭っているのが見えた。これから苦情の嵐《あらし》がくるのだろうと思うと、眩暈《めまい》がした。小さい町では信用が何よりも大事だ。こんな騒動を起こして、自分が糾弾されることがあったら、引っ越すほかない。

なんとしても、この騒動を起こした犯人を捜さないと、全部自分のせいにされてしまう。そう思った徐春洋は不思議なことに気が付いた。

どうやらハッキングされているのは町の半分だけのようだ。理由は分からないが、黄さんの家から先はまだ電気が点いていない。つまりハッキングされていない。

「どういうことだ?」徐春洋は目を細めて町を眺めた。何か理由があるはずだ。

考え込んだ次の瞬間、黄さんの家から先も同じように家の明かりが点いていった。それも、移動するように順番に電気が点いていくのだ。

「あそこにいるのか! 畜生、捕まえてやるぞ」

徐春洋は薄着のまま家を出て車に飛び乗った。家の前の車止めから、大通りに出るとすぐにアクセルをべた踏みした。黄さんの家の前に信号があることを徐春洋は思い出した。犯人は車に乗って移動しているに違いない。近くの家のネットワークに侵入しては、機器を弄《いじ》り回《まわ》しているのだ。

徐春洋は窓から見た場所まで向かう途中、犯人を見つけてどうするつもりなのか考えた。弱そうな相手だったら、殴りかかればいい。だが、武器を持っていたり、複数だったりした場合はどうする？

警察を呼ぶしかない。そう思った時に、先ほどのメッセージを思い出した。誰がどうやったのか知らないが、ハッキングした相手も警察を呼ぶように言っていたのだ。被害者を惑わすためのメッセージだと徐春洋は判断した。だが、もしあれが本当に必要な伝言だったらどうする？

このハッカーは、望んで町を混乱に陥れたわけではないのかもしれない。何か恐ろしい事件に巻き込まれた被害者で、本当に助けを求めているのかもしれない。

いずれにしても、なにをどうすべきなのか徐春洋には分からなかった。分からないまま、車を飛ばして、異常の原因に近づこうとしていた。

走りながら、フロントガラス越しに町の光景を確認する。まだ少し距離があるが、徐春洋の車は突然点灯する現象に近づきつつあった。ハッカーはまだ同じようにメッセージを送り続けているようだった。

真夜中ではあるが、通りを走る車がないわけではなかった。徐春洋はやっと移動する光の近くまで来た。

今、同じ信号で止まっている車の中のどれかにハッカーが乗っているのは確かだ。だが、怪しい車は五台もある。どれがハッカーを乗せた車なのか、判断が付かなかった。その五台すべてを無理やり止めることも難しいし、止めたところでハッキングの証拠をつかむことは困難だろう。

信号が青に変わり、車が一斉に動き出すと、やはり周りの家の電気が点いた。ハッカーがこの五台の中にいるのは間違いない。だが、一緒に走る以外にどうすることも考えつかない。やがて、車の一団は高速道路の入り口まで来た。二台は北に向かう方面に、残り三台は逆方向に車を進めた。

「畜生！」徐春洋は仕方なく車を路肩に止めた。もうどうすることもできない。

何がなんだか分からないが、とにかく警察に電話するべきだ。

そう思って、徐春洋はスマホをポケットから取り出すと、すでに着信履歴が十件以上残っていた。これから夜通し、町中のネットワークを確認させられることになるかもしれない。思わずため息が漏れた。

犯人を捕まえたらぶっ殺してやる。徐春洋は仕方なく町に帰ることにした。

車をUターンさせると道路の遥《はる》か上に、不気味に青白く輝く満月が見えた。

2　新月

あなたと一緒にいる夢をみた。私たちはいつもの川沿いの道を、たわいのない話をしながら歩いている。

大切なものに触れるみたいに優しく、あなたは私の手を握っていた。夕焼けが綺麗で、私たちは足を止めた。

この素敵な一瞬をいつまでも覚えていたくて、私は夕焼けの写真を撮ろうとする。

夕焼けなんていつでも見られるじゃないか、とあなたは笑った。

私が覚えていたいのは夕焼けなんかじゃないのに、あなたにはそれが分からない。

秋が終わってしまうような、そんな風が吹いた後、あなたはいなくなってしまった。

私はベッドに横になっていた。窓の外に綺麗な夕焼けが見えた。

点滴がぽつりぽつりと滴《したた》り落《お》ちる。ゆっくり一滴ずつ落ちる様子は、なぜだか悲しい。

丸い雫《しずく》が、しとしとと降り続ける秋の雨を思い出させるからだろうか。

そっと近づいてきた看護師が私の点滴の様子を見て、プラスチックの弁を操作する。

ゆっくりと落ちていた点滴が、だんだん速く落ちるようになっていく。

雫のリズムを見ているうちに、私の呼吸や鼓動がそれに合わせて速くなるような気がして、胸が苦しい。

せわしなく動く看護師たちの足音と、同じ病室にいる他人のうめき声が聞こえる。

私は泣いていた。

冬が近づいていた。

◯

「聡美《さとみ》さ〜ん、本当に無事でよかったです〜」

同僚の石井真里菜《いしいまりな》は緊張した面持ちで病室に入ってきたが、一番奥のベッドにいる私を見るなり、顔を綻《ほころ》ばせた。四人部屋であることに気づかずに、真里菜は部屋の入り口で大声を出す。私は慌ててピンと立てた人差し指を唇《くちびる》に当て、静かにするよう身振りで示した。真里菜は私を見て、謝るように軽く会釈をした。

やはりカーテンを閉めておくべきだった。先ほど看護師が血圧を測った際に、カーテンを閉め忘れて出て行った。私としては窓から外を見ていたかったので、そのままにしていたのだが、その結果が真里菜の大声である。新卒で入社して何年も経《た》つというのに、いまだに世間知らずというか落ち着きのない子だ。その代わりに不思議な愛嬌《あいきょう》があって憎めない後輩でもある。

「もう大丈夫なんですか？　どこか痛いところはないですか？」真里菜は壁に立てかけてあった小さなパイプ椅子《いす》をベッドの隣に置き、浅く腰かけた。雨で少し濡《ぬ》れたトレンチコートを脱ぐと、椅子の背にかけた。

「痛み止めが効いてるから、今は大丈夫。でも薬が切れると、腰と左足がひどく痛むの」

「でも、本当にそれだけで済んで良かったですよ。だって、聡美さんったら、私の目の前で階段から落ちちゃうんですもん。『あ、これ、死んだな』って思いましたよ。私だってかなり酔ってたんですから、ちゃんと救急車が呼べて、本当に良かったですよ。今、思い出しても怖《こわ》くて鳥肌立っちゃうくらい。ほら、見えます？　ほら、ここと か」

真里菜はひらひらしたシャツの袖《そで》を捲《まく》って、自分の二の腕を私の前に差し出した。分かった、分かったと私は頷《うなず》いて、真里菜の腕をしまわせた。やることなすこと子供みたいな真里菜だが、変な気遣《きづか》いがないから、かえって付き合いやすい。

「真里菜ちゃん、本当にごめんね。変な時に付き合わせちゃって」

「いえいえ。逆にもし聡美さんが一人で飲んでたら、助からなかったかもしれないじゃないですか。一緒でよかったです。それに、普段飲まない聡美さんがいっぱい飲むから、私も楽しかったですよ。あんなに酔った聡美さんなんて初めてでしたし。聡美さん、酔うとめっちゃ毒舌でいっぱい笑わせてもらいましたから」

真里菜は屈託のない笑みを見せた。自分のアパートの階段から転げ落ちたのだ、相当酔っぱらっていたのだろう。

「毒舌だった？　ごめん、全然覚えてないや。変なこと言ってないといいんだけど。それよりも、真里菜ちゃんに助けられちゃったな。命の恩人ね」

「この貸しは大きいですよ～。今度、大変な時に仕事手伝ってもらっちゃおうかな～」いつも通りの彼女の笑みは心地よかった。一瞬だけだが、この数日間が嘘《うそ》だったかのように感じられた。

私の人生はこの数日で大きく変わってしまった。階段から落ちる前に、すでに人生から転落していたのだ。

真里菜はここ数日の職場の話などを面白可笑《おもしろおか》しく話した。たとえば、私が抜けた穴を埋めるために、二年前に定年退職した人にヘルプを頼んだらしく、その人が再婚した人の影響で派手な服装をするようになったとか。営業の若い男子が企画部に入った新人を狙《ねら》っているらしく、彼が気に入った子の前でカッコつけているのをわざとらしく真似《まね》してみせた。

くだらない話をして笑いあった後で話題が切れると、真里菜は急にしかつめらしい表情をした。

「それで、その……。旦那《だんな》さんって、もう聡美さんの見舞いに来たんですか？」

真里菜の急な言葉に、私は眉《まゆ》を顰《ひそ》めた。

「嫌だったら答えなくてもいいんですけど、やっぱりちょっと気になっちゃったので……」

真里菜には珍しく気まずそうに言いよどむと、窓の外に眼《め》をそらした。私もなんとなく、彼女が見ている方向を眺めた。病室の外は広いベランダのようになっており、これといって特徴のない草が植えられている。風がその緑の葉を揺らし、雨が強く打ち付けている。まだ午後四時前だが、外はすでに薄暗い。窓ガラスは真里菜の表情を薄く映し出していた。

「ううん。別に、いいよ。私も真里菜ちゃんにはいろいろ話を聞いてもらっちゃったしね。実はまだ隆《たかし》には伝えてないの。事故のこと。でもきっとうちの母親が勝手に電話して伝えるだろうから、そのうちに来ると思う」

「もし旦那さんが来たら、どうするんですか？」窓ガラスに映る真里菜を見つめていると、窓越しに視線がぶつかった。なぜだか急に、言いようのない気恥ずかしさを覚えた。

「分からないな。どうしようか」

「でも、きっとそのうち来るんだし、その時にどうするか今のうちに決めておいた方がいいですよ。後で『ああ言えば良かった』って後悔しますから。文句を言いたい時に、言いたいことが思い浮かばないと本当に悔しい思いしますからね」真里菜は口元を歪《ゆが》めた。

「大学の時の彼氏が『仕事が忙しくなるから、もう会えない』って言い出した時のこと、いまだに思い出しますよ。だってセックスした後に、ベッド出てからそんなこと言うんですよ。私、頭きちゃって。あの時に何も言い返せなかったのが悔しくて悔しくて」

「でもそのあとすぐに、裸のまま男を蹴《け》り倒したんでしょ」真里菜の武勇伝を知らない者は会社にはいない。

「まぁ、アイツは泣くまでどつきまわしましたけどね。殴ってスッキリする部分もありますけど、やっぱり言葉にしないとダメなことってあるんですよ。それに、聡美さんは大怪我《おおけが》してるから、そうとう上手《うま》く仕掛けないと逃げられますよ。枕元《まくらもと》までおびき寄せて、ヘッドロックとか」

真里菜はヘッドロックする真似をしてみせた。

「冗談はおいておくとして、どうするんですか？　旦那さんのこと」

真里菜の問いに、私はため息で答えるしかなかった。

「余計なお世話だと思いますけど、やっぱり別れた方がいいんじゃないですか？　だって、聡美さんってすごく綺麗でスタイルいいし、趣味も性格もいいから、今の旦那さんと別れても、すぐにいい男見つかると思うんですよ」

私は真里菜のお世辞に反論しようと思ったが、真里菜は口を挟む隙《すき》を与えてくれなかった。

「それに、あんまりこんなこと言いたくないんですけど……、旦那さんめっちゃお金持ちじゃないですか。今離婚するってなっても、旦那さんが原因なんだし、財産分与だけでも一生遊んで暮らせるくらいもらえるんじゃないですか？」

こんなこと言いたくない、とは言いつつも真里菜は前のめりで話していた。真里菜の中の野次馬根性が透けて見えるようだった。今日はこの話をしようと事前に決めていたかのように、熱の籠《こも》った話し方だった。

他の人にこんな個人的なことを突っ込まれたら、すぐに嫌な気分になるのだろう。だが、真里菜の喋《しゃべ》り口《くち》は清々《すがすが》しいまでに下世話で、逆に腹を立てる気にならなかった。

真里菜の言う通り、感情を抜きにして考えれば、隆との離婚は儲《もう》け話のようにも見える。

「そうだよね。あっちが悪いんだし。財産の半分なんてもらったら、宝くじに当たるようなもんだからなぁ」私がそう言うと、真里菜は嬉しそうに手で膝《ひざ》を打った。

「そうなんですよ！　聡美さんは当たりくじを持ってるようなもんなんですよ！　私ならすぐに離婚して、もっといい男探しますね」

もう三ヵ月以上も別居生活をしているわけだし、二人の間に子供がいるわけでもない。この前の隆の態度を見ている限り、これからやり直せる可能性なんてない。いつまでもこんな別居生活を続ける訳にもいかないし、前向きに離婚を考えるべきなのかもしれない。

合理的に考えれば、その通りなのだ。だが、気持ちは簡単には割り切れない。隆への気持ちは簡単には消せない。ここ数年は上手くいっていないが、それでも隆は人生で一番大切な人であることには変わりなかった。

大学生の時に知り合ってから、二十年以上も一緒にいたのだ。隆の会社が軌道にのってからというもの、忙しくなった彼とはすれ違いが多くなってしまった。それでも私のことを大事にしてくれていると思っていた。裏切られたことでひどく傷ついたが、それは隆が大事な存在であることの証《あかし》でもあった。どうでもいい男なら、すぐにでも別れるだろう。真里菜はもっといい男を探せばいいと簡単に言うが、私にとって隆の代わりになるような男なんていない。人生の半分以上を一緒に過ごしたパートナーなのだ。

「それに……」真里菜は言《い》い淀《よど》むと、私を正面から見た。

「それに、私、その旦那さんが許せないんです。聡美さんのことをこんなに傷つけてるのに、自分は別の女と楽しくやってるなんて」真里菜が口元を歪めた。

「私、ずっと聡美さんに仕事を見てもらってお世話になってるし。聡美さんって、お金持ちの旦那さんと結婚したのに働き続けてるなんて、すごくかっこいいじゃないですか。私だったら仕事なんてすぐに辞めて、ずっと家でダラダラしちゃいそう。聡美さんって、なんか自分を持ってるっていうか、そういうの憧《あこが》れなんです。だからこそ、旦那さんが許せないんですよね。聡美さんを傷つけた分、痛い目に遭って欲しい。今のままだと、なんか私まで悔しくって」真里菜は膝の上に置いた両手を強く握りしめた。

違う、そう反論したくなる気持ちを私は抑えた。自分を持っているなんて大層なものではない。私には仕事が必要だったのだ。隆が仕事で成功した後は、どうしても自分が彼と比べてつまらない人間のように思えてしまったのだ。自分を必要としてくれる場所が、仕事が私には大事だったのだ。それがなければ、自分の価値が分からなくなりそうだったのだ。だが、そんなことを真里菜に言う理由はない。

「だって、おかしくないですか？　今回だって、会いたいって言ってきたのは旦那さんなんですよね？　関係を修復したいなんて言っておきながら、その場に愛人を連れてくるなんて、信じられないですよ。どんな神経してるんだか」

真里菜はまるで自分が裏切られたかのような口調だった。もしかしたら、同じような目に遭ったことがあるのかもしれない。

〈あなたに謝りたいことがあります。あなたを傷つけてしまいました。もう一度、チャンスを下

さい〉

そんなメッセージを送ってきたのは隆の方だった。私だっていつまでも鬱屈《うっくつ》した気分で別居生活をするのは嫌だった。やり直すにしても、別れることになっても、一度会って話さないことには進めない。私も隆と会って話したかった。それなのに、いざ二人で会おうという時に、隆はなぜか知らない女を連れてきたのだ。

私はその女と会ってすぐにピンときた。私たちが別居生活を送ることになった原因は、その女だったのだ。

二人で会うはずだったのに、隆は不倫相手を連れてきた。私は隆に腹が立ち、その場からすぐに立ち去った。だが、腹の虫は治まらず、むしゃくしゃした私は真里菜を誘って飲みに出かけた。私たちは隆と愛人を罵《のの》しりながら飲み続け、酔いに酔った私は一人で帰れず、真里菜に家まで送ってもらった。だが、アパートの階段を踏み外して、大怪我をする羽目になったのだ。

私がこんな目に遭ったのも、そもそも隆のせいなのだ。

本来ならば、私が真里菜のように怒りを感じるべきなのだろう。真里菜の熱にあてられて、心の奥底で眠っていた怒りがふつふつと滾《たぎ》ってくるような気がした。

「本当にそう。ありえないよね。きっとその女と結婚したいから私に離婚しろって言うつもりだったんだろうけど。それでも私がその女と話すことなんてないじゃない？　なんで連れてきたのって感じ」

「私だったら、その場でしばき倒しますよ。その愛人の目の前で金玉を蹴り潰《つぶ》してやります。愛人の方だって、ただじゃおかないです。詫《わ》びを入れるまで髪の毛引っ張りまわしますね」

まるで不良のような真里菜の言いっぷりに、私は思わず笑ってしまった。都内の高級ホテル最上階にあるレストランで真里菜が暴《あば》れ回《まわ》るのは、かなり愉快な光景だろう。

「真里菜ちゃんだったら、本当にやりかねないね。あ〜あ、あの場に真里菜ちゃんがいてくれればよかったのに」

「なに言ってるんですか。今からでも遅くないですよ。ほら、なんか昔の歌であったじゃないですか。今から一緒に旦那を殴りに行きましょうよ。なんだったら地元の悪そうな友達いっぱい誘いますよ」

真里菜は軽く言ったが、冗談で済むようには思えなかった。

たしかに私は隆に傷つけられた。だが、隆を傷つけたいとは思っていない。

真里菜の共感は嬉しい反面、少し怖い部分もあった。

「さすがにそれはマズいって。でも、私もそろそろ彼に見切りをつけるべきなんだろうな」

「そうですよ！　どうせですから、前向きにいきましょう。でも、こういうのって結構しっかりやらないとダメだって友達が言ってましたよ。私の友達も離婚した子が何人かいるんですけど、ちゃんと証拠を摑《つか》んでおくかどうかで全然違うんですって。もともと不倫を認めてた男でも、後々になってから否定したりするらしいですよ。卑怯《ひきょう》な話ですよね。そういう話を聞くと、無性に腹が立ちません？」

真里菜は私の気持ちをよそに、離婚を前提に話を進めた。本当は隆を大事にしたいと思っているのだが、真里菜の言葉を聞いていると、自分の気持ちが間違っているような気もしてくるから不思議だ。

裏切られたのにもかかわらず相手を大事にしたいなんて、私は甘すぎるのだろうか。

なんとなく、隆への未練を口に出すことが恥ずかしかった。もしその気持ちを否定されたら、私は隆だけでなく、真里菜まで失ってしまうような気がした。

「やっぱり探偵とか興信所とかは絶対に使った方がいいみたいですよ。不倫相手が分かってるって言っても、やっぱり一緒にいるところを写真に残さないとダメですよ。友達からいい探偵とか聞いてみますよ。どうします？」

「え？　どうしますって言われても……」

「私の友達にいろいろ聞いてみてあげますよ。離婚するのにも、ちゃんと有利に話を進めないと。旦那さんに見切りをつけるにしても、ちゃんと計画的に行動した方がいいですよ」

「うーん……」私は言葉に詰まった。真里菜の気持ちに応えてあげたい気もするが、ここで言葉を濁《にご》すと、真里菜は親切心から勝手に行動してしまうような気がした。彼女の気持ちが暴走してしまう前に歯止めをかけないと、探偵社や興信所の情報を調べだすような気もする。下手したら、本当に殴り込みに行ってしまうんじゃないかという恐れも少しながら感じていた。

「ごめんね。気持ちは嬉しいんだけどさ。探偵とか、証拠写真とかっていうのは、ちょっと違うかなって。夫とやり直すことは諦《あきら》めなきゃって思ってるんだけど、でも、戦いたいわけじゃないっていうか……」

真里菜の話を断りたいのだが、こちらの本心を見抜こうとするような真里菜の視線にたじろいでしまう。

「そうですか。分かりました。すみませんでした。押しつけがましかったですね、私」

真里菜は寂《さび》しそうな表情をすると、椅子から立ち上がった。

「戦わない、ってのもいいと思いますけど。でもどうしたいのか、ちゃんとはっきりさせておいた方がいいですよ。じゃあ、また来ますね」

先ほどまで、強引なまでに私の心に入り込んできた真里菜は、意外なほどあっさりと帰ってしまった。やっぱり私に戦って欲しかったのだろうか。真里菜は私のことを憧れだと言っていた。そんなことを言われたのは初めてだったので、とても嬉しかった。

もしかしたら、裏切った男に復讐《ふくしゅう》しない私に失望したのかもしれない。もしそうだとしたら、少し寂しいような気もする。

真里菜がいなくなると、途端に部屋の中が暗く、つまらない場所に思えた。窓の外は変わらず雨模様だった。

隆を傷つけたくはない。だが、お互いが傷つかずに済む道はもうないのだろう。

これからどうするのか、自分はどうしたいのか。

自分と向き合うのは怖かったが、いつまでも避けているわけにはいかない。

同じ病室にいる誰かの押し殺した泣き声が聞こえた。

苦しんでいるのは自分だけではない。

「あの、聡美さん。怒らないで聞いてもらえますか？」

真里菜は月曜日の午後にもかかわらず、仕事を抜けて見舞いに来た。昨日も来たばかりなのに、またすぐに見舞いというので驚いたが、挨拶《あいさつ》するやいなや不安になるようなことを言った。

怒らないで聞いてくれ、という切り出し方からして、いい話のはずがない。

「怒らないで、って……。真里菜ちゃん、もしかして隆を殴ってきたなんて言わないわよね？」

「いえ、私だっていきなり旦那さんを殴ったりしませんよ。暴力沙汰《ざた》とか、警察のお世話になるようなことはしてません」

「じゃあ、なにしたの？」

「私、前に遊びに行ったことがあるから、今は旦那さんが一人で住んでる家、知ってるじゃないですか。昨日、聡美さんと話した後で、どうしても納得できなくて、旦那さんのマンションの前に行ったんですよ」

私は聡美の言葉に呆れかえった。たしかに、真里菜と他の会社の子たちをマンションに呼んだことがあった。私が眉を顰めたので、真里菜は慌てて続きを話した。

「いや、何かをしようと思ってたわけじゃないんですよ。なんとなく、旦那さんのことが気になっただけなんです。聡美さんがこんな大怪我してるのに、旦那さんはどんな顔して暮らしてるのかって、気になっただけで。顔だけ見たら帰ろうと思ってたんです。本当にそれだけだったんです」

真里菜はしょんぼりと俯《うつむ》いた。まるで、子供が自分の失敗の言い訳をするようで、要領を得ない。

「それで、何をしたの？」

「私、マンションの前でスマホを弄っているふりして待ってたんです。よくあるじゃないですか、張り込みみたいな感じで。旦那さんが来るのを待ってたら、見ちゃったんです。昨日、夜七時過ぎ頃に旦那さんが帰って来ました。でも……、一人じゃなかったんです」

話の続きを聞くまでもなく、真里菜が何を言わんとしているのかが分かった。真里菜がバツの悪そうな表情をしながらも、また見舞いに来た理由も。病室に他の患者がいることを思い出したのか、真里菜は途中で声を小さくした。

「そうなの……。う～ん、まぁ、そんなところじゃないかと思ってたから、驚きはしないけどさ」

驚くことなんてない。隆があの女と一緒にいることなんて、分かっていた。

それでも邪推しているだけなのと、事実を知ることでは全く違う。

「それで、何があったの？　どうせ話しに来たんなら、全部話してくれるかな？」

私は怒りを抑えて話そうと思った。せめて真里菜の前では気丈にふるまおう。

声のトーンを落ち着けようとしたが、意図せず棘《とげ》のある言い方になってしまった。

「旦那さんは女と一緒でした。若くて、ちょっと華奢《きゃしゃ》な感じの女でした。多分、旦那さんが聡美さんに会わせようとした女だと思います」

看護師が一人入ってきて、他の患者の様子を見始めると、真里菜は話を一旦《いったん》止めた。肩にかけていたポーチからスマホを取り出して弄り始めた。そしてそのスマホをすぐに私に差し出した。

「この女ですよね？」

真里菜が差し出したスマホの画面には隆と、その隣を歩く女の写真が表示されていた。たしかに、写真の女には見覚えがあった。

艶《つや》やかな黒髪はセンターで分けてあり、肩までストレートに落ちている。華奢な体つきなのに妙な力強さを感じさせるのは、大きい額ときりっとした二重瞼《ふたえまぶた》のおかげだろうか。そして、小さいが肉感的な唇。間違いなく、この前、隆が連れていた女だった。女は淡いブルーのブラウスに白いパンツ姿で、取り澄ました表情が気に入らなかった。目が悪いのか、それとも化粧が下手なだけなのか、ファンデーションが無駄に厚く塗ってあるために、ボテボテして見える。隆はこんな女と一緒にいて恥ずかしくないのだろうか。

「そう。この女。やっぱり一緒にいたんだ」

「はい。一緒に部屋に入っていくのを見ました」

「え？　部屋まで追いかけて行ったの？」

「ええ、旦那さんたちが入っていった後で、エントランスの自動ドアが閉まる前に入り込みました。それで、一緒にエレベーターに乗り込んで、部屋の前までついていきました」

「え、部屋の前まで行ったの?」真里菜のしつこさには呆れる。どう考えても、やりすぎだ。

「意外とバレないもんですよ。スマホでゲームしてる振りをすれば、あんまり目立ちませんよ。一緒に部屋に入った時の写真も撮ってあります」

真里菜はスマホの画面をスワイプして、玄関前の写真を見せた。たしかに、女が隆の部屋に入るところがちゃんと撮れている。

「これで、もし離婚することになっても泣きを見ることはないと思います。旦那さんは明らかにあの女と不倫してるんですから。この証拠写真があれば、裁判になっても強く出られますよ」

真里菜の言葉は耳に入らなかった。

私たちが暮らしていたあの部屋の、馴染み深い玄関の写真から目が離せなかった。今では、あの女が隆と一緒に住んでいる。私はもう必要とされていない。

私は隆にとって邪魔な存在なのだ。

「すみません。出過ぎた真似をして。でも聡美さんは自分では探偵を雇ったりしなそうだったので。余計なお世話かもしれませんが、後悔してほしくなかったから……」

真里菜は静かに涙を流した。ベッドサイドのティッシュを勝手にとり、涙を拭《ふ》いた。

「なんであなたが泣くのよ」冗談っぽく言おうとしたのに、真里菜が泣くのを見ていたら、自然と自分の目からも涙が溢《あふ》れた。

「やっぱり、変ですよね……。私、こんなことして、なんになるわけでもないのに。でも、どうしてもダメなんです。こういうことがあると、どうしても許せなくて」

真里菜は前から話に出ていた、離婚した友人のことを語りだした。夫の不倫が原因で離婚することになったが、証拠がなかったので裁判に踏み切れなかった。

「聡美さんにはそんな想《おも》いをしてほしくなかったんで、勝手に旦那さんの盗撮をしてしまいました」

真里菜の行動には驚かされたが、涙ながらに話す姿を見ていると、彼女の気持ちを否定することはできなかった。

苦しんでいるのは私だけじゃない。夫の不貞なんて、どこにでもある話じゃないか。

「聡美さん、いまだに旦那さんとやり直したいって考えているような気がしたんで、写真を撮ってきたんです。私はもう口出しはしません。ですが、もし旦那さんと戦うつもりなら、写真のデータを送ります」

「ありがとう。でも、今はまだ欲しくない。もし手元に写真があったら、ずっと見ちゃいそうだし。一応、削除しないでとっておいてくれる？　もしかしたら、使うことになるかもしれないし」

「そうですね。分かりました。いつでも言ってください」真里菜は嬉しそうに笑った。

真里菜は椅子から立ち上がり、帰る素振りをしたが、「そう言えば」と思い出したように口を開いた。

「そう言えば、あの女、外国人なんですね。どこか日本人とはちょっと違う雰囲気があるなって思ってたんですけど。エレベーターに乗り合わせた時に二人とも英語で話してました」

「そうなんだ。知らなかった。なんて言ってたの?」

「ごめんなさい。私、英語は全然ダメで。ハロー、グッバイ、ディスイズアペンぐらいしか分からないんですよー」

真里菜はおどけて見せたが、すぐに何かを思い出したように、スマホを操作し始めた。

「一応会話も録音したんですよ。裁判で使えるようなことを言うかもしれないと思ったんで。でも、話し始めたと思ったらすぐに会話が終わっちゃったんで、少ししか録音できませんでした。まぁ、エレベーターで他人が一緒に乗ってたら会話しないのが普通だと思うんですけど」

真里菜はスマホから目をあげて、私を見た。

「聡美さん、少しだけですけど、聞きたいですか? まだ誰にも聞かせてないので、何を言っているのかも分からないんですけど」

正直、二人の会話を聞くのは怖かったが、好奇心には勝てなかった。もしかしたら、とりとめのない話かもしれない。だが、口調からなんとなく二人の距離感なども摑めるかもしれない。

今更、隆とあの女が何を考えているのかなんて、知りたくないような気もした。だが、もし今聞かなかったら、これからずっとその会話が気になって仕方なくなるだろうということも分かっていた。

「聞いてみたい。少し不安だけど」

「分かりました。録音の状態が良くないんで、聞きづらいです。スピーカーを耳に当てて聞いてみてください」

真里菜からスマホを受け取り、本体の下部にあるスピーカーに耳を当てた。

音声が流れ始めたが、ガサガサというノイズが酷《ひど》くて、二人の会話は聞き取りづらい。音量を上げて、もう一度聞きなおすと、やっと二人の声が聞こえるようになった。

〈……本当にその通りだよ。まだ聡美に会うべきじゃなかった〉

これは隆の声だ。エレベーターの中だからか、声のトーンは控《ひか》えめだ。気のせいか、私に話しかける時よりも優しい口調のような気がして癪《しゃく》にさわる。

〈でも、私の気持ちも分かるでしょ。一日でも早く会いたかった。あなただってリュウ・シャンと会えるとしたら、世界中のどこにでも飛んでいくでしょ？〉

女の声を聞いた途端に、全身の毛が逆立《さかだ》つのを感じた。私にとっては許すことができない相手の声だ。胸が嫌悪感でいっぱいになった。

〈そうだね、分かるよ。でも、やっぱり急ぐべきじゃなかった。あんなやり方じゃあ誤解されても仕方ないよ〉

〈そうね、私が間違ってた。本当に聡美のことが心配。酔っぱらって怪我するなんて、彼女らしくない〉

二人の会話はそこで終わり、後はノイズだけになった。

私は女の言いぐさに腹が立った。彼女らしくないなんて、知りもしない不倫相手に言われる筋合いはない。私を心配するようなことを言っているが、なんだか下に見られているようで悔しかった。

私は二人の会話を何度も繰り返し聞いた。

真里菜はそんな私に何も言わず、ただじっと待っていた。

何度も聞き返している内に、自然と怒りと興奮が治まっていき、私は少しずつ落ち着きを取り戻した。

しばらくすると、不思議なことに会話の内容が変わっていくように感じた。

冷静になって聞くと、二人の会話は何かがおかしかった。

私はてっきり、隆があの女を私に会わせようとしたのだと思っていた。しかし、どうやら私に会いたがっていたのは女の方だったようだ。しかも、一日も早く会いたい、というのはどういうことなのだろう。

彼女らしくない、という言葉も気になった。最初はただ、私のことを分かったふりをしているだけなのだろう、と思った。だが何度か聞きなおしてみると、知らない人に関して適当なことを言っているようには聞こえなかった。よく知っている人物に関して、心の底から心配しているようにしか聞こえないのだ。

「真里菜ちゃん、この録音データ、私に送ってくれる？　あと、やっぱりさっきの写真も一緒に送って欲しいな」

「分かりました。でも、二人は何を言ってたんですか？　分かりましたか？」

「ああ、ごめんね。よく分からないんだけど、どうも私のことを心配してくれてたみたい」

「そうなんですか。それは意外でしたね」真里菜は納得していない様子だった。彼女としては不倫の証拠になるような会話を期待していたのだろう。

「ありがとうね。最初はどうなるかと思ったけど、やっぱり真里菜ちゃんがいてくれて助かったよ。でも、これ以上、勝手なことをするのは止《や》めてね」

「はーい、すみませんでした。もう勝手なことはしません」

真里菜は軽い調子で言うと、データをその場で送ってくれた。

真里菜がいなくなると、病室は誰もいなくなってしまったように静かになる。

私はイヤホンをつけて、もう一度、二人の会話を聞いた。

会話に出てきたリュウ・シャンとは誰なのか。一応、調べようとしたが、綴《つづ》りも分からないので調べようがなかった。

私は写真の中の女をよく見た。隆とこの女が不倫をしていることは間違いない。

だが、この女は一体何者なのだろう。

なぜ私に会いたがっているのだろう。

○

隆が病室に入ってきた時、私にはそれが誰だかすぐに分からなかった。

すらりとした長身に、優しそうな垂れ目。クルーカットの髪はジェルで右に流している。シャツの上に着た少し大きめのスウェット、チノパンに茶色の革靴。

何が変わったというわけでもないのだが、私が覚えている隆と雰囲気が違うような気がした。もっとも、三ヵ月も別居生活を送り、お互いに会うことを避けていたので、覚えている通りということもないのだろう。当たり前のはずなのに、それが寂しかった。

どこがと指摘できなかったが、なんとなくフェミニンな印象を受けた。隆の澄ました顔が、真里菜が撮った写真の女を思い出させたからだろうか。

やっぱり隆は変わったのだ。あの女が隆を変えたのだろうか。それとも、あの女に合わせて隆が変わったのだろうか。

隆は私と目が合うと、軽く右手を挙げて表情を和らげた。私はそれに応えず、ただじっと彼を見つめた。隆は足を労《いた》わるような歩き方をした。彼も怪我をしたのだろうか？　だが、そんなことは私には関係のないことだ。

静かにベッドの隣まで来ると、ゆっくりと椅子に座った。母が座り、真里菜が座った椅子に、今度は隆が座っている。

母とは話すことがなかった。真里菜とは一緒に笑って、一緒に泣いた。隆とは何を話していいか分からない。話すことはいっぱいあった。だが、それは話したくないことでもあった。

「昨日、お義母《かあ》さんから聞いたんです。あなたが怪我して入院してるって。あの日、彼女を連れて行ったのは間違いでした。あなたとゆっくり話したかったのに、変な誤解をさせてしまいました。こんなことになるなんて、思いもしなかったんです。すみません」

私は唖然《あぜん》とした。隆の話し方が三ヵ月前と全く違う。声のトーンも、言葉の選び方も、不自然に丁寧な感じも、隆が私に話しかけているのだとはとても思えなかった。別居生活を経《へ》て他人行儀になったとか、私の怪我に負い目を感じて下手に出ている、という程度のものではない。

　真里菜が録音してくれた音声にも若干の違和感があったが、英語だったし、話している相手が私ではなかったので、印象が違ってもおかしくはないと思っていた。だが、私に向けられた言葉は、隆のものだとは思えなかった。

　不倫の事実とか、あの女が誰なのかとか、今後どうしたいのかとか、聞きたいことは山ほどあったはずなのに。そういった疑問がすべて頭から抜けてしまった。その代わりに隆に聞きたいのは「あなたは本当に隆なの？」という、言葉にするのもおかしい疑問だけだった。

「怪我の具合はいかがですか？　まだ痛みますか？」

　隆の表情に不審なところはない。本当に私のことを心配して聞いているようだ。だが、もし他意がないのなら、なぜこんな喋り方をするのだろう。

　私が返事に困っていると、隆は表情を曇らせた。

「やっぱり、まだ私のことを怒ってますか？　あの日、彼女を連れて行ったこと。誤解させてしまったかもしれませんが、彼女と付き合っているわけではありません」

　喋り方は丁寧だが、最後の一言が私の怒りに火をつけた。訳が分からないが、ここまで馬鹿にされて黙っているわけにはいかない。

「まず、それ止めてくれる？　聞いててイライラする」

「止める、って何をですか？」

「何をって、本当に分からないの?」

私の言葉に隆はなぜか戸惑っているようだった。隆の表情やちょっとした動きの違和感が、私をさらに苛立《いらだ》たせた。

「その馬鹿みたいな喋り方のこと。なんでそんな変な話し方をするの? 自分のことを『私』って言ったり、私のことを『あなた』なんて呼んだり。私に敬語を使ったことなんて、今まで一度もないじゃない」

「そうですね。たしかにしゃべり方だけじゃなく、いろいろと変わりました。もし嫌な思いをさせてしまったのなら、すみません。あなたと別居するようになってから、人生が変わるようなことがあったんです」

「人生が変わるようなこと?」私は鼻で笑った。

「たかが新しい恋人ができただけでしょ? 私に飽きて、別の女と一緒にいるだけじゃない。人生が変わるなんて、そんな大げさな言い方、普通しないでしょ」

「さっきも言いましたが、彼女と付き合っているわけではありません。そのように誤解させてしまったことは謝ります。恋人ではありません」

この期に及んで、まだとぼけるつもりなのか。

「そんなこと言って、信じるとでも思ってるの? 馬鹿にしないでよ。三ヵ月前のあの日、あの女を家に連れ込んでたんでしょ。分かってるんだから」

「それは誤解です」

「今更何言ってんのよ。今だってあの女と一緒に暮らしてるの、知ってるんだから」

隆は私の言葉を聞いて、驚いたように眉を吊《つ》り上《あ》げたが、やがてため息をついた。

「そのことを知っているとは思いませんでした。たしかに、彼女は私の部屋で暮らしています。ですが、彼女とはそういう関係ではありません」

「なんで？　なんでそんなバカみたいな嘘つくの？」私は周りの耳を気にすることも忘れ、我慢できずに大声で言った。

「あの時もそう。私が家に帰ったら、あなたは裸で寝てた。変だと思ったら、洗面所に口紅が置いてあった。私、『これは誰の口紅なの？』って聞いたわよね？　そしたら、あなたはなんて答えたか覚えてる？　『それは自分用に買ったんだ』って言ったのよ？　そんなバカな言い訳が通じるはずないでしょ？　私をバカにしないで！」

ずっと心に燻《くすぶ》っていた怒りを吐《は》き出《だ》した。謝ってほしいわけではなかった。ただ、私の苦しみを隆に分かってほしかった。

隆は私の言葉をじっと聞いていた。その表情はまるで私を憐《あわ》れんでいるかのように涼し気なもので、怒《ど》鳴《な》ったところで少しも心は晴れなかった。

「だから、それを全部説明したかったんです。あなたとゆっくり話して、誤解を解きたかったんです」

「じゃあ、今ここで全部正直に説明してよ。あの口紅は誰のものだったの？」

「前にも言った通り、私が自分のために買ったものです」

「そんなわけないでしょ。私があの口紅のことを忘れてるとでも思ったの？　この前に会った時、あの女がつけてたのと同じ口紅だったでしょ？　分からないとでも思ってるの？　何が説明したかった、よ。いまだに同じ嘘をついて。じゃあ、あの女はあなたの何なの？　どういう関係なの？」

「それはここでは答えられません。とても複雑で、長い話になります。時間が必要です」隆の冷静な口調が余計に腹立たしかった。

「あんな厚化粧の女のどこがいいんだか」

私が呟《つぶや》いた一言に隆は驚いたように目を丸くして、それから悔しそうに俯いた。隆が黙ってしまったので、私は話し続けた。

「複雑なことなんて、なにもない。あなたは新しい女と結婚したいから、私と離婚したいだけ。それなのに、自分が私を裏切ったことを否定したいから、変な言い訳をしてるだけでしょ？　正直に言ってくれた方がよっぽどマシ」

もし真里菜がこの場にいたら、どれだけよかっただろう。真里菜だったら、私の代わりに隆をボコボコに殴り倒してくれるだろう。

「なんでそんなことを言うんですか？　私は本当のことを話してるだけです」

隆も私の言葉に腹を立てたようだが、その女々《めめ》しい反応がどうしても許せなかった。

「帰って！　離婚届を送ってくれれば、すぐにでもサインするわよ。もう二度と会いたくない！」

「私は彼女と結婚する気なんてありませんし、あなたと離婚したいとも思ってません。あなたに本当のことを知ってほしいから、こうして――」

「出てって！」私は枕を投げつけた。

隆は悔しそうに口を真一文字に閉じ、何も言わずに病室を出て行った。

私たちの騒ぎを聞きつけたのか、隆と入れ違いに看護師が一人入ってきた。彼女はすでに静まり返った部屋で、何があったのかと不思議そうに辺りを見回し、床に落ちていた枕を拾いあげた。

「すみません。今の人、もう面会に来てほしくないので、この病室に絶対に入れないでもらえますか？」

「はい、分かりました。どなたなのか、念のためお名前を確認してもよろしいですか？」

こういったことには慣れているのだろうか、看護師の対応は冷静だった。

「藤浪《ふじなみ》隆、私の夫です」

「はい、分かりました。看護師の間で情報を共有しておきますね。もし、また何かあったら、ナースコールして頂いて構いませんからね。警備員を呼ぶこともできますから」

「ありがとうございます。お願いします」

同じ部屋の患者たちに今の騒動を聞かれたことは間違いない。誰かがナースコールを押して知らせたのかもしれない。だが、そんなことを気にしている余裕はなかった。

こんなに惨《みじ》めな思いをしたのは初めてだ。私は布団を頭の上まで被《かぶ》り、何にも考えないように努《つと》めた。だが、考えまいとすればするほど、隆とあの女のやり取りが思い浮かんでしまうのだ。何度も繰り返し聞いていたため、あの女の柔らかな声を、奇妙な発言を、完全に覚えてしまった。

〈私の気持ちも分かるでしょ。一日でも早く会いたかった〉

私はあの女の名前すら知らない。なぜ、私に会いたいなんて思ったのだろうか。

〈本当に聡美のことが心配。酔っぱらって怪我するなんて、彼女らしくない〉

私らしくないなんて言われても、私には私らしいということがどういうことなのか分からなくなっていた。

○

隆の代わりに離婚届を持ってきたのは、木下純也《きのしたじゅんや》だった。木下は隆と一緒に会社を立ち上げた、いわば彼の盟友のような存在だ。縮れた黒髪に眼鏡《めがね》、いつも地味な服装でぱっとしない男だが、のんびりした性格で付き合いやすい存在だった。会社が軌道に乗って忙しくなるまでは、よく家に遊びに来ていた。

病室に入ってきた木下は私を見て軽く会釈した。口元に笑みを浮かべてはいるが、どこか悲しそうにも見えた。木下が私の方に向かってくると、彼の歩く姿もどこか不自由そうだった。その姿が先日の隆の姿に重なって、嫌な気分になった。

た。

「ちょっと足を痛めてしまいまして。それより、聡美さん。ご無沙汰《ぶさた》してます。久しぶりに会うのに、こんな形になってしまって残念です」木下はベッドの横まで来たが、椅子には座らなかった。

彼が離婚届を持ってきていることは、隆からの連絡で知っていた。二度と会いたくないなんて私が言ったものだから、彼に面倒な思いをさせることになってしまった。せめて早く帰れるように、椅子に座るようには言わなかった。

「本当に久しぶり。木下君は元気だった？」

「ええ、おかげさまで足以外は問題ないです。聡美さんは……」

「元気、とは言えないけど、こっちもなんとか。二日後には退院できるみたいだし」

「そうですか。それはなによりです」彼は気まずそうに辺りを見回した。

「こんな時に申し訳ないんですけど、藤浪さんから預かってるものがありまして……」

「離婚届ね。聞いてる。郵送でいいって何度も言ったのに。本当にごめんなさいね、こんなことに巻き込んじゃって」

「いえいえ、僕のことは気にしないでください。悪いのは藤浪さんですから」木下はそう言うと、やっと心からの笑顔を見せた。

「本当。全部あいつのせい」冗談のように笑い飛ばしたかったが、まだ心が痛んだ。

木下は仕事用の大きなカバンを開くと、中に入っているいろんな書類をかき分けて茶封筒を取り出した。

「聡美さんは、藤浪さんと会ったんですよね」木下は茶封筒を持ったまま、ゆっくりと話し始めた。さっきまで気まずそうに泳いでいた視線が、私をじっと見た。「何か気が付きましたか?」

木下は私の反応を窺っているようだった。

「なんって言ったらいいか分からないんだけど、別人になっちゃったみたい。意味分かる? 分かるよね」

「ええ、もちろん分かります。どんなところが変わったと思いますか?」

「一番気持ち悪く感じたのは喋り方。声の調子だけじゃなくて、言葉の選び方から違う。でも声だけじゃない。あんまり長く一緒にいたわけじゃないから、よくは分からなかったけど、立ち方から動き方、表情、とにかく全部別人みたい」

私は素直に木下の問いに答えた。木下がどう思うか聞いてみたかったし、誰かに話したかったのもあった。

「もしかして、隆が変になっちゃったから木下君も困ってるの? 仕事にも影響があったとか?」

「いいえ。藤浪さんは三ヵ月ほど会社を離れてましたから、何も問題はありません。最近になって復職したばかりなんですよ」

「え?」

「それでは、これをお渡ししますね。中には離婚届と返信用封筒が入ってます」

木下は封筒を私に押し付けるかのように渡した。隆が会社を離れていたという話は聞いていなかった。隆がこの三ヵ月どうしていたのか、私は何も知らないのだと、今更ながら思った。

「それから、離婚届以外にもう一枚紙が入ってます。後で確認してください」

木下は急に用事を思い出したかのように話し続けた。

「それでは、僕はこの辺で失礼します。お元気で」木下は別れの挨拶を簡単に済ませると、私から逃げるようにそそくさと外に出て行ってしまった。

私は離婚届の入った封筒をじっと見つめていた。自分が言いだしたこととはいえ、入院中に離婚届を受け取るなんて、ひどい人生だ。

ひどい人生だが、これでやっと一区切りつく。

惨めで、屈辱的な気持ちはまだ当分引きずるだろうが、少なくとも前に動き出せる。

そんなことを考えていた。

封筒の中を確認するまでは。

◯

退院して二週間ぶりに家に帰ると、部屋に滞留していた空気は耐えがたいものだった。まずは窓を全開にして、換気扇と扇風機をつけて空気を入れ替えた。

最後に家に帰ったのは、隆とのランチがあった日だ。もしかしたら隆を部屋に入れることになるかもしれないなんて考えながら、部屋を片付けたことを思い出した。

私はあの日ランチに出かけ、泣きながら帰った。真里菜と悪酔いして大怪我をし、入院することになった。隆との関係を修復するどころか、離婚届を受け取った。

それでも、結果的に隆を部屋に呼ぶことになったのだから、人生はどう転ぶか分かったものではない。

木下が持ってきた封筒の中に入っていた離婚届には、隆の署名と捺印《なついん》があった。私も署名と捺印さえすれば、隆との縁が切れる。面倒な関係は、もう終わらせてしまおう。そう思っていた時に、離婚届の後ろに隠れていた紙がハラリと落ちた。

それはネット記事を印刷したもので、中国で起きた拉致《らち》監禁事件の顚末《てんまつ》が記されていた。

「人生が変わるようなことがあった」

隆は見舞いに来た時にそう言い、私はそれを鼻で笑った。私は隆のことを何も分かっていなかった。理解する努力をしなかった。隆は何度も誤解だと言っていたのに、私はそれを信じようとしなかった。たしかに、隆は人生が変わるような何かを経験したのだろう。

私は隆に話を聞きたいと連絡をとった。離婚届を出すのは、そのあとでもいいだろう。

退院の翌日、隆は午後一時に来た。グレーのフーディーにジーンズ。肩から下げたトートバッグの中にワインのボトルが見えた。

隆のことだ、退院祝いにと目玉が飛び出るような値段のワインを買ってきたのかもしれない。

退院したばかりなのにお邪魔してすみません、と隆は以前と同じように少し他人行儀に思える挨拶をした。離婚寸前の夫が来ているというよりは、古い友人が家を訪ねてきただけのように思えてしまう。隆の振る舞いは緊張感がなく、私もつられて気が緩《ゆる》んでしまう。

「ワインなんて。そんなに気を遣わなくてもいいのに」

私がそう言うと隆は笑って、バッグからワインを取り出した。ボトルのラベルを見て、私は苦笑した。

「コンビニで買った一番安いやつです。付き合い始めた学生の頃はこういうのばかりでしたよね」

私は隆をリビングに通した。隆はボトルを小さなダイニングテーブルに置き、トートバッグを床に下ろした。初めて入る私の部屋をぐるりと見まわす隆の表情を窺おうとしたが、うっすらとした笑みの下で何を考えているのか分からなかった。

「若い頃は味の違いなんて分からないからね。そんなの、もう何年も飲んでないな」

「高いワインがいいワインではありません。昔のことを思い出したいようなときには、その時に飲んだものがいいワイン。そう思いませんか?」隆が突然こちらを見つめてきたので、なんとなく目を逸《そ》らした。

「どうかな?」

「これで割れば大丈夫。どんなワインでも美味《おい》しくなります」隆はバッグから紙パックのグレープフルーツジュースを出した。

隆といると、なんだか調子が狂う。これじゃあ、まるで初めて恋人を家に呼んだ学生みたいだ。私は思い出話をしたいわけでも、今までの経緯をうやむやにしてやり直したいわけでもない。

なぜ隆が別人のようになってしまったかを知りたかった。隆の人生に何が起こったのか。それに、中国で何があったのか。

私は隆に椅子に座るように言い、「まだワインを飲むには早いから」と緑茶を淹《い》れた。

「一応、グラスも用意しておいてください。飲まないと理解できないこともありますから」

私は隆に言われるとおり、キッチンからグラスを二つ持ってくると、隆はバッグからつまみを出してテーブルに並べていた。チーズたら、さきいか、ポテトチップス。ワインとの相性なんて考えてないらしい。

私は隆の正面に座った。彼はポテトチップスの袋を綺麗に開けようとして苦戦している。

「なんで話してくれなかったの？」私が言うと、隆は私に視線を向けた。

「中国で大きな事件に巻き込まれてたなんて、知らなかった。なんで話してくれなかったの？病院に来てくれた時に、いや、その前に。そのことを言ってくれたら、あなたの話をちゃんと聞こうと思ったのに」

隆は少し考えこんだ。

「事件が終わった後も、どうやって説明したらいいか分からなかったんです。自分たちに何が起きてるのか、私たちも理解してませんでした。ちゃんと説明できるようにしてから、あなたに話したかったんです。ですが、最初から彼女と会わせようとしたのは失敗でした。病院で話さなかったのは……」隆は言葉に迷ったように口を噤《つぐ》んだ。

「事件のことなんて話さなくても、あなたに信じて欲しかったんです。私はあなたを裏切るようなことはしてないと」

「でも、あなたは実際にあの女と一緒に暮らしているし、不倫がなかったとは言わせない。あなたの話を聞くつもりだけど、離婚しないって決めてるわけじゃないから」

「いいですよ。これからどうするか、話を聞いてから決めてください」

「じゃあ、あの女とあなたはどういう関係なの？」

「それは難しい質問です。簡単には答えられないから、これから最初から話すつもりです」隆はそう答えながら、さっそくワインを開けてグラスに注いだ。

「じゃあ、質問を変える」

私は隆を正面からじっと見つめた。彼とは長い付き合いだが、今この瞬間に目の前にいるのが他人のように思えた。

「あなたは、誰なの？」

言葉にしてみるとおかしな質問だったが、隆は笑わなかった。

「実はそれに答えるのも難しいんです」

隆はワインを一口飲むと話し始めた。

「最初から話します。三ヵ月とちょっと前の話です」

3　三日月

受付を済ませてパーティー会場に入ると、熱気と喧騒《けんそう》に包まれた。踊りに来ている者なんて誰もいないのに、DJは賑《にぎ》やかな曲をかけている。

広いようで狭い社会の、独特の雰囲気。上等なスーツを着こなした者もいれば、服装に気を遣うことすら頭にない者もいる。野心を抱く者たちの乾いた笑い声も、それに媚《こ》びる者たちの卑屈な笑い声も苦手だ。会わなきゃいけない相手に挨拶だけしたら、さっさと帰ろう。

隆は近くにいたウェイトレスからシャンパンを受け取ると、少しだけ口にした。この部屋で心地よく思えるのは、舌の上で優しく弾《はじ》ける泡《あわ》だけだ。パーティーの主役である芳澤《よしざわ》を探しに歩き始めると、すぐに周りの視線を感じた。

「あれ、タイダルの藤浪さんだろ?」

「マジか。すげえな。誰か、紹介してくれない?」

誰かが自分の名前を囁《ささや》くのが聞こえたが、知らないふりをして歩き続ける。これだけ騒がしい部屋なのにもかかわらず、こういう小声だけはなぜか昔から耳に入ってくる。周りを気にしていた頃の癖《くせ》が残っているのだろう。誰かに呼び止められるまでは逃げられる。立ち止まったら負けだ。いつまでも遊んでいたい気分ではない。

昔は自分も彼らと同じ立場だった。知人のつてでパーティーに潜り込んでは、業界の有名人の前に飛び出していく。名刺交換をして、話をして、後でお礼のメールをして。自分を売り込むことに精いっぱいだった。彼らの気持ちは痛いほど分かる。自分がある程度の成功を摑んでからは、若手の相談にかなり付き合った。だが、こういう連中は玉石混交どころではない。労力と時間を取られるだけでなく、足を引っ張る者も少なくない。

優しさと顔を安売りするのは割に合わないと知るまでに時間は掛からなかった。それに、本当に必死な奴はどんな手を使ってでも会いに来るものだ。それができない者を相手にする暇はない。

「藤浪さん！　こっち、こっち」馴染みのある野太い声で呼ばれて振り返ると、バーカウンターの近くに芳澤たちが座っていた。芳澤は相変わらずのジャージ姿だった。中学生が着るような、緑のジャージは嫌でも目立つ。こちらが恥ずかしくなるほど大きく手を振る芳澤に、小さく手を振って近づいた。

「久しぶり。元気してた？」隆が挨拶するのに合わせて、芳澤が立ち上がった。

「ええ、おかげさまで。藤浪さんはどうですか？」

「まあね、なんとかやってるよ。それにしても、芳澤君のところは毎年のように新しいサービスをローンチしてるな。おめでとう。俺も見習わなきゃ、時代に置いて行かれちゃうな」

「ありがとうございます。でも、タイダルみたいな画期的なサービスは僕らには作れませんから。ちまちま新しいことやってかないと、僕みたいなのはダメなんです」芳澤はそう言うと、どかっと座り直した。

芳澤は高校を中退したあと、経歴を偽ってタイダルのインターンに紛《まぎ》れ込《こ》んできた逸材だった。履歴書も適当に書いておけばいいものを、わざわざＭＩＴを首席で卒業などと大きな嘘をつくような男だった。その場で英語ができなくて一瞬で嘘がバレたのだが、コーディングの腕は目を見張るものがあった。

「誰、このおじさん。よっちゃんの知り合い?」芳澤の隣にいるピンク色の髪をした女がつぶやいた。ほとんどブラジャーと変わらないような露出度の高いチューブトップに、大胆な黒いショートパンツ。へそのピアスがきらりと光る。見た目も喋り方も、まだ十代なのではないかと思うほど幼《おさな》かった。

「おいおい。七海《ななみ》、タイダルの藤浪さんを知らねえのかよ。終わってんな〜」芳澤が女に返す。

恐らく、芳澤の今の彼女なのだろう。今までの例に漏れず、極端に痩《や》せていて、派手な印象なのにどこか病的な陰《かげ》を感じさせる女だった。

「だって、七海はよっちゃんみたいに頭良くないんだから。テレビに出てるような芸能人じゃなきゃ知らないよ〜」女の甘ったるい声が妙に耳に響く。七海は芳澤の名前を呼びながら、わざとらしく芳澤の肩に自分の胸を押し付ける。あざとい仕草《しぐさ》が目に余る。隆はシャンパンをもう一口飲んだ。

「藤浪さんをそこら辺の芸能人と比べんなよ。俺を育ててくれた師匠みたいな人だぜ」芳澤は相変わらず大げさな言い方をする。

「おお〜、よっちゃんのお師匠さんでしたか。これは失礼しました！」七海はわざとらしく隆に敬礼のような真似をして、それから大声で笑いだした。すでに酔っているのだろうか。

「育てたなんて、大げさだな。芳澤君はうちに来る前から才能があったから、こっちが利用させてもらったようなもんだよ」

芳澤はたしかに才能の塊《かたまり》だった。コードを書かせたら誰よりも早く、綺麗だった。だが、社会人としての常識の欠如は酷いものだった。人と協調して働けるようになるまでに何年もかかった。独立したいという彼の要望に応えるために、顧客や投資家との付き合い方だけでなく、ビジネスの常識から丁寧に教えなければならなかった。

「お師匠さんはどんな仕事をしてるの？」七海は隆ではなく、芳澤に訊ねた。

「タイダルはすげえ会社だぞ。ＢＭＩって分かるか？」

「分かるわけないじゃん。あ、待って、知ってるかも。太ってるか痩せてるか計るやつだよね？」

「ああ、そういうのもあるな。そっちじゃなくてブレイン・マシン・インターフェイスって言って、脳の中に仕込む小さな機械のことだよ」

「え？　そんな機械を作ってるの？　なんか怖～い」

「ちげーよ。例えば腕がない人が機械の義手をつけるだろ？　ＢＭＩ、ブレイン・マシン・インターフェイスを脳に埋め込む手術をすると、考えるだけでその義手を思った通りに動かせるんだよ」

「え？　お師匠さん、すごくない？　なんか未来じゃん。めっちゃ天才なの？」女は目をキラキラさせながら大声で反応した。

「いやいや、ＢＭＩ自体はもうかなり前からあるんだよ。俺が作ったタイダルって会社は、ＢＭＩ利用者が使えるアプリを開発しただけだよ」

「ほえ～、でもやっぱり天才みたい！　どんなアプリなの？」

「ＢＭＩを利用してちょっとした小遣い稼ぎができるようにしただけだよ。普通ＢＭＩを使うのって、外のものを動かすような利用法がほとんどなんだけど、うちは逆のことをやったんだ。ＢＭＩを埋め込んでる人の脳に外部からアクセスできるようにしたんだよ。といっても、外から人を動かすってことじゃなくて、人の脳を利用してパソコンみたいな作業ができるようにしたんだ。もともとはテレパシーみたいなことができないかって目的で開発実験をしてたら、たまたまこういうことができることが分かったからね。結局テレパシーは無理だったけど」

「え～、なにそれ、やっぱりちょっと怖いかも」

「まぁ、普通の人からはそう思われるかもね。でももちろん、安全には一番気を遣ったよ。もう世界中で何万人もの人が利用してくれてる。ＢＭＩを埋め込んでる人がすることは、アプリを立ち上げてから寝るだけ。それで毎日お金がもらえるようになる。世界中で寝てる人の脳を並列接続して、仮想マシンとして利用できるようにしたんだ。ＢＭＩ利用者は寝るだけで報酬が貰《もら》えるし、うちのクライアントはスーパーコンピューターレベルの処理能力を格安で使えるってわけ」

隆は分かりやすく説明したつもりだったが、七海にはそれでも難しそうだった。

「自分の空き時間を他の人に貸し出すサービスがあるだろ？」芳澤が説明を加える。

「ちょっとした空き時間でタクシー代わりに誰かを車に乗せてあげたり、外食の宅配をやったり、空き部屋を観光客が使えるようにしたり」

「ああ、あるね。七海の友達でも宅配やってる人いるよ～」

「要は同じことなんだよ、使ってない人間の脳の処理能力を他人に貸し出すんだ」

「え～！　すごい！　やっぱりお師匠さん、すごい人なんですね！　私もできるかな？」

「お前みたいなバカの脳みそじゃあ、使い物にならねえよ」芳澤は七海の頭をポンポンと叩いた。

「え～、ショック～」

「いやいや、そんなことないよ。君だって目でいろんな物を見て、耳でいろんな音を聞いて、物に触れて世界を認識してるでしょ？　それに転ばないように歩いたりジャンプしたりできるし、会話もできる。それって実はすごい処理能力の結果なんだよ。勉強ができるかどうかってのは関係ないよ」隆はフォローするように言った。

「そうなんだ、ちょっと安心したかも」

「でも、ＢＭＩの埋め込み手術はしないとダメだけどね」

「え〜、なんだよ〜。やっぱり怖くてできないじゃ〜ん」七海はいちいち大げさに反応する。芳澤はその様子を見て嬉しそうに笑った。

「それにしても」七海は芳澤から離れて隆に近づいた。

「お師匠さん、よっちゃんとは見た目が全然違うね。身長も高いし、スーツもカッコいいじゃん」七海が馴《な》れ馴《な》れしく腕に触れ、隆は一瞬眉を顰めた。

「よっちゃん、いつもジャージなんだもん。ちょっとはオシャレしたほうがいいよ」

「オシャレとか、どうでもいいんだよ。興味ねえんだもん。そういうの、考えるだけでめんどくせえ」

「だから、何度も言ってるけどさ、私がよっちゃんのコーディネート考えてあげるって。それなら面倒じゃないでしょ？」どうやら、七海は芳澤のジャージ姿をよく思っていないらしい。

「いいんだよ、俺は。これが一番落ち着くの」

「え〜、勿体《もったい》ない。だってほら、お師匠さんの方がビシッとしてて、女の子にモテそう。私のモデル友達、紹介しようか？」

「ありがとう、でもごめんね。俺、結婚してるから」隆は左手の指輪を見せた。七海は指輪を見ると、逆に隆に自分の体を密着させた。

「そういうの、気にしない子もいっぱいいるよ」秘密を共有するように小さく耳打ちした。「私もＯＫだよ」七海の吐息が首をくすぐり、背筋がゾッとした。

「そういうの、いらないから」隆は七海を体から引き離すようにして距離を保《たも》った。

「バーカ、藤浪さんは昔からそういうのダメなの。スケベなおっさんとは違うんだよ」

芳澤は自分の彼女が他の男に色目を使ったのにもかかわらず、余裕の表情で茶化《ちゃか》した。もしかしたら七海が浮気をしたところでたいして気にしないのかもしれない。

「え〜、七海、いらないって言われた〜。ショック〜」

「あ、そういえば。カクタスの恭平《きょうへい》さんも来てますよ。あっちでゼン・モーションのＣＴＯと話してました。多分、まだ居ますよ」芳澤はフロアの反対側を指して言った。

「そうか。この前のお礼、言っておかなきゃな。ありがとう。ちょっと行ってくるわ」

久しぶりに芳澤と話ができるかと思ったが、七海が一緒だと真面目《まじめ》な話をするのは難しそうだ。隆は節操もなく近づいてくる女が苦手だった。異性に軽率な態度をとるような相手とは真面目に付き合うことなんてできない。タイダルが軌道に乗ってからは、そういう女が際限なく寄ってくるようになった。そんなときはつくづく、自分には聡美がいて良かったと思うのだった。

芳澤やその他《た》大勢の、界隈《かいわい》の男たちは女をころころ替える。モデルや女優、華やかに見えてどこか危うげな女たち。そんな相手と一緒にいて疲れないのかと心配になるが、他の男たちにとっては女遊びしない自分の方が不思議なようだった。

カクタスの柳田《やなぎだ》恭平を探してフロアを少し歩いてから、他にも話しておきたい相手がいることに気が付いた。他に誰が来ているのかを芳澤に確認しようと、バーカウンターまで戻ろうとした。

「ところで、さっきのお師匠さんって、いつもよっちゃんが馬鹿にしてるワンマン社長のことでしょ？」七海が大声で自分のことを話すのが聞こえ、隆は思わず足を止めた。こちらが戻ってきたことにはまだ誰も気が付いていないようだった。隆は無意識の内に、隠れるように背を向けた。

「ああ、覚えてたの？」芳澤が応えた。「タイダル自体はめっちゃいいんだけどね。藤浪さんはあんまり頭いい人じゃねえし。もう新しいことなんて何もやってねえからさ、結局のところ一発屋って感じだな。タイダルで儲けたから、もう満足しちゃったんじゃない？　あの人は昔からハングリー精神が足りねえんだよ。もうタイダルも先が見えてるよな」

「聞いた話だと、アクティブ・ユーザー数も頭打ちになってるらしいですね」誰かが芳澤の話に加わった。芳澤たちにバレないようにチラッと顔を覗き見したが、知らない男だった。

「ビジネスモデルだって古臭いし。今はカッコつけてられるけど、あと五年もしたらどうなってるか分からないよ、マジで」

「そうなんだ〜、やっぱりよっちゃんの方が凄《すご》いんだ〜」

芳澤たちの話を聞いても怒りは湧《わ》いてこなかった。

隆は虚《むな》しさからため息をついて、その場を離れた。

社会に馴染めない半端者だった芳澤の面倒を見て、独立の世話までしたつもりだった。それでも、陰ではこんな言われようなのだ。批判や妬《ねた》みの対象として、これまでも数多くの中傷はあった。だが、まさか芳澤の口から聞くとは思っていなかった。

「あの！　藤浪さんですよね？　初めまして、ラビリアの鈴木《すずき》と申します」

出口まであと少しというところで、見たことも聞いたこともない男に声をかけられた。

「少しお話ししたいことがあるんですが、お時間ありますか？」

一発屋と陰口を叩かれる一方で、成功者としても期待される。相手は名刺を取り出したが、今はとてもそんな気分にはなれない。勝手な期待に応える理由があるだろうか。

「すみません。今、急いでるんです」

隆は名刺を受け取らずに先に進んだ。だが、すぐに自分の態度を反省した。舌打ちをしてから、男を振り返った。男はがっかりしたように猫背で項垂《うなだ》れている。

「鈴木さんでしたっけ？」ポケットから名刺入れを取り出し、男に一枚渡す。「今は話せませんが、メールをくれれば目を通します」

「はい！　ありがとうございます」男は隆の名刺を恭しく受け取った。

カッコつけてられるのは今だけ。

五年後にどうなってるか分からない。

芳澤の言葉が胸の中で刺さる。

シャンパンのグラスをもう一度もらい、一気に飲み干してから会場を出た。

芳澤のパーティーに顔を出してから、鬱屈した思いが晴れることがなかった。この二週間というもの、言いようのない不安に突然襲われるようになっていた。ただなんとなく無力感に苛《さいな》まれたり、なにをしても無駄なように感じてしまうのだ。そして、そんな自分にイライラしてしまう。

事業を立ち上げたばかりの時も精神的なストレスを抱《かか》えていた。だが、あの時は事業がなかなか軌道に乗らず、借金ばかりが増えていたからで、理由ははっきりしていた。

今やタイダルの事業は盤石だ。自分は間違いなく成功者だ。それなのに自分が空っぽのような気がしてならない。

芳澤の立ち上げたGTインフォロジーは順調に業績を上げている。創業時の資金調達のスピード感は、自分がタイダルを立ち上げた時とは大違いで、恐ろしさを感じたものだった。芳澤を育てた自分の力添えがあったからだ、と思いたいところだが、芳澤がどう思っているかは定かじゃない。今ではインフォロジーも立派な取引先のひとつで、立場上は同等だ。

芳澤の独立は自分のことのように嬉しかったが、インフォロジーの伸びしろを羨ましく感じていることは否定できない。タイダルには差し迫った問題があるというわけではないが、長期的な視点で見ると、将来性という点で課題を抱えている。先日、知らない男が言っていた通り、アクティブ・ユーザーは増えていないし、演算処理の能力も期待するほどに高まっていない。業績は安定しているが、その安定感が逆に危機感を麻痺《まひ》させているかもしれない。とはいえ、焦る必要はないはずだ。将来性が課題であれば、今後伸びていきそうな分野に進出すればいいだけだ。資本もネットワークもある。急に足を掬《すく》われるような脅威はないだろう。だが、自分の焦燥感を鎮めようとすればするほど、余計に不安を感じるようになっていた。もはや会社の問題ではなく自分の問題なのかもしれない。

仕事に取り掛かろうとしても、メールすら集中して読めなかった。コーヒーを飲んでも頭は冴《さ》えず、かえって胸やけがしてさらに気分が悪くなる。

すぐに返事をすると言っていたはずの、カクタスの柳田から連絡が来ない。芳澤のパーティー以降、新規事業を立ち上げる必要性を改めて感じ、アプリの共同開発を申し込んだ。すでに一度、確認の連絡をしている以上、催促のメールをするのは避けたい。だが、かれこれ二週間も待たされている。

普段ならこんなことでイライラすることなどないのだが、メールアプリを立ち上げるごとに、柳田から自分を否定されているような気になってしまう。

社員が楽し気に談笑している声ですら、腹立たしく感じてしまう。まだ出社したばかりだというのに、まるで何日も徹夜を続けた後のような疲れがある。頭が重く、気怠《けだる》い。そういえば最近、睡眠の質も良くない気がする。夜中に何度も起きてしまうのだ。

すぐ近くのデスクで広報の副島《そえじま》が電話対応し始めた。柔らかい副島の声は普段なら気にならないのだが、今日に限っては耐えがたい騒音のように感じられてしまう。

少し仮眠をとった方がいいかもしれない。

そう思い、オフィスを出て一つ下のフロアの倉庫に足を運んだ。倉庫にはソファーベッドが用意されているので、仮眠室としても使えるようにしてある。

青い布張りのソファーベッドに座りながら靴を脱ぐ。自然とため息がもれてしまう。

一体、俺はどうしてしまったんだろう。

各種工具や展示会で配るためのノベルティグッズ、それに非常用の防災用品など。さまざまな備品が並ぶ棚を眺めていると、随分と懐《なつ》かしいものに目が引き寄せられた。

黒いプラスチック製の、頭部に装着するウェアラブル・デバイス。見た目が似ていたことから、社内ではカチューシャと呼ばれていた。

タイダルのサービス、演算処理能力はＢＭＩの利用者数によって決まる。並列接続されたノード、要するに睡眠中の脳が多ければ多いほど処理能力は高まり、同時にリスクも減る。アプリ利用者が増えれば、仮想マシンの性能が上がるのだ。だがそもそも侵襲性のＢＭＩ、つまり脳に埋め込んだ小型機械を利用する者が少ないため、どうしてもアプリ利用者は限られてしまう。

そのため、脳に埋め込む必要のないウェアラブル・デバイスでネットワークに接続できれば、利用者を増やして性能の向上が図れる。カチューシャはこの目的で開発された試作品だった。

カチューシャはウェアラブル・デバイスでのネットワーク接続を可能にした。しかし、当たり前のことだが、埋め込み型のＢＭＩと違い、脳との間に頭髪や皮膚、頭蓋骨《ずがいこつ》などの障害が多く、一定以上の成果を得ることができなかった。結局、カチューシャが正式な製品として日の目を見ることはなかった。

カチューシャが綺麗な状態で残っているのを見て、ふいに昔が懐かしくなった。そもそもウェアラブル・デバイスなんて使えるはずがない。そんなことは百も承知だったはずだが、それでも諦めずに開発に乗り出した。木下も芳澤も、誰もが前向きだった。タイダルは若く、勢いのある会社だった。

今のタイダルに、その気概はあるだろうか。いや、無駄だと分かっていることに取り組むような非生産的なことは避けるだろう。それどころか、芳澤のような才能があっても非常識な者は面接で落としているかもしれない。会社が成長したことで、どれだけのものを失ってしまったのだろうか。

芳澤は才能こそあったが、技術以外は本当にダメな男だった。この試作品のカチューシャも十個作った内の三つを無くしたのだ。分解してパーツを他のものに使ってしまったと言い訳したが、辻褄《つじつま》が合わず、どう考えても嘘だった。本当に、あれでよく独立できたものだ。

無意識のうちに、ソファーベッドから立ち上がって、備品の棚に近づいていた。そして手がカチューシャを摑んでいた。持ち上げれば本物のカチューシャよりは重いが、ヘッドホンよりは軽い程度の重量だ。試作品とはいえ、長時間着けていても負担がないように形状にもこだわっていた。それは記憶していたよりもいいもののように思えた。本体側部の小さなボタンを押してみると、充電が完了した状態だった。

何かを期待していたわけではない。ただなんとなく懐かしい思い出に浸りたい気分で、カチューシャを頭に装着して、もう一度ソファーベッドに横になった。

ボタンを押して、会社のネットワークに接続する。

アプリを立ち上げた途端に、全てが消えた。

自分がいた部屋も、自分が寝ていたソファーベッドも、自分の体さえも。

全てが消えた。


何も聞こえない、何も見えない、何も感じない。

音もなく、光もなく、何かに触れているという感覚もない。

突然、全てが失われてしまった。

深い闇の中、自分の意識だけが存在している。

ソファーベッドの上で仮眠をとろうとしていたはずなのに、カチューシャのアプリを立ち上げた瞬間に、暗闇《くらやみ》の中に飛ばされてしまったようだ。

ボタンをもう一度押してカチューシャを止めようとしたが、自分の体を動かすことができない。

今までにもカチューシャを使ったテストは何度も繰り返していたが、こんなことは初めてだった。

何が起きたのかを冷静に考えようとしたが、自分の意識も徐々に薄れていくのが分かった。

少しずつ眠くなっていくようで、思考もぼんやりとしてきた。

それと同時に、何かが少しずつ見えてくる。暗闇に目が慣れていくように、何かが目の前に現れた。それは陶器の瓶《びん》だった。

ゆっくりと、茶色い陶器の瓶が落ちていく。

時間が引き延ばされているような奇妙な感覚で、スローモーションの映像を見ているようだ。

夜空に沈んでいく月のように、瓶は少しずつ下に落ちていく。

瓶の蓋《ふた》が外れ、中に入っている白いものが見える。

それが塩であることがなぜだか分かる。

不思議の国のアリスになった気分だった。

アリスがウサギを追って穴に落ちていくシーンを思い出した。

だが、アリスと違って、ここには自分の体はない。ただ、瓶が落ちていくだけだ。

〈あ！　足の上に落ちちゃう！〉

なんの前触れもなく、隆はそう思った。そもそも自分の体なんてないのに、足に落ちるなんて思うはずがない。だが、たしかにそう思ったのだ。

それは別の誰かが発した言葉のように、自分の意思とは関係なく、頭の中で大きく響いた。瓶が足の上に落ちてしまう。

突然、スローモーションの映像が急速に動き出した。

手元から離れた瓶は、次の瞬間に右足の中指に落下した。

耐え難い痛みに、隆は悲鳴を上げた。思わず口から洩《も》れたのは、自分の声ではなかった。聞いたことのない、女の子のような甲高《かんだか》い泣き声だった。

泣き声に違和感を覚えずにいられなかったが、足の痛みは激しく、それどころではなかった。

隆は思わず後ろに倒れ、尻《しり》もちをついた。先ほどまではなにもなかったはずなのに、そこには床があった。

隆はキッチンにいた。見たこともない部屋だった。床は白いタイル張りで手をつくとひんやりと冷たかった。

痛みがこらえられず、自然と涙が溢れる。涙を拭いた手は小さかった。痛む右足を見ると、やはりそれは自分の足ではなかった。足は小さい。それも、驚くほど小さい。怪我をした中指は黒っぽい紫に変色し、腫《は》れ始めた。

早く足を冷やさないと、と隆は思った。そう思ったのだが、体は思うように動かなかった。

子供のようにただ泣き続けるほか、なにもできなかった。

しばらくすると、知らない男が慌ててキッチンに飛び込んできた。くたびれたシャツと、着古したズボン。痩せこけた頬《ほお》に神経質そうな細い目。男は隆のもとに駆け付けると、なだめるように抱きしめた。知らない男にいきなり抱き寄せられて隆は驚き、離れようとしたが、やはり体は思うように動かなかった。

「不哭、不哭！　怎么了？」男は中国語を話した。

「塩罐子掉了」

隆自身も中国語を話した。しかし、それはやはり隆の声ではなく、女の子の声だった。

〈そうだ。あの日、私は指を骨折したんだった〉

先ほどと同じように、別の誰かの思考が頭の中に割り込んできた。

そしてその瞬間に、知らない男だったはずの誰かが、自分のお父さんだったことに気が付いた。

お父さんのシャツから汗と煙草《たばこ》の臭《にお》いがした。それは不快なものではなく、どこか懐かしくて、心地よい。

「なんでそんなものを落としたんだ？」お父さんは責めるように言った。

「朝ごはん作ろうと思ったの」

私は泣きながらお父さんに訳を話した。塩が床一面にこぼれている。瓶は私の足にぶつかったから割れなかったが、その蓋は砕《くだ》けていた。床のタイルも割れているかもしれない。

「まぁいい。それより、ちゃんと冷やさないと」

お父さんはそう言うとすぐ後ろにある冷凍庫から氷を取り出して、ビニール袋に詰めた。その氷を怪我した指の上に置く。冷たすぎて思わず足をひっこめると、お父さんはタオルで足に縛り付けた。

「冷たすぎるよ！」

「何言ってるんだ。冷やしてるんだから、当たり前だろう。そのまま待ってなさい。これから病院に行くから」

お母さんがいないから、代わりに朝ごはんを用意しようと思ったのに。お父さんが家にいるのが久しぶりだから、ゆっくり休んで欲しかったのに。私のせいで朝から病院に行くはめになってしまった。

車で病院に向かうまで、お父さんは何も言わなかった。もとから無口な人だが、今日はなぜだか責められているような気がする。ラジオから流行《はや》りのドラマの主題歌が流れてきたが、気分は重かった。

病院でレントゲンを撮ってもらうと、やはり中指の骨が折れていた。先生は中指に薬草をのせて、他の指と一緒にテープでぐるぐる巻きにした。

痛みは引いていたが、それでも歩くのは無理だった。先生から松葉杖《まつばづえ》をもらい、私たちは病院をあとにした。

「どうせだし、どこか遊びに行くか」病院から出ると、お父さんは少しだけ微笑んだ。

「うん。どこか行きたい。でも、私歩けないよ」

「いいよ。お父さんがおんぶしてあげるから、気にするな」

どこかに遊びに行くと言ったものの、お父さんは遠出するつもりはなかったようだ。結局、家の近くの西湖を散歩することになった。

せっかくだから有名な楼外楼《ローワイロー》でお昼を食べよう、そんな話をしながら私たちは車を降りた。私はお父さんに背負われながら、何を食べようかとワクワクしていた。

「私は東坡肉《トンポーロー》が食べたいかな」

偉大な詩人であり、杭州の役人でもあった蘇東坡は大々的な西湖の整備を行った。私たちが歩いている蘇堤は長い一本道で、彼が西湖の泥を浚《さら》って盛土したものだと言われている。

彼が愛した豚の角煮は東坡肉として、杭州料理には欠かせない一品だ。

お父さんは私をおんぶしながら、ゆっくりと歩いている。後ろから来る人たちがどんどん私たちを追い抜いて行った。まだ昼前だが、蘇堤は人でいっぱいだった。

「ほら、蓮《はす》の葉が綺麗に広がってるな。もう少しすれば、花も見頃になる」

お父さんは疲れているのか、息を切らしながら言った。

「そうだね。また来なきゃ。その時には足は治ってるかな？」

「そりゃあ夏までには治ってるよ。大したことないって、先生も言ってたしな」

心地よい風が吹き、私の髪を揺らした。湖のほとりの柳の葉も同じように揺れ、しな垂れた枝が水面をくすぐった。私はお父さんにおぶわれながら、西湖を眺めた。太陽の日差しが水面を輝かせる。湖のほとりを囲む木々の緑、蓮のつぼみの薄紅色、そして空の青さが眩《まぶ》しかった。

鳥のさえずりが聞こえると思って振り向くと、鳥かごを持ったおじいさんたちが何人も一緒に散歩していた。小さな竹の鳥かごの中を見せ合い、どこの店で買ったのだと自慢げに話している。

「もうだめだ」蘇堤を三分の一くらい歩いたところで、お父さんが音を上げた。「すまないが、楼外楼まではおんぶできないな」

近くのベンチに私を座らせると、腰を労わるように軽く叩き始めた。

「お前もこんなに大きくなったんだな。ちょっと前までは抱っこして西湖を一周できたのに、蘇堤の半分も行けないなんて。情けない」

「抱っこして一周なんて無理でしょ。いつの話?」

「お前が生まれたばかりの頃だよ」

「そんなの、六年も前のことじゃない。でも、いいよ、別に。そんなにお腹《なか》減ってないから」

お父さんは一息つくと、胸ポケットから煙草を取り出して吸い始めた。

「岳王廟の方まで車を回せばよかった。失敗したな」

お父さんは煙を吐き出すと、今来たばかりの方を振り向いて呟いた。

「お前が大きくなる頃には雷峰塔も建て直されるかもな」

ずっと昔に倒壊した雷峰塔の再建は、杭州の人々の関心事の一つだった。雷峰塔の跡地の地下調査が行われ、今まで伝説に過ぎないと思われていた地下宮が見つかったばかりだ。テレビでは発掘現場の生中継も放送されていた。

「ねえ、白娘子《バイニャンズ》のものも出てくるのかな」

「そうだな。なにかあるかもな」

西湖は人気のある昔話、白蛇伝のゆかりの地としても有名である。私もテレビドラマの再放送を見ていて、物語を知っていた。

　主人公の白娘子は修行を積んで人間の姿になった蛇の妖怪《ようかい》で、人間の男と恋をして結ばれる。二人は幸せに暮らしていたが、あるお坊さんが白娘子の正体が蛇であることを見抜き、夫である許仙《シューシェン》にバラしてしまう。許仙はその話に驚き、妻を酒で酔わせる。すると彼女は蛇の姿に戻ってしまう。お坊さんは雷峰塔に白娘子を封印するが、彼女の味方が塔を崩壊させて助け出す。二人は再び結ばれてハッピーエンドとなる。

　雷峰塔の発掘現場をテレビで見ながら、いつ白蛇が姿を現すかとハラハラしていたのは私だけではないだろう。

「ねえ、許仙はなんで白娘子を怖がったの？　結婚して、一緒に暮らしてたのに。最後だって、白娘子と結ばれるよ。最初からお坊さんの話なんか聞かなければ良かったのに」

「そうだな。でも、それじゃあ面白い話にならないよ。それに、もし自分が愛した人が、自分の知らない一面を持っていたら怖いもんだよ。だって、もしお父さんが白蛇だったらお前は怖くないかい？」

「怖くないよ。お父さんはお父さんでしょ？」

　私が言うと、お父さんは静かに笑った。煙草を捨て、吸い殻を靴で踏み消した。

　途中でお昼を食べて家に帰ると、すでに夕方近い時間だった。キッチンはまだ私が汚したままで、床にバラまいてしまった塩を片付けようとしたが難しかった。

「ごめんなさい」私の代わりに掃除するお父さんに謝った。

「いいんだよ、たいしたことじゃない。でも怪我するかもしれないんだから、これからは気をつけなさい」

「分かった。それに、塩の瓶をダメにしちゃった。新しいのを買わないと」

「いや、それは大丈夫。だって、瓶は割れてないから」

「でも蓋が壊れちゃったよ」

お父さんはキッチンをぐるりと見まわして小皿を手に取ると、逆《さか》さにして瓶の上に被せた。

「これで大丈夫。瓶の再婚相手が見つかったよ」

お父さんの言い方がおかしくて、私たちは笑った。

その夜、私はトイレに行きたくて起きてしまったが、蛇になったお父さんが待ち構えている気がして、朝になるまでトイレに行けなかった。


目が覚めると、すでに午後六時半を過ぎていた。誰も起こしてくれなかったのか、と隆は思った。だが、考えてみれば一時間ほど仮眠をとるだけのつもりだったので、倉庫に行くことを誰にも伝えていなかった。営業時間中ずっと寝ていたことになる。ここのところ疲れていたとはいえ、そんなに長時間寝入ってしまったことに驚き、申し訳なく思った。

隆はソファーベッドから足を投げ出し、置いておいた靴を履いた。ズボンのポケットから携帯を取り出すと、留守電が数件録音されていた。焦って聞いたが、どれも急用ではなかったようで、ほっと胸をなでおろした。

ソファーベッドから立ち上がると、体が軽くて驚いた。

ここ最近の不調が嘘だったかのように、頭がすっきりしている。

全身の緊張がとれたような、まるで何ヵ月も休養をしたような心地がした。

何も考えずに屈伸をし、体側を伸ばしてみると、気のせいか体がいつもより柔らかい気がする。

深呼吸をすると、自分の鼓動が聞こえる。まるで車のエンジンのように、血潮が全身を力強く巡る。なんだか若返ったような気分だ。

今ならどこまでも走っていける。なぜかそんな気がした。

自分のデスクに戻ろうとして、まだカチューシャを頭に着けたままだったことに気が付いて、思わず微笑んでしまった。こんなつまらないことで笑えるなんて、おめでたいやつだ、と我ながら思う。カチューシャを元の棚にしまい、部屋を出ようとした。

ドアを後ろ手に閉めようとして、ふと躊躇った。

そういえば、変な夢を見た気がする。

何かを忘れている気がする。

何か、とても大事なことを思い出したような気がしたのだが、それがなんだか思い出せなかった。

少しだけ考え込んだが、気のせいだろうと思い、自分のデスクに戻ることにした。

一つ上のフロアに戻ると社員はほぼ退社しており、数名が残っている程度だった。メールを確認すると、柳田からの返事がきていた。

アプリの共同開発を前向きに進めたい、秘密保持契約の書類を準備している。まさに待ち望んでいたはずの返事だった。

この二週間ほど、やきもきしていたにもかかわらず、柳田のメールを見ても何も感じなかった。自分から言い出したことなのに、なぜだか気乗りしない。

自分は何を焦っていたのだろう。芳澤に陰口をたたかれた程度で動揺していた自分が情けなくなる。

柳田のメールにすぐに返事する気はなかった。こんなつまらないことに時間を割《さ》きたくない。新規事業など、もうどうでもよかった。

今は仕事のことなど考えたくない。気分転換に飲みに行きたい。

仕事をなにより優先してきた自分らしくないと思いつつ、なんだか不思議なほどに浮ついた気分だった。

オフィスを見回すと、ちょうどよく木下が残業していた。残っている仕事を片付けたい、という木下を隆《なか》は半ば無理やり誘った。二人だけで飲みに行くのは久しぶりだ。昔よく行っていた串《くし》焼《や》き屋に行こうと木下が店を決めた。

駅からすぐ近くの高架下にある小さな店で、建付けの悪い扉を横に開くと、ガタガタと嫌な音がした。

「お、藤浪さん、久しぶり！」小柄《こがら》な店主がカウンター越しにこちらを見た。隆は軽く会釈して、指を二本だけ立てた。換気扇がカラカラと音を立てて回っているが、店内には煙が充満している。

「今、カウンターしか空いてないけどいい？」

「そんなこと言って、テーブル席が空いてたことなんてないんじゃない？」隆が言うと、店主が何も言わずに笑った。

木下と隣り合わせでカウンター席に腰をかけると、上を通り過ぎる電車の騒音が響き、店内が軽く揺れる。いつ潰れてもおかしくない店だと毎回思うのだが、なぜかこの小汚い店の雰囲気が気に入っていた。

生ビールを二人で飲み、串の盛り合わせを頼んだ。

「柳田の奴、やっとメールを返してきたよ。共同開発に興味があるとさ」

「良かったじゃないですか。藤浪さん、随分気にしてましたもんね」

「いや～、それがなんか、正直さ。もうどうでもいいんだよね」隆は呟くように言った。

「え？」木下が口元から下ろしたビールジョッキが、カウンターにぶつかって音を立てた。

「どうでもいいって、どうしちゃったんですか？」

「芳澤に散々言われてさ、俺も変に意識しちゃってたんだろうな。結局、柳田も返信寄こすまでこんなに遅れたってことは、本気じゃないだろうし……。正直なところ、めんどくせーな、って」隆はジョッキのビールを飲み干してから笑った。

「めんどくせーって、そんな。子供じゃないんですから。どうするんですか？」木下は諫《いさ》めるように言った。

「もちろん、ちゃんと断るよ。柳田は大丈夫。付き合いも長いし、分かってくれるよ。しかし、なんだって俺は芳澤に対抗しようなんて思ったのかな。あいつなんて結局のところ、新規事業をバカスカ始めて目立ってるだけだよな。毎回、時代錯誤なローンチパーティーばかり開いてさ。俺らみたいな大当たりはしてないんだから、最初から気にすることなんてなかったんだよ」隆は他人事《ひとごと》のように話した。

「あいつなんて、もともとコーディングがうまいだけで、何にもできなかったもんな。覚えてるか？　あいつ試作品のカチューシャを三つも無くしやがってさ。分解してどっか行ったとか、訳わからない弁解してたよな。あれでよく会社が回ってるもんだ」

「カチューシャですか、随分と懐かしい話をしますね」木下は眉根を寄せた。

「そうそう。今日は体調悪くてさ、倉庫で仮眠しようとしたら、久しぶりにカチューシャを見て、いろいろ思い出しちゃったわけよ」

「ああ、そういえばまだあそこに保管してましたね」

「うん、いい状態で残ってた。思わず使っちゃったよ」

「え？　使ったって？　どういうことですか？」

「仮眠するときに装着してネットワークにアクセスしてみた」

「いやいや、電源は入ると思いますけど、ネットワークにアクセスはできませんよ。試作品ですから、あの時に試したのは、あくまでテスト環境です。今のタイダルには接続できませんよ」

「ん……、そうか」隆は僅《わず》かな違和感を覚えた。言われてみれば当たり前の話で、開発を諦めた試作品が正常に稼働するはずがない。

「まぁ、そうだよな」

あの時はたしかにネットワークに接続できたような気がしたのだ。

いや、本当のことを言えば何が起きたのか覚えていない。

変な夢を見た気がする。

「今日の藤浪さん、いつもと違っていい加減な感じですね。どうしちゃったんですか?」

「そうだな。一皮剝《む》けた、って感じがするよ」

「褒めてないですから!」木下がツッコミを入れると、隆は嬉しそうに彼の背中をポンと叩いた。

「ネットワークに接続したいなら、僕みたいに素直にＢＭＩ入れればいいじゃないですか。意外と簡単ですし、便利ですよ」木下はなんでもないことのように言った。

「いやいや、興味本位で脳に機械を入れるやつなんて、お前ぐらいのもんだぞ」

木下は身体的な障碍がないのにもかかわらず、自分の脳にＢＭＩを埋め込んだ。どうしても自分でＢＭＩの操作を実感してみたかったようだ。もちろん、日本では医療行為として認められなかったので、海外で手術を受けた。映画でよく見るマッド・サイエンティストというのはどこか滑稽《こっけい》だが、研究者肌の人間は常識というものの認識が一般人とは違うようだ。

「そんなこと言ったって、みんなスマホを肌身離さず持ち歩いてるじゃないですか。だったら体の中に埋め込んじゃうほうがいいと思いませんか？」

「普通の人は誰もそんなこと思わないよ。それが冗談じゃないのが怖いよ」

「だから普通の人はつまらないんですよ。だって便利ですよ。考えるだけでコード書けますし」

「いや、普通に手で打てばいいじゃん。その方が早いだろ？」

「早いとか、楽とか、そういう話じゃないんですよ。これに慣れちゃうと戻れないんですよ。キーボードをカタカタ言わせなくていいんですから。プロセスが変わるんですよ。これは大きい一歩です」

木下は饒舌《じょうぜつ》だった。木下が勝手に盛り上がり始めたので、隆は辛口の日本酒を頼んだ。お猪口《ちょこ》を二つ用意してグイッと飲む。喉《のど》の奥がじんわりと温まり、清らかな香りが鼻を抜けていく。

「それに、もっと人体の機械化を進められればどんなに面白いことになるか。ワクワクしませんか？　生まれ持った姿を変えられれば、思考や文化も変わっていくはずなのに。それを留《とど》めるのは技術じゃなくて、想像力も度胸もない人たちですよ」

「はいはい。脳に機械を埋め込むのが怖い普通の人でごめんねー」隆は木下のお猪口に酒を注《つ》ぎ足《た》した。

「じゃあ、聞かせてくれよ。君の考えた、最強の機械化人間ってどんな感じ？」

「よく聞いてくれました！　僕はねえ、いろいろと考えてるんですよ。やっぱりね、カンガルーですよ。僕はカンガルーになりたいんです！」

だんだんと酔ってきたのか、木下の声が大きくなっていく。カンガルーになりたいと大声で語る木下がおかしくて隆は笑った。

「あの尻尾《しっぽ》の機能は最高ですね。ＢＭＩさえあれば、将来的に腕を増やしても生産性は変わらないと思うんですよ。その点、二足歩行はどうしても足腰に負担がかかるんで、尻尾で体重を支えられたら随分楽になるはずです。僕はカンガルーになりたいんですよ」

「カンガルーかよ！　かわいいな。でもさ、普段から運動してれば、腰なんて痛めないんだよ。前から言ってるけど、結局座りっぱなしなのが悪いんだよ」

木下は何年か前にギックリ腰で一週間休んだことがあった。会社にとって大きな痛手だったが、彼にとっても忘れられない体験だったらしい。一人でトイレにも行けない、と泣いていたのを覚えている。

「運動なんてしなくてもいいなら、それに越したことはないんですよ」木下はものぐさそうに言った。

「時代がどこに向かっていくのかなんて分からないけどさ。だけど、利便性だけじゃあ、人間の機械化なんて進まないと思うんだよ。普通の人の、普通の考えってのは簡単には変わらない」

「じゃあ、利便性以外の何が人を変えるって言うんですか？　昔のインターネットみたいにエロ要素だとか言わないでしょうね」

「いや、そうじゃなくてもっと社会的な意義のある何かだと思う。ＢＭＩは人間の不自由を克服しようとして発展してきたんだから、きっと何か、その延長線上にあるものだと思うんだ」

「それは利便性じゃないんですか？　人類がどれほど腰痛に苦しめられてるか、藤浪さんが知らないだけなんですよ」

「いや、そういうのじゃなくてさ。きっと乗り越えられるとは思ってもいない全く別の分野の問題が解決できたりとか……」

隆は言い淀んだ。漠然とした、言葉にできない何かが、すぐ近くにあるような気がした。

誰もが求めていながら、決して手に入らない何か。

人を、社会を、世界を変えるような何か。

「藤浪さん？　どうしました？」

木下が声をかけたが、隆にはその声は聞こえていなかった。

「まぁ、考え事するなら邪魔しませんよ。僕も勝手に仕事しますから」

木下はＢＭＩに意識を集中して、オフィスのネットワークに接続した。パソコンを立ち上げると、デスクトップの画面が彼のコンタクトレンズに映し出された。

串焼き屋は喧騒に包まれていたが、カウンターに並んだ二人はしばらく静かにしていた。木下は一人で飲みながらも思考だけでコードを書き続け、隆はただ何を考えるともなく、じっとカウンターの上を見つめていた。

無意識のうちに、隆はカウンターの上に置かれた調味料を見つめていた。塩や七味唐辛子、漬物が入っているだけの、どこにでもある陶器の壺《つぼ》。

自然と隆の手はその壺に伸びた。小さな壺を摑み、その蓋を開ける。中に入っているのは柴漬《しばづ》けだ。隆は蓋を外した壺をカウンターに戻し、じっと見つめた。何か、大切なことを忘れている気がする。

隆は同じくカウンターに置かれた小皿を手に取り、それを漬物の瓶に蓋の代わりに載せた。

「藤浪さん、何してるんですか?」隆のおかしな行動に木下が声をかけた。

「いや、なんだろう。よくわからない」隆は小皿の載った瓶を不思議そうに眺めて言った。

「ほら……、壺が再婚相手を見つけたんだよ……」

そう口にした途端、隆の頰を涙が流れた。

「え? 藤浪さん、泣いてるんですか? どうしたんですか?」

隆は自分の胸の内に突然押し寄せてきた感情に圧倒された。

〈壺でさえ簡単に再婚相手を見つけられるのに、私は何してるんだろう〉

隆は涙を堪えることができず、落ち着くまでしばらく時間がかかった。

やがて涙が止まると、自分がなんで泣いていたのかさえ思い出せなかった。

その後、家に帰っても全く寝付けず、ベッドの上で何時間も憂鬱《ゆううつ》な気分を味わった。

オフィスの倉庫で目覚めた時には、驚くほどに好調だったはずなのに。

いつの間にか、隆は同じことばかり考えるようになっていた。

またあのカチューシャを着けて寝れば、いい気分で起きられるのではないだろうか。

なんの根拠もない。だが、ふと思いついたその考えを消すことはできなかった。

眠れないまま朝を迎えると、隆はすぐにオフィスに向かい、倉庫へと急いだ。


昨日と同じようにソファーベッドに横になると、カチューシャを頭に装着した。

デバイスの側面のボタンを押した瞬間、暗闇の中に飲み込まれた。

そういえば、前回カチューシャでネットワークに接続したときも同じように感覚が遮断されたのだ、と今更ながら思い出した。

ただ変な夢を見ていただけだと思っていたが、やはり同じことが起きてしまった。

何も見えない、何も聞こえない、何も感じない。

ただ自分の意識だけがぼんやりと存在している。

前回は女の子の夢を見たのだった。

おそらく、今日もこれから何かが始まるのだろう。

☽

しばらくすると、キラキラしたものが目の前に見え始めた。

宝石のように小さいが、色とりどりに輝く何か。

海のような青、夕焼けのような赤、新芽のような緑。

隆はそれらを手に取った。その手は小さく、自分の意思で動いたわけでもなかった。隆の意識は、以前と同じように誰か別の女の子の中に入っていた。

手の中にあったのは宝石などではなく、安物の髪留めだった。鼈甲《べっこう》のような色合いをしているが、間違いなくただのプラスチック製だろう。

隆は小さな店の中にいた。小さな髪留めやイヤリング、玩具のような指輪がごちゃごちゃと並べられている。

「这个怎么卖的?」

隆はまた中国語で話した。その声には聞き覚えがあった。前と同じ子なのだろう。

〈これ、欲しいな。安く買えないかな?〉

またしても女の子の意識が隆の頭の中に強く鳴り響いた。

「一個で一元だよ」店の奥からしゃがれた声が聞こえた。

隣を見ると、小雪《シャオシュエ》ちゃんと麗《リー》ちゃんがそれぞれ買いたいものを手に持っていた。小雪ちゃんは翡翠《ひすい》のような色が綺麗な細い腕輪と、茶色のリボン。麗ちゃんは黄色い蝶々《ちょうちょう》のブローチ。私はそれらを受け取って、奥のおばさんの前に持っていく。髪は短く、まるで昔の共産党のポスターに出てくる男みたいに力強そうな体つきをしている。

この店には何回か来たが、おばさんはいつも奥の椅子に座っている。一日中、ずっと動かない陶器の置物みたいに重たい雰囲気がした。

「これを頂戴《ちょうだい》。四つで四元ね」

私は財布から一元硬貨を四枚出しておばさんに渡そうとした。

「ダメだよ。それじゃあ、足りない。髪留めとリボンは一元だけど、そっちの黄色いブローチと腕輪は三元だよ」

「分かった。全部で六元ね」私はおばさんの手許に二元追加した。

「お嬢ちゃん、算数が苦手みたいだね」おばさんは笑った。

「分かった。じゃあ、腕輪をもう一個買うことにするから八元にして」「全部で八元だよ」

「お嬢ちゃん、頭が悪いみたいだね。腕輪を増やすなら全部で十一元だよ」おばさんの顔から笑みが消え、口を尖《とが》らせた。

「おばさんも商売が上手じゃないみたいだね」私は自信満々に言った。「多めに買うから安くしてって言ってるの」

「この生意気なガキどもが！」おばさんが急に立ち上がって大声を上げた。小雪ちゃんと麗ちゃんが私の後ろで小さな叫び声を漏らした。

「邪魔だからさっさと出ていきな！」

おばさんの怒鳴り声を聞いて、小雪ちゃんと麗ちゃんが店を慌てて飛び出したのが分かったが、私はじっとおばさんの顔を見つめた。

「分かった。また明日来るね」

「もう二度と来るな！　馬鹿にするなら学校に連絡するからね！」

赤ら顔のおばさんに余裕の表情で手を振って店を出た。商店街の通路に出ると、小雪ちゃんたちが心配そうな顔で私のもとに寄ってきた。

「ちょっと！　おばさん怒らせてどうするのよ。あれ、欲しかったのに買えなかったじゃん」小雪ちゃんが怒ったように私の肩を軽く叩いた。

「大丈夫。明日もまた行こう。明日はきっと安く売ってくれるよ」

「え？　また行くつもり？　おばさんが怖くないの？」

「全然怖くないよ。なんとなく、うちの親戚《しんせき》のおばさんに似てるの。あんなに太ってないけど、商売のやり方は似てるから、値切れば安くしてくれるよ」

「あんな値切り方されたら、落ち着いて買い物もできないよ」麗ちゃんが不満を漏らす。

私たちは家が近くなので、学校から一緒に帰る。いつもは違う道を通るのだが、今日は晴れていていい気分だったので、ちょっと遠回りして駅前の商店街に来たのだ。

「やっぱり、もう帰るね」

今日はゆっくりと商店街で遊ぼうって話だったのに、二人はおばさんに怒鳴られて気分が変わったのか、すぐに帰ってしまった。

一人になった私は駅前の広場を散歩することにした。まだ午後早い時間で、駅前は賑やかだった。

さっきの店で買い物をしなかったから、お小遣いが残っていた。どこかでお菓子か豆乳でも買おうか。そう思って広場を見渡すと、すぐ近くで床を拭いている掃除のおじさんが目に留まった。

おじさんは一心不乱に床を拭いている。手に持ったモップは滑《なめ》らかに、道路を撫《な》でるように優しく動く。地面を見つめるおじさんの目は真剣そのものだった。

せかせかと歩く人、立ち話をするおばさんたち、それに友人たちと将棋を指す老人たち。駅前には色んな人がいたが、掃除のおじさんはどこか場違いな雰囲気を漂わせていた。

すぐそこにいるはずなのに、遠くにいる気がした。

苦しみながら掃除をしているようなのに、同時にそれをとても楽しんでいるようにも見えた。

おじさんが着ている、色褪《いろあ》せた青いシャツに汗のシミが見えた。ズボンも汚れていて、みすぼらしいと思った。それなのに、なぜかおじさんは上品に見えた。モップを動かす手際の良さは優雅で、なぜか美しいとさえ思えた。

おじさんを見ている人なんて一人もいない。でも私はおじさんから目が離せなかった。

おじさんの邪魔をしないようにゆっくりと近づいていくと、私の勘違いが分かった。

おじさんは掃除をしているのではなかった。モップのように大きな筆で、地面に字を書いていた。それは私が知っているような墨で書く字ではなかった。時折、おじさんは地面に置いているバケツに筆を浸し、中に入っている水で字を書いていた。

おじさんの書く字は綺麗だった。学校の先生が書く字とは違う、見たこともない書体だった。

午後の日差しは容赦なく地面に照り付け、おじさんが水で書いた字は、少しずつ消えていく。詩を書いているようだったが、一編書き終わる頃には最初の字が消えてしまう。

おじさんの書く文字や詩は難しく、意味は分からなかった。それでも綺麗な字が何もないところに現れ、そして消えていく様子はいつまで眺めていても飽きなかった。まるで魔法のように思えた。

「お嬢ちゃん、書が好きかい？」

おじさんが突然話しかけてきて、私は驚いて何も答えられなくなってしまった。

「詩が好きなのか？」

私は首を横に振った。

「なんだ。好きな詩があったら書いてやるのに」

「私、アヒルの詩が好きだよ」おじさんが残念そうに言うので、知っている詩を教えようと思った。

「アヒルの詩？」

私は詩を思い出そうとした。何回も何回も朗読して覚えているはずなのに、おじさんにいきなり聞かれて、すぐには思い出せなかった。

「ガアガアガアってアヒルが歌う詩。白い毛のアヒルが池で泳いでるの」

「嘆かわしい！　全く、嘆かわしい！」おじさんは大げさに言った。

「なんでダメなの？　おじさんが知ってるみたいな難しい詩じゃないけど、私は好きだよ」

「その詩がダメなんじゃないよ。自分が好きな詩をちゃんと覚えてないのがダメだって言ってるんだ。だって、そうだろ。君は自分が好きな人の顔や名前を忘れるかい？　好きな詩なら覚えなきゃ。それに、この世には素晴らしい詩がごまんとあるんだよ。私がお嬢ちゃんと同じ年の頃にはいっぱい詩を暗唱できたもんだよ。李白に杜甫、白居易、陶淵明。名前くらいは知ってるだろ？」

おじさんの馬鹿にしたような言い方が悔しかった。

「もちろん、知ってるよ」名前は知っている。だが詩を暗唱しろと言われたら、すぐには一つも思い浮かばなかった。

「そうか、それなら良かった。じゃあ、今度は私が一番好きな李白の有名な詩を教えよう」

おじさんは一息つくと、筆をバケツに入れた。おじさんがバケツから筆を取り出すと、水がボタボタと滴り落ちる。おじさんは零《こぼ》れる水も気にせずに、地面に詩を書いていく。

床前明月光
疑是地上霜
挙頭望明月
低頭思故郷

「どうだい。意味は分かるかな？」

「分かるよ」私は自信満々に答えた。この詩は学校で習ったから知っていた。

「最初の二行はベッドで寝てるところ。寝ながら外を見たら地面に月影が見えて、それが霜なんじゃないかと思ったんだよね。そのあとは頭を上げて月の明かりを見て、項垂れて故郷の家族を懐かしく思う。そういう詩でしょ？」

「そうだ。よく分かってるじゃないか。偉いぞ」

さっきまで私を大声で馬鹿にしていたおじさんに褒められて、私はなんだか嬉しくなった。

「さあ、次はお嬢ちゃんの番だ」おじさんはモップのような筆を私に向けた。

「え？　私？　私はおじさんみたいに綺麗に書けないよ」

「綺麗じゃなくてもいいんだよ。ほら、私が書いたのをお手本にして、隣に書いてみなさい」

言い方は強引だったが、おじさんの表情は柔らかく、優しさを感じた。おじさんの書いた詩をよく見てみると、行間が広く空けてある。もともと私にも書かせようと思っていたのだろう。

ここで書かなかったら、また馬鹿にされるかもしれない。たとえ書いたとしても字が下手だと笑われるかもしれない。私はそう思ったが、そんな風に引け目を感じてしまった自分が嫌で、おじさんに挑戦してみたくなった。

恐る恐るおじさんのモップ筆を受け取る。

ネズミ色の丸いバケツは上から見ると、学校で見た月面の写真のようにデコボコしていて、みすぼらしかった。その水に、私の顔が映っている。モップのような筆を水に浸すと、意外なほど重かった。

私はゆっくりと筆を地面に下ろし、おじさんが書いた字の隣に同じ字を書き始めた。筆が思ったように動いてくれず、私の字はよれよれのミミズみたいになってしまった。だが、何とか最初の二行を書き写した。

「あんまりゆっくり書いてると、私の書いた字が消えてしまうよ」

おじさんの言う通り、さっき書いたおじさんの字が薄くなり始めていた。地面は日差しを受けて熱を溜《た》め込《こ》み、詩は水とともに空中に蒸発していく。

慌てて残りの二行を書き終えると、私はおじさんのように汗をかいていた。汗が地面に落ちて、詩の中に滲《にじ》んでいく。

「上手に書けたね。偉いぞ」

私は自分の書いた字を見て愕然《がくぜん》とした。自分の字が綺麗だと思っていたわけではないが、おじさんの字と比べると同じ字だとは思えなかった。おじさんの書く字は一文字一文字のバランスが美しいことは言うまでもなく、それぞれが生き物のように呼吸をしているように思えた。

ただの綺麗な字ではない。文字が生きている。私はそう思った。

そこに命がある。そこに世界があり、情緒がある。

そこに李白が詠《よ》んだ情景が透けて見える。

だが、その情景は少しずつ消えていき、私の拙《つたな》い字だけが残った。私の字も早く消えてしまえばいいのに。美しいものは早く消え、醜《みにく》いものはしぶとく残る。

「上出来だよ、お嬢ちゃん」

「ダメだよ。おじさんの字と全然違った」私は悔しかった。褒められるくらいなら、下手だと笑ってくれる方がいい。

「そりゃあそうだ。いきなりおじさんと同じように書けたら天才少女だよ」おじさんは大声で笑った。

「おじさんはもう何十年も字を書き続けてるんだからね。それに、君の字も悪くないよ。特に、月の字がいい。しっかり書けてる」

おじさんは、私の月の字を指さした。

「それは、簡単な字だから」

私は月の字を褒められたのが嬉しかったが、なんだか素直に喜べる気分ではなかった。

「簡単な字なんてないよ。字は人みたいなもんだ。単純に見える人が実は奥が深かったり、貧しいと思ってた人が実は豊かだったりするだろ。字も同じだ。一文字一文字、しっかり向き合うとわかるよ」

「ありがとう。私の名前なの」

「え？　なに？」

「月。私の名前は張月《ジャンユエ》なの」

「そうか。君の名前だったのか。なら上手なのは納得だ。たとえ無意識でも思いの籠った字になってたんだ」おじさんは嬉しそうにうなずいた。

「張月、おぼえておくよ。いつか、高名な書家になるかもな」

私は照れくさくて、何も言えなかった。

「月の詩はいっぱいあるからね。私が一番好きな李白の詩も、月の詩なんだよ。今、書いてあげよう」

おじさんはバケツに筆を突っ込んで、一気に字を書き連ねていった。さっきのような丁寧な字ではなく、勢いに任せて素早く書いていく。

花間一壺酒
独酌無相親
…………

おじさんは五文字書き切るたびに読み上げていく。地面に現れる文字が不思議な情景を描き出す。

一緒にお酒を飲む友人もいなくて寂しい夜に、李白が一人でお酒を飲み始める。空に浮かぶ月と、その明かりが照らす自分の影だけをお供として。たとえ一人だとしても、春の夜を楽しまないのはもったいない。

お酒を飲むごとに李白は酔っていく。李白が歌いだすと、月は夜空を巡り、李白が舞えば、影も揺れる。一人だったはずの李白は、いつの間にか月と自分の影を友として三人で飲んでいるのだった。

言ってしまえば、ただの酔っぱらいのバカ騒ぎでしかない。

それなのに、李白の詩とおじさんの文字はその騒ぎを優雅なものに変えてしまう。

寂しく始まった詩は、やがて賑やかに、愉快になっていく。

私はおじさんの文字の中に、月夜に踊る李白を見た。

「どうだい？　いい詩だろ？　お嬢ちゃんにはまだ早すぎたかな？」

「すごいと思う。でもわからない。この詩は寂しい詩、それとも楽しい詩？」

「それはそんなに簡単に区別できるものなのかな？」

「え？」

「お嬢ちゃんにはまだ分からないかもしれないけど、感情ってのは簡単に分けられるものではないんだよ。一人でいるのは時には寂しいかもしれない。でも一人でいるほうがより自由に、自分らしくいられることもある」

おじさんは難しい話をし始めたので、私はただ黙って聞いていた。

「ところで、お嬢ちゃん。中国で一番偉い人が誰だか分かるかい？」

「う〜ん、共産党の偉い人？」私は何も考えずに答えた。

「嘆かわしい！　全く、嘆かわしい！」おじさんは先ほどと同じ文句を言った。

「私は中国で一番偉い人と言ったんだ。共産党なんて、始まってまだ何十年しか経ってないじゃないか。中国の悠久の歴史に比べたら、共産党なんてのはまだまだ洟垂《はなた》れ小僧みたいなもんだ」

おじさんが大声で共産党の悪口を言うので、私は驚いた。ちょっと変なおじさんだとは思っていたが、ちょっと変どころではない。かなり危ないおじさんなのかもしれない。あまり関わらない方がいいだろう。私は隙を見て逃げようと思った。だが、いきなり逃げ出しても、追いかけてくるかもしれないし、さっきみたいに大声を出されるのも嫌だ。適当に話を聞くふりをして、どこかで言い訳をして離れよう。

「中国で一番偉いのは皇帝に決まっているだろう。皇帝は天から人の国の統治を任された者なんだよ。皇帝が言うことは絶対的で、歯向かうことは許されない。奥さんだって全国から美人を何百人も集められるんだからね。李白は玄宗《げんそう》皇帝に仕えていたが、そもそもが飲んだくれだから、役人なんて向いてなかったんだな。皇帝から呼ばれても酷い二日酔いの状態だった、なんてこともあったらしい。そんな状態でも皇帝が満足する詩を即興で詠んだというのだから、たいしたものだよ」

おじさんは独《ひと》り言《ごと》のように、私のことなど見ないで、どこか遠くを見ながら話した。

「皇帝も李白を気に入っていて、皇帝自らが食事を作って李白をもてなしたこともあるそうだ。その時に何が起きたかわかるかい？　李白は酔っぱらって皇帝の前で嘔吐《おうと》したんだよ。酷いだろ？　皇帝がせっかく作ってくれた料理を吐いたんだよ。その場で首を切られてもおかしくない状況だな。それなのに、皇帝がその汚物を掃除したんだとさ。信じられるかい？」

おじさんが自分で話しながら笑ったので、私もつい一緒になって笑った。

「要するにだ、この世で一番偉いのは皇帝だけど、世界で一番の詩人は皇帝とも同等なんだよ。詩人の魂は体に宿るものじゃない。一編一編の詩に宿ってるんだ。私が李白の詩に触れるとき、私の魂は李白とともにある。それは皇帝ですら侵すことのできない領分なんだよ」

おじさんは誇らしげだった。

「お嬢ちゃんも李白の詩を書いただろ。詩を覚えていれば、お嬢ちゃんだって李白の魂と一緒にいられるんだよ。これで皇帝の前に出ることがあっても恥ずかしくないな」

李白の魂とともにある、とおじさんは言った。だが、私が李白の詩を書いている時に李白の魂なんて感じられなかった。私の心に寄り添ってくれていたのは、名前も知らないおじさんが書いた字だった。

「もう遅くなっちゃうから帰りなさい」

私はおじさんから逃げようと思っていたことも忘れていた。もう少しおじさんの話を聞いていたかった。

帰りなさい、と言うおじさんの言葉にハッとした。学校が終わってから寄り道をしていたのだった。早く帰らないと、ピアノの教室に遅れてしまう。お母さんが顔を真っ赤にして怒るに違いない。

私はさよならも言わずに、おじさんのもとを去った。

少し離れてからおじさんを振り返ると、さっきと同じようにもくもくと地面に字を書き続けていた。誰もおじさんのことを気にしない。声をかけることもない。

話をする前は孤独なおじさんだと思っていた。話す友達もいないのだと。

だが、今はそう思わない。おじさんは一人ではない。

月と自分の影を友として酒盛りをした李白のように、おじさんには筆と詩人の魂がついている。そして誰の目を気にすることもなく、筆と一緒に踊り続けている。

おじさんは誰よりも自由だった。自由であることが美しいことなのだと、初めて知った。

「おばさん、これ頂戴。昨日と同じもの、八元でどう？」

私は小雪ちゃんと麗ちゃんを引き連れて、昨日と同じ雑貨店に入ると、目をつけていた髪留めや腕輪を手に取った。

「クソガキが、また冷やかしに来たのか。もう二度と来るなって言わなかったかい？　それに、それは十一元だって言ったよね？」

「おばさん、今日も元気ね。でも十一元じゃあ買わないよ。隣の駅前の店の方が安いもん」

「八元なんて値段で売れるもんか。他の店で買いな」

「でもあっちのお店は遠いから、こっちで買いたいの。それにおばさんのこと好きだし」

「そうかいそうかい。私はあんたのことが嫌いだよ」

「じゃあ、また明日来るわ」私は商品を戻そうとした。

「面倒な子だね。じゃあ、十元でどうだい？」

「九元なら買う」

「分かった、分かった。九元でいいよ。持っていきな」

「ありがとう。おばさん、大好き」私は小雪ちゃんと麗ちゃんからお金を受け取り、おばさんに手渡した。

「また来なよ」私たちが店を出ようとすると、おばさんが初めて笑顔を見せた。

「凄い！　あのおばさん相手によく値切ったね。カッコよかった！」

店から出ると、小雪ちゃんと麗ちゃんが嬉しそうに言った。私たちは戦利品をそれぞれ手に取り、すぐに身に着けてみた。

私は長くなった髪の毛を鼈甲色の髪留めで留めてみる。緑色の腕輪は小雪ちゃんとお揃《そろ》いだ。

麗ちゃんはブローチを学校のジャージに付けたが、ジャージの上だとせっかくのブローチも似合わなかった。

「学校に行く時には使えないね」麗ちゃんは悔しそうに言った。

「でもカバンに付けたら可愛《かわい》いかも」小雪ちゃんがそう言うと、麗ちゃんはブローチをカバンに付けなおした。

「うん。これならいいね。かわいい！」

私たちは明日、学校の休み時間にそれぞれの品物を見せ合うことを約束して別れた。

私は小雪ちゃんと麗ちゃんがちゃんと遠くに離れたのを確認してから、昨日と同じ広場に行くことにした。

おじさんは昨日と同じように、広場で詩をしたためていた。昨日と同じような小汚いシャツと、恐ろしいほどの集中力が近寄りがたい雰囲気を作り出している。完全に自分の世界に没頭しており、私が近づいても気が付かなかった。

おじさんは特別な人に思えた。いい意味でも悪い意味でも、普通の人ではない。普通の人なら平日の午後早い時間にはちゃんとした仕事をしているはずだ。もし働いている時間が遅いのだとしたら、今は休んでいるのだろう。おじさんはきっと字を書く以外何もしていないのだろう。

人が大勢いる場所なのに、人に見せようとはしていない。あくまで自分の世界に閉じこもり、字を書いているだけだ。

おじさんの書く字はすごいのに、広場を歩く人たちは気にも留めない。

ここに美しいものがある、だれよりも自由な人がいる、私は大声でそう叫びたかった。

やがて天気が崩れ、雨が降り出した。急な雨に広場にいる人々は慌てて雨を凌《しの》げる場所を探し始めた。多くの人は天蓋《てんがい》のある商店街に入っていった。

おじさんは字を書くのをあきらめ、バケツを持ってその場を去ろうとした。だが、その動きは緩慢で、雨を避けようともしない。自分がびしょ濡《ぬ》れになっていることにも気が付いていないように見えた。ただ、字を書けなくなったから帰ろうとしているだけのようだった。

「なんだ、お嬢ちゃん、今日も来てたのか」おじさんは私を見つけると、雨に打たれながら笑った。

「なんだ、びしょ濡れじゃないか。そんなになるまで何してたんだ」おじさんの驚く顔を見て、初めて自分も雨に濡れていることに気が付いた。

「ほら、風邪をひくまえにこっちに来なさい」おじさんは私を木の下に招いた。空を覆うように茂る葉は雨から私たちを守ってくれた。

おじさんはその木の下に置いてあった古いカバンからタオルを取り出すと、私の頭や顔を拭いた。私はただじっと立ち尽くして、おじさんが私の世話をするのに任せた。

「おじさんの字を見てたの」

「なに？」

「何をしてたのか、って聞いたでしょ。おじさんの字を見てたの」

「そうか」おじさんは私にタオルを手渡し、体を拭くように言った。おじさんのタオルは少し臭かったが、嫌ではなかった。

「雨、強くなってきたね」

「そうだな」

木の下で雨宿りをするよりも、早く商店街の方に行ってしまえばよかった。だが、私はなんとなくあの場から動けなかった。私たち二人は雨で他の人たちから遮《さえぎ》られた。

「なんでおじさんはこんなところで字を書いてるの？」私は昨日から疑問に思っていることを口にした。

「それなら、君はなんで私の字を見てたんだ？」

私は答えに困った。自分でもよく分からなかったからだ。なんでおじさんの字を見ていたのだろう。どんなに考えても、一番単純な答えしか思い浮かばなかった。

「おじさんの字が好きだから」

「私が字を書くのも、同じ理由だよ。字が好きだから。墨で紙に書くより安く済むし、ゴミがでないからね。それに外の方が気持ちいいだろ。毎朝、家を出る瞬間にその日一番の空気を吸うのがいいんだよ。空気の匂《にお》いと明るさだけでも季節を感じられるよ」

おじさんは独り言のように呟いた。私はずっと雨の降る様子を見ていた。

今日はもうおじさんの字を見られない。それが残念だった。

「おじさん、仕事はしてないの？　字を書いてるだけ？」

「街の掃除をしてるよ。字も街も、綺麗な方がいいだろ」

「もっといい仕事したら？　おじさんなら書の先生になれるよ」

「掃除夫はいい仕事じゃないかな？」

「だって掃除してるだけじゃお金持ちになれないし、周りの人に自慢できる仕事じゃないでしょ？」

「ははは、お嬢ちゃんは厳しいね」

「おじさん、まだ年寄りってわけでもないのに。働きたいんだったら、私のお父さんの工場を紹介してあげようか？」

「優しいね。でもいいんだ。私にはこの生き方が合ってる。こういう生き方がしたいんだ」

「なんで？　貧乏なままでいいの？」

「仕事をして忙しくなったらどうする？　疲れたら字を書けなくなっちゃうじゃないか」

「だったら、私の先生になってよ。掃除するより楽だし、お金もちゃんと稼げるよ。お父さんに頼んであげる」

「それはダメだ。書を学びたいなら、ちゃんとした先生がたくさんいる。そういう人に頼みなさい」

「私はおじさんに教わりたいの」

「私は先生になんてなりたくない」

おじさんは有無を言わせない口調だった。おじさんは目をそらして、こちらを見てくれなかった。詩人の魂だとか、皇帝の前でも恥ずかしくないとか言ってたくせに、本当は誰よりも弱いんだ。私たちはじっと雨が上がるのを待った。

「私の先生はね……」しばらくするとおじさんは喋りだした。

「同じように掃除夫をやってたんだ。この街で、この広場で私がしているように字を書いていた。先生に会った当時、私は大学で唐代の書や金石学を学んでいた。私は先生が地面に字を書いてるのを見て驚いたよ。ただの掃除夫なのに、誰よりも書が上手かったし、教養のある人だった。どんな教授よりも穏《おだ》やかで、上品で、素晴らしい人だった。

私は大学に行くのを止めて、先生のもとで勉強したよ。なぜか大学にいる教授よりも詳しかったからね。それに教えるのも上手だった。

先生は自分の過去を話すのが好きじゃなかったんだ。それでも私は先生がどんな人だか気になってね。しばらくしてから君みたいに聞いたんだ。なんで先生みたいな人が掃除夫なんてしてるのかって。その時にはもうかなりの年齢だったんだけどね。

先生はもともと有名な大学の教授だったんだ。海外文学にも造詣《ぞうけい》が深くてね。ロシア文学翻訳の第一人者だったんだよ。そんな先生がなんで掃除夫なんてしなきゃいけなかったか、わかるかい？　全部、共産党のせいだよ。教養のある人はみんな糾弾されたんだ。まともな仕事をさせてもらえなかったんだ。

とにかく、私はあの時の先生しか知らない。私は先生のように、静かに生きていたいんだ。誰にも邪魔されることなく。一人で自由に生きていたいだけなんだよ」

「私はそんなの自由なんかじゃないと思う。少なくとも、おじさんの先生はおじさんに字を教えてくれたんでしょ？　私にもその先生から教わったことを教えてよ。私はおじさんの邪魔なんかしないよ」

「君の先生をするつもりはない。君はまだ若いんだから、ちゃんとしたところで学びなさい」

「怖いんでしょ？　自分の生き方を変えられないんでしょ。おじさん、カッコ悪いよ。がっかりした。もう頼まない」

私は持っていたタオルをおじさんに投げ返して、雨の中を走って家まで帰った。

家に帰ってシャワーを浴びても、苛立ちは収まらなかった。服を着替えて、さっき買ったばかりの髪留めと腕輪を出した。おばさんの店のなかでは、宝石のように輝いて見えたはずなのに、今になってよくよく見るとつまらないものに見えた。ありきたりの、すぐに手に入るもの。もともと安いのに、ちょっと頑張れば値段だって下げてもらえる。

私は自分が本当に求めているものは簡単に手に入らないものなのだと気が付いた。

何千年もの歴史をかけてこの国で育《はぐく》まれてきた文字。

一握りの天才が人生を削る想いで練り上げた詩。

おじさんが書いていた字。あの輝きが欲しい。

それ以外のものはいらない。

私は髪留めと腕輪をゴミ箱に捨てた。

翌日の休み時間、約束した通りに小雪ちゃんと麗ちゃんが私の机に集まってきた。

私が髪留めを付けていないことに気が付いた二人は、そのことを私に訊ねた。捨ててしまったことを正直に告げると、麗ちゃんは怒って、小雪ちゃんは泣いてしまった。

「なんで捨てちゃったのよ！　お揃いだったのに」

「もうあのお店行かないの？」

「もう行かない。興味なくなっちゃった」

私は図書室から借りてきた李白の詩集を机に出しながら、きっぱりと言った。

「でも、月ちゃんが一緒に来てくれると安く買えるのに……」

未練がましくそんなことを言う小雪ちゃんに、私は失望した。

私は二人を無視して、ノートに李白の詩を書き写した。

放課後、一人で駅前の広場に向かうと、おじさんはいなかった。

どこか、別の場所で字を書いているのだろう。私に見つからない場所で。

おじさんは私に進むべき道を示したが、導いてはくれなかった。無責任な人だ。

「嘆かわしい！　全く、嘆かわしい！」

それからおじさんに会うことはなかった。

それ以来、街中でおじさんと同じように字を書いている人を何人も見かけた。そういう人を見かけるたびに、私はすぐに近づいていって彼らが書く字を見た。だが、おじさんのように特別な字だと感じられる人と出会うことはなかった。


目が覚めると、やはり午後六時を回っていた。

そして、期待通りに最高の気分だった。疲れが取れているなんてものではない。

幸福、高揚《こうよう》、全能感。それらが混ざったような、今までにない気分だった。

感覚が鋭敏になっている。体を動かすと、皮膚を撫でる空気の渦を感じられるほどだ。そして、それが心地よい。隆は両手を目の前に上げ、短く生《は》えた指の毛を観察した。窓から吹き込む秋の風を、毛穴の一つ一つが呼吸している。呼吸するたびに、心臓が鼓動するたびに、自分が新しく生まれ変わっていく。

隆は高まる感情を抑えようとした。天にも昇る気分だったが、冷静でなければならない。

昨日はただ単にいい仮眠がとれ、変な夢を見ただけだと思い、深く考えることはなかった。

だがさっきまで体験したことは、単なる仮眠でもなければ、夢でもない。カチューシャを利用することで、何かがたしかに起きている。

木下はカチューシャではネットワークに接続することはできないと言っていた。それは間違いないだろう。

では、一体何が起きているというのだろうか。

隆は倉庫を出て、自分のデスクに戻った。オフィスには誰も残っていなかった。木下も今日はすでに帰ったようだった。残業しないように社員教育を徹底しているのだが、少し寂しさを感じた。

二日間、繰り返して起こった現象は、三つに分けて考えられる。

まず、カチューシャを作動させた瞬間に自分の感覚が全て遮断されたこと。

そして、知りもしない女の子の夢を見たことだ。もちろん、それを夢と呼べるのなら、ということだが。

最後に、睡眠後にとても気分がいいことだ。良く寝られたというものではなく、生まれ変わったように肉体的にも精神的にも最高の状態になる。

当たり前のことだが、どれもカチューシャの機能ではない。少なくとも、そのように設計していない。

カチューシャを開発していた当時は、隆も装着テストを何度もしていた。同じようなことは一度たりとも起きなかったし、そんな報告はなかったはずだ。

このカチューシャは倉庫に眠っていたものだ。社員の誰かが別の目的のために改造を加えているということもあるだろうか？

しかし、昨日の木下の口ぶりからすると、カチューシャに手を加えるようなプロジェクトはないはずだ。自分は進行中の企画は全て把握しているはずだし、会社に報告する必要のない社員の個人的なプロジェクトも、木下にだけは報告させている。

カチューシャの不具合なのだろうか？

木下に相談して、カチューシャや状況を確認してもらえば納得のいく説明が得られるかもしれない。

今すぐにでも相談すべきなのだ。

それは分かっている。

だが、まだ誰にも話したくなかった。

合理的ではないし、無責任だ。それは隆自身、分かっていた。

それでも、あの女の子の夢を誰かと共有したくなかった。自分だけが知っている秘密。誰かに話したら、それ自体が消えてしまうのではないか。そんな支離滅裂なことを、隆は半ば本気で考えていた。

何が起きているのか、自分で調べればいいのだ。どうせ、今カチューシャを使っているのは自分だけなのだし、これが問題になることもないだろう。

自分の稼働時間をカチューシャに取られてしまうことだけがネックだったが、それ以外に何も問題はないはずだ。幸いなことに今週は、外せない重要な予定がまだ入っていない。

隆はそう考え、秘書の中谷《なかたに》に予定を調整するようにメールを出した。

それからカチューシャに関する資料を読み直すことにした。

カチューシャがもたらした問題のうち、瞬間的な感覚の遮断と、それに続く女の子の夢に関しては、何が原因なのか全く見当もつかなかった。瞬時に知覚を奪うことなど、不可能なように思えた。

だが、カチューシャの使用で気分が良くなることについては科学的な説明がつかないこともない。隆がパッと思いついたのは経頭蓋磁気刺激法《TMS》治療だ。磁場を発生させるコイルを頭部に近づけて、脳内に微弱な電流を流すことで、脳に特別な刺激を与えるという、古くからある治療法だ。鬱病《うつびょう》などの治療法として日本でも認知されてきた。

もしもカチューシャが磁場を発しているなら、同じような効果が表れる可能性がある。試しにカチューシャの仕様書を読んでみたが、脳に刺激を与えるような磁場を生み出す可能性があるのか、隆には専門的なことは分からなかった。

終電間近まで様々な資料や報告書に目を通したが、今回の体験に繋《つな》がりそうなものは何も見つからなかった。

明日も同じようにカチューシャを試そう。

もしもなにかしらの問題が見つかったら、その時に木下に言えばいい。


同じ学校の青いジャージを見かけて、私は思わず舌打ちをした。

西湖の白堤に差し掛かったあたりで、私は足を止めた。

早朝のランニングは何年も続けており、雨でもない限り走りたいと思うようになっていた。一人で無心になれるお気に入りの時間なのだが、同じ中学校、しかも青ジャージということは同じ二年生の誰かが自分の前にいる。

朝から気が滅入《めい》ってしまう。

前にいる誰かはまだ私に気が付いていないようなので、このまま少し戻ってコースを変えることもできる。だが、毎日走っているコースを変えるのは気が進まない。もし、その誰かと毎日会うことになったら、私は毎日別のコースを走らなければならないのだ。

そんな面倒なことをするくらいなら、気づかないふりをして追い越してしまえばいい。

同じ学校の生徒が西湖にジャージで来るということは、毎年恒例のマラソンの練習に来ているのかもしれない。マラソンと言っても白堤を走り切るだけの一・五キロほどの距離しかないので、ちょっとした長距離走程度のものだ。私が毎朝走っている距離の三分の一くらいということもあり、去年は学年で五番だった。

マラソンは来週なので、練習を始める生徒がいてもおかしくない。だが、前にいる誰かは白堤を走る様子はなく、ただ歩いている。

後ろから様子を窺うと、意外なことに同じクラスの劉項《リュウシャン》だった。劉項は勉強ができるが、運動は苦手だったはずだ。身長は高い方だが、太っている。どこか猿を思わせる顔つきで、女子からの人気は皆無だ。彼とはほとんど話したことがないが、好きではなかった。劉項さえいなければ、私の書が学年で一番なのだ。

おじさんと出会ってから、毎日欠かさず書の練習を続けていた。それでも劉項はそれ以上の腕前で、私たちの学年で市の大会に参加したのも私ではなく彼だった。

劉項は運動音痴を克服するためにマラソンの練習を始めたのだろうか？

劉項と話すことなんてないので、そのまま追い抜いて走り続けよう。私はそう思ったが、次の瞬間には考えを変えた。劉項が走り出した瞬間に追い抜いて、悪口の一つでも言ってやろう。「のろま！」とか「運動音痴が無理してんじゃねーよ！」では芸がない。一言で彼の心をへし折って、明日から練習するのをやめようと思うような悪口じゃないとだめだ。

私はゆっくりと悪口を考えながら劉項の後ろを歩いていたが、結局彼は最後まで走ることなく歩いたまま白堤を渡り終え、マラソンのゴールである孤山のふもとまでたどり着いてしまった。

ということは、マラソンの練習ではなかったのか。よく考えれば、それは当たり前のことだった。劉項が自分から運動するなんて、ありえない。

だとしたら、こんな朝早くから劉項は何をしに来たのだろう？　公園なのだから、朝早くからいても不思議ではないのだが、なんとなく気になって後ろを追いかけてしまった。

劉項はしばらく進むと立ち止まり、目の前の建物をじっと見つめた。

「何してんの？　こんな朝から？」

私が後ろから声をかけると、劉項は驚いて飛び上がった。その様子が怯えた小動物のようでおかしかった。

「驚かすなよ。そういう君こそ、なんでこんなところにいるんだよ」

「私は毎朝ここでランニングしてるの。あんたとは違うの」

「僕は書の先生に呼ばれたんだよ。朝の西湖が静かで好きなんだって」

「ああ。それでここに来たんだ」

私は西湖のほとりに佇《たたず》む建物を見た。白い壁に丸く空けられた穴のような印象的な入り口。門の上には「渓冷《シーリン》印社」と書かれており、内側に綺麗な庭園が広がっているのが見える。

渓冷印社は百年以上前に作られた、いわゆる美術結社だ。中国の金石学、つまり金属や石に刻まれた碑文の研究や収集、鑑賞を目的としたもので、書や篆刻《てんこく》を学ぶ人にとっては特に大事な場所だ。渓冷印社は西湖の孤山を拠点として活動を始めたが、今では実際の活動はどこか別の事務所で行われている。この場所もコレクションを展示する美術館があるだけでなく、静かで景色がいいので西湖の観光スポットとしても親しまれている。

私も何度か来たことはあるが、特に思い入れはなかった。収蔵されているものが私の趣味とは合わないのだ。書は好きだが、篆刻には惹《ひ》かれるものがない。印章は書の脇役《わきやく》だ。自分の書であることを証明するために押印するだけのものだ。そんなものに美を見出《みいだ》すのは、餃子《ぎょうざ》よりも搾菜《ザーサイ》が好きだというような変人たちに違いない。

「あんたも篆刻するの？」

「そうだよ。やってみると結構楽しいよ」

劉項は猿のような顔をくしゃりと歪めて不細工な笑顔を見せた。

そういえば、こいつは字が上手いくせに甲骨文字や篆書《てんしょ》のような変な書体を好んで書く男だった。読めもしない字を書くかと思えば、行書や隷書も私より上手い。それが余計に気に食わなかった。

「ふ〜ん、私は興味ないや」

「そうか、残念。君の字、すごく綺麗だからうまくできると思うのに」

私の字を褒めたつもりなのだろうが、自分よりもよっぽど上手い劉項に言われてもお世辞のようで素直に喜べなかった。

「そういえば、先生に呼ばれたって言ってたよね。もしかしてあんたの先生って渓冷印社の社員なの？」

「そうだよ。お父さんの知り合いで、昔から教えてくれてるんだ」

劉項はなんでもないことのように言った。

渓冷印社は中国屈指の結社であり、社員の定数は決められている。もともとは他の社員からの推薦がなければ仲間入りすることができなかった。どんなに書の実力と才能があっても人脈がなければ入れない世界だったのだ。

だが、最近になってから門戸が開かれたという話だった。平等な入社試験が行われるようになったということは、以前以上に実力がものを言うようになったということだ。

私の先生は「実力があっても入れない」と言って、もう十年以上も前に入社を諦めていた。公開試験が行われることになって試験に臨んだが、結局のところ実力でも入れなかった。渓冷印社の社員に教えてもらっているから劉項は私より上手いのだ。やっと納得ができた。

「あれ？　劉君、今日はお友達を連れてきたのかな？」

後ろから声を掛けられ、振り返ると小柄な老人が立っていた。

「先生、おはようございます。今日もよろしくお願いします」

劉項の先生は竹の杖《つえ》をついていたが、背筋は綺麗に伸びている。皺《しわ》が多く刻まれた顔は古い樹木の表皮を思わせた。

「この子は同じクラスの張月です。偶然会ったんですが、彼女も書をしっかり学んでます」

「そうか。劉君がそう言うのなら間違いないんだろうね。お嬢ちゃん、書は誰かに教わってるのかな？」

「初めまして。張月です。書は呉衝《ウーチョン》先生から五年間ほど教わってます」

「こちらこそ初めまして。沈濤《シェンタオ》と申します。呉衝君ね、知ってるよ。彼は基本がしっかりしてる。どっしりとした重みのあるいい字を書く。もう少し遊び心があってもいいと昔から思っているんだけどね」

沈先生は私の目をじっと見た。老人らしからぬ強い眼光で、思わず一歩退いてしまいそうになった。

「今日は劉君の篆刻を見るつもりだったが、どうせなら君も一緒にやってみるかい？」

「ありがとうございます。是非、お願いします！」

劉項に篆刻をやるかと言われても全く興味は湧かなかったが、渓冷印社の社員を目の前にすると、自然とやる気になってしまった。渓冷印社の社員から手ほどきが受けられるのなら、逃す手はない。

「あれ？　興味ないのかと思ってた」劉項がニヤニヤしながら言った。

「実は前から興味があったんです」私は劉項が余計なことを言わないように睨みつけた。劉項は声を殺して笑った。先生を前にして態度を変えた私がおかしいのだろう。気に入らない。先生がいなくなったあとで殴ってやる。

「そうか、それは良かった。ではついて来なさい」

先生は渓冷印社の白い丸門を前にすると、中に入らずに何を考えているのか、門をじっくりと眺め始めた。

「そういえば、君たちはこういう門がどういう名前で呼ばれているか知っているかい？」

先生の質問の意味が分からなかった。私は劉項と目線を合わせて、首を竦《すく》めた。それは中国の古い建物ではよく見る丸門だ。特別な名前があるなんて聞いたことはない。

「これはね、月亮門《ユエリャンメン》というんだよ。月の明かりの門」

そう言われてみると、白い壁に空けられた丸い穴はまるで満月のように見えた。その門の奥に風流な庭園がある。まるで別世界への入り口のようだった。

肩で笑いながら、先生は門を通り抜けていく。私たちもそれに続いた。庭園を歩いていく沈先生の背中を見ていると、突然、過去に戻ったような気がした。

早朝の柔らかな日差しが、木々の葉を輝かせる。小川でもあるのだろうか、せせらぎのような音が聞こえた。

沈先生の後を歩く劉項の姿は、もう何十年も前に見た光景のような気がして、私は足を止めた。

ふいに怖いほどの寂しさが心を貫《つらぬ》いた。

突然、目の前に見覚えのない光景が浮かんだ。

降りしきる雨の中、誰か女の人が泣いている。

〈もう一度、劉項に会えるのなら……〉

不思議な光景はすぐに消えてしまったが、気が付くと私は涙を流していた。

頬を伝う涙を拭《ぬぐ》おうとするかのように、風が吹いた。

「どうした？」劉項がこちらを振り返った。

「なんでもない」私は大股《おおまた》で歩いて二人に追いつこうとした。踏みつけた落ち葉が、かさかさと鳴る。

沈先生は石畳の小道をゆっくりと進み、やがて四照亭《ししょうてい》と銘の書かれた大きな東屋《あずまや》に入った。

中央にテーブルと椅子が用意してあり、沈先生は私たちにも座るように言った。

「劉君は道具を持ってきているね。お嬢ちゃんには私の道具を貸してあげよう」沈先生はテーブルにいくつもの道具を並べながら言った。墨は朱と黒の二本、そして硯《すずり》も二色使うために中央に区切りがある二面のものだ。細い筆に小さな石材、サンドペーパー、そして鑿《のみ》のようなもの。何に使うのか、鏡とブラシもあった。

「いいんですか？　本当にすみません。ありがとうございます」

「さて、劉君は何を彫るか考えて来たかな？」

「はい。徳を以《もっ》て名声を得て、学を以て之《これ》を保つ、〈以徳得名、以学保之〉と彫ろうと思ってます」

「また、そんな真面目なものを。もっと面白いものを選んだ方がいいと思うけどね。まあいい。ところで、お嬢ちゃんはどうするかな？」

「〈望月懐遠〉の四文字を彫ってみたいです」

「ほう、張九齢の五言律詩だね。ロマンチックでいいじゃないか。お嬢ちゃん、その詩が好きなのかい？」沈先生に訊ねられて、私は軽く頷いた。遠く離れた恋人を想う詩なので、少し気恥ずかしさはあるが、とても好きな詩だ。

「結構、結構。お嬢ちゃんはその四文字で決まりだね。劉君、君もやっぱりもっと違う字を彫るべきだ。お嬢ちゃんが自分の名前に縁のある詩を選んだんだ、君も同じ趣向で字を選んだらどうかな？」

「項の字のつく詩ですか？　今、言われてもちょっと思いつきませんが……」劉項が少し慌てた。

「知ってます。項の字の入っている詩」私が言うと、二人が同時にこちらを見た。

「〈鵝鵝鵝　曲項向天歌〉ガアガアガア、と首を天に向けて歌う」中国の子供が最初に覚える漢詩を暗唱すると、先生が声をあげて笑った。

「いいじゃないか。じゃあ劉君は〈曲項向天歌〉の五文字で決まりだな」

「いや、ちょっと僕は別のものがいいんですけど……」

「五文字でバランスを取るのも難しいし、この詩の純粋さ、柔らかさを表現するのもいい勉強になる。今日はこれにしなさい」先生に言われると、劉項はしぶしぶ筆をとって、下書きを始めた。


沈先生から指導を受けて篆刻を始めたが、想像以上に難しかった。篆刻には大きく分けて二種類の彫り方がある。文字を彫るか、文字を残すかである。私たちは文字を彫る方法を試した。小篆の書体にも馴染みがなかったし、石を刻むことは筆で字を書くこととは全く違う経験である。もう少し簡単な字にしておけば良かったと後悔したが、途中で字を変えるわけにはいかないので、失敗しても気にせずに彫り進める。細い鑿をペンのように握り、ガリガリと彫っていくのは大変な作業だったが、楽しくもあった。

彫り終わった刻面を見ても、それがいいできなのかどうなのか、良く分からなかった。私よりも早く彫り終わっていた劉項と一緒に、赤い印泥に刻面を押し付ける。捺印する時は胸が高鳴った。だが、印章を紙から離してみると、現れたのはヨレヨレの文字だった。


私が思わず不満の唸《うな》り声をあげると、沈先生が優しく笑った。

「がっかりしたかい？」

「もっと上手くできてるかと思いました」私は正直に言った。

「まぁ、初めてだからね。そう思うのも無理はないかな。でもね、本当に大切なのは上手にできたかどうかじゃないんだよ」

「じゃあ、本当に大切なことってなんですか？」

「自分と向き合うことだよ。本当の自分を知ること。書は君と世界を繋ぐ鏡だ。自分を理解しなければ、字は君のものにならない」

先生は困惑する私を見て楽しんでいるようだった。わざと煙《けむ》に巻《ま》くような抽象的な言い方をする。

「例えばだ、王羲之の書を臨書しようとする。これを完璧《かんぺき》に同じように書ける人はいない。断言できるが、絶対にそんな芸当はできないんだ。分かるね？」

「はい。分かります。王羲之は特別です。誰も彼のように書けません」私は即答した。

「でだ、じゃあ私が君の書を臨書しようとする。完璧に同じように書けると思うかい？」

私は躊躇った。先生ならできるんじゃないか？　だが、逆に私の字の下手な部分を完全に真似るということも同じようにできないのではないかとも思えた。

「完璧に、はできないと思います」

「そうだ、君の字だって完璧に真似することはできない。王羲之のように完璧な字ではないが、君の字だって同じように特別なものに違いないんだよ」

「それじゃあ、私の字には王羲之の字と同じ価値があるってことですか？」私は先生の言葉に納得できなかった。

「もちろん、書には規範がある。人の生き方だってそうだ。道徳や倫理という規範がある。素晴らしい人もいれば、罪を犯してしまう人もいる。だが、どんな人の命にも同じように価値があるんじゃないかね？」

「人の命はそうかもしれませんが、字は違いますよね？　私の字はまだまだ下手だし、上手くなりたいです。下手なものに価値があると言われてしまったら、何を目指せばいいか分からなくなってしまいます」

私の言葉を聞きながら、沈先生はにこやかな笑顔を保っていた。

「もちろん、お嬢ちゃんの言うとおりだよ。君たちはもっと基本を学ばなければいけない。自分の身体《からだ》に沁《し》みつくまでね。でもそれは、基本が一番価値があるからじゃない。君たちがより素晴らしいものを生み出すために必要だからさ。それにね……」沈先生は私が彫ったばかりの印章を手に取り、刻面をじっくりと眺めた。

「君たちの字には素晴らしい価値がある。私がどんなに望んでも書けない輝きが、ここにはあるんだよ。まだ分からないだろうけどね」

沈先生はそう言うと、印章を私に手渡した。その刻面を見直しても、先生が褒めてくれるような輝きがあるとは思えない。

「いつか、分かる時がくるよ。これを大事に持っていればね」

爽《さわ》やかな風が東屋を吹き抜け、先生はふと視線を遠くに向けた。なんとなく私も振り返って、先生が見ている方向に目を向けた。西湖の上を二羽《わ》の鳥が飛んでいる。

「ああ、いけない」沈先生はハッと思い出したように言った。

「もうこんな時間か。すまんが、昼から予定があるのでね。楽しい時間はすぐに終わってしまうな」

沈先生は立ち上がると、肩をほぐす様にゆっくりと回した。

使わせてもらった道具を片付けようとすると、沈先生が手を振って止めた。

「私はもう帰るが、二人とも時間があるならもう少し練習してみてはどうかな？　私の道具は劉君に預かってもらうとしよう」

沈先生はそう言うと、出口まで見送ろうとする私たちを身振りで止めて、一人静かに東屋を出ていった。

沈先生が去ってしまうと、緊張が解けて思わずため息をついた。まるで、歴史上の偉人と同席していたような気分だった。

「なんでかな、ってずっと思ってたんだ」私は東屋の天井を見上げながら呟いた。

「どんなに練習しても、あんたの字に追いつけない気がしてた。あんな先生がいたんだね」

「そんなこと考えてたの？　変なの」劉項は驚いたように言った。

「僕は好きだよ。君の字。僕よりもずっと芯《しん》が強い。字を見れば、君の字だって分かる気がする」

私は何と返したらいいか分からずに、机の上に目をやった。先ほど私たちが彫ったばかりの篆刻が二つ並んでいる。私はその小さな石を二つ摘まんで、刻面を見比べた。

「そうかな。あんたの方がよっぽど上手いと思うけどね」

「君は篆刻したの初めてだろ？　僕は何回も彫ってるから、僕の方が上手いのは当然だろ」

「うるさいなあ」私は道具を片付けて帰る準備をした。

「あれ？　もう帰っちゃうの？　練習しないの？」

「なんであんたと二人でいなきゃいけないのよ。沈先生がいないなら、もう帰るよ」私は印章を二つともポケットに入れた。

「あ、ちょっと。僕の返してよ」

私は刻面を確認して、私が彫った方を劉項に手渡した。

「これ、君が彫ったやつじゃん」

「そうだよ。だってあんたが彫ったやつの方が上手いって、さっきあんたも言ってたじゃん。だから綺麗にできたほうを私が貰っていく。文句あるの？」

「文句があるってわけじゃないけど……」

「じゃあ、私、帰るね」

「あ、ちょっと待ってよ……」

私は劉項を残して、東屋から駆け出した。緑の木々の中を走り抜け、渓冷印社から出ても走り続けた。

私は走りながらポケットに右手を入れ、指で印章に触れた。石は全体的に滑らかだが、劉項が彫った刻面だけはゴツゴツと複雑な文様が指の腹で感じられた。指で文字を読み取ろうとして、歩調を緩めてみた。

家に帰ってポケットから手を出すと、刻面に残っていた印泥が指を紅《あか》く染めていた。まるで血が出てるみたいで一瞬驚いたが、その朱色は目を見張るばかりに鮮やかだった。

その日から、私は劉項の印章をポケットに入れて持ち歩くようにした。


「やっぱり早いね」

私より三十秒ほど遅れて孤山にたどり着いた麗ちゃんが言った。息を切らしながら、私の肩にのせた彼女の手が熱い。

「月ちゃんはこれくらい余裕って感じ？」

「まあね」

西湖でのマラソンは毎年恒例だが、タイムを計るわけでもないし、順位をつけるようなイベントではない。それでも、私はいつも通り全力で走って五番以内でゴールした。私は白堤から少し離れて、遅れて来る同級生たちを見ていた。

「今日はもう学校もないし、帰ろうか。久しぶりに私の家に来る？」

今日は走り終わった生徒から帰っていいことになっている。早めにゴールした優越感に浸りながら、さっさと帰路につく子たちも多い。

「ごめん。私、ちょっと用事あるから、先に帰ってて」

私は麗ちゃんの誘いを断ると、次々に孤山に到着してくる友達に軽く挨拶だけする。一・五キロを走れる者はすでにゴールしており、まだ白堤に残っている生徒たちは歩いているのとほぼ変わらないスピードで走っている。

だらだらと歩いている運動音痴の生徒たちを見ているとイライラしてきた。こんな距離すら走れないなんて、私にはとても信じられない。

やっとゴールしたばかりのパッとしない男子たちの中に劉項の顔を見つけ、私は近づいた。

「あんた、本当に遅いね。だらしない」

「こんなにいい景色なのに、走ってたらつまらないだろ？　ゆっくり楽しみたいじゃん」

劉項は余裕の表情で言い訳をした。

「おじいちゃんみたいなこと言って。どうせ走り切る体力がないだけでしょ。嘆かわしい！　全く、嘆かわしい」

「なんだよ。大げさな言い方して。わざわざ文句言うために待ってたの？」

私が劉項と話を始めると、彼の友達はすぐに挨拶をして去っていった。まるで私から逃げていくみたいだった。

「そんなわけないでしょ」

私は劉項と並んで歩きだした。

「あれから篆刻を始めようと思って、小篆の辞典を買ったんだけど、なかなか思った通りに書けないんだよね。できれば沈先生を紹介してほしいなって思ってさ」

「分かった。先生に話しておくよ。この前は君が書いた字を少ししか見てないから、何枚か見せるように言われるかも。何か書いて用意しておいてくれる？　まぁ、君なら大丈夫だと思うけど」

「まだ篆書は難しいなぁ。隷書なら自信あるんだけど、それでも大丈夫かな？」

「分かんないけど、大丈夫じゃない？　なんか、先生も君のこと気に入ってたみたいだったし」

「そうなの？　知らなかった」

「若い子が篆刻に興味もってくれるのは嬉しいってさ」

私たちが話をしていると、いつのまにか周りがざわつき始めた。

「おい！　張月が劉項と話してるぞ！」

「お前たち、付き合ってんのかよ！」

同じクラスの男子が私たちを見て騒ぎ出した。隣を見ると劉項が顔を赤らめて俯いてしまった。周りを見ると、大声を出した男子たちだけじゃなく、仲のいい女の子たちでさえも好奇の目で見ている。

「付き合ってるわけないでしょ！」私はみんなに聞こえるように大声をあげた。

「あんたたちじゃあ頭が悪すぎて話し相手にもならないから、劉項と話してるの。あんたたちお馬鹿さんは楽でいいよね。程度が同じ相手なんていくらでも見つかるんだから」

私は啖呵《たんか》を切ったが、馬鹿相手には何を言っても通じない。

「猿と付き合ってる女がなんか言ってるぞ」

私は何を言われても気にしないが、劉項が隣で恥ずかしそうにしているだけなのが惨めったらしい。

「あんたもなんか言ってやったらどうなの？」

「いや……、別に……」劉項は言い淀んだ。

「なんで？　あんなこと言われて、嫌じゃないの？」

「嫌だけど、言い返しても何も変わらないから」

うじうじしている劉項に腹が立った。

「猿はあんたたちでしょ！」私は地面に落ちていた小石をいくつか拾って、男子たちに投げつけた。「馬鹿が感染《うつ》るからあっちに行きなさいよ！」

「うわぁ、猿夫人が怒ったぞ！　逃げろ！」男子たちは私が投げた石を避けながら、笑ってどこかに走っていった。

「ごめん、僕のせいであんなこと言われちゃって……」

「別に馬鹿に何を言われても気にならない。だって馬鹿は自分が何を言ってるのかも分かってないから。でもあんたが意気地なしなのはがっかりした」

私はポケットから印章を取り出した。

「これ、やっぱり返すよ。御守《おまも》りにしようかと思ってたけど、あんたみたいな男が彫った字だと思うと、持っていても意味なさそうだし」

劉項は一週間前に彫った印章を突然渡されて、驚いたように目を丸くした。だが、私の言葉を聞くとがっくりと肩を落とした。

「じゃあね。沈先生によろしく言っておいて」

私は劉項をその場に残して家まで走って帰った。

部屋に戻ると悔しさで涙が止まらず、夕飯までベッドの上で布団にくるまっていた。

夢から覚めた後、隆はソファーベッドに座って、目元の涙を拭った。一息ついてから立ち上がり、何気なくズボンのポケットに手を突っ込んだ。そこには何も入っていなかったが、指に神経を集中させると、あの時に触れた刻面の凹凸《おうとつ》が感じられるような気がした。

一週間だけ、肌身離さずに持ち歩いた御守り。あの時、私はなぜあんな風に劉項に突き返してしまったんだろうか。彼を傷つけてしまったに違いない。

隆は殺風景な会社の倉庫を見回した。もっと居心地のいい部屋にすればいいのに。不要なものばかりがごちゃごちゃと並べられた、つまらない場所のように感じられた。

なんで私はこんな場所にいるんだっけ？　隆は言葉にできない違和感を覚えた。

そうだ、自分のデスクに戻って仕事をしないといけない。いつも通り、もう六時を回っていた。仕事をしなければいけないことは分かったが、具体的に何をしなければいけないのかが思い出せない。

隆は倉庫を出ると、階段を上って、一つ上のフロアにあるオフィスを目指した。電気の点いていない階段は暗く、静かな空間に靴音だけが響くのがなんだか不気味に思えた。

オフィスには木下の他に何人か残っていた。自分のデスクに向かうと、彼らの視線を感じた。

なぜか悪いことをしているような気になり、軽く会釈だけして、そそくさと椅子に座った。パソコンを立ち上げて、彼らのことを気にしていない振りをする。

デスクには昨晩書いたメモが残っていた。カチューシャの設計図、ＴＭＳに関する資料。

そうだ、カチューシャのことを調べていたんだ。そう思い出した瞬間、隆はまだ自分がカチューシャを頭に装着したままであることに気が付いた。慌ててカチューシャを外してデスクに置くと、オフィスにいる誰かの笑い声が聞こえた気がした。恥ずかしくて顔から火が出る思いだった。

メールアプリを立ち上げると、秘書の中谷に頼んでいた資料が届いていた。タイダルのサービス利用者からのクレームや訴訟案件のリストである。可能性は少ないはずだが、もしかしたらカチューシャではなく、タイダル自体に問題があるのではないか、と考えたのだ。

訴訟案件の内容を見ていこうと思った時に、木下がデスクの前まで来た。

「藤浪さん、大丈夫ですか？　この前、飲みに行った時、突然泣き出したじゃないですか。もし何か困ってることとかあれば聞きますよ」

カチューシャの件で木下に相談したいのはやまやまだが、まだ話すわけにはいかないと隆は思った。

「ああ、あの時はごめんね。ちょっとどうかしてたみたいでさ。でも、大丈夫だから。心配させちゃってごめんね」

隆の軽い返事を聞いて、木下が眉を吊り上げた。

「大丈夫だって言うなら、聞かせてもらいますけどね。最近、どうしちゃったんですか？　仮眠をとるのは構いませんが、朝からずっと寝てますよね？　それも、もう三日間も。どうなってるんですか？」

言葉遣いは丁寧だったが、表情には苛立ちが見えた。たしかに無駄なことをしているのではないかと自分でも感じてはいたが、カチューシャに問題があるか、もしくは新しい可能性があるなら、それを見直すことも必要なはずだ。責められるのは心外だった。

「こっちにはこっちの事情があるんだよ。それを君に話す必要はないと思ってる」隆は話を終わらせようと、木下から目を逸らしてパソコンのディスプレイを見た。

「そうですか、ならいいですよ。でも、さっき藤浪さんが寝てる時に、僕が倉庫に入ったことに気が付いてましたか？　名前を呼んで、肩を揺すったの、分かってました？」

隆は言葉を失った。自分がそこまで深い眠りについていたとは、知らなかった。木下は隆の唖然とした顔を見ると、寂しそうにため息をついた。

「普通じゃないですよ。強い睡眠薬でも使ってるんですか？」

隆の返事を待たずに木下は踵《きびす》を返《かえ》し、自分のデスクに戻っていった。

隆はディスプレイに視線を戻した。アプリ利用者からのクレーム内容、訴訟案件を浚いなおすことで、今まで見逃していた何らかの現象が見つかるのではないかと思っていた。

だが、何も頭に入ってこなかった。「普通じゃない」という木下の言葉が心にのしかかってくる。

なんで私はこんなことをしているんだろう。こんなことをして何になるのか。

私はただ私らしく生きていたいだけなのに。さっき目が覚めた時にはいい気分だったのに、パソコンを眺めていると憂鬱になってしまう。

また夢の中に戻りたかった。それが何なのかなんて、今更調べなくても分かる。

あれが本当の私なのだ。なぜか忘れてしまった、本当の私自身の姿なのだ。

こんな場所にいたくない。仕事なんてどうでもいい。私はそう思って、パソコンをシャットダウンさせると家に帰った。

家でベッドに横になっても全く寝られなかった。

また、倉庫で寝ればいいだけだ。明日また、本当の私に戻るんだ。

4　上弦の月

体が重い。肩からさげた荷物が重い。明日からのことを考えると頭まで重い。

海外旅行から帰って来たのに、空港で出迎えてくれる家族も友達も恋人もいない。私のことを待っていてくれたのは、今まで忘れていたはずの仕事疲れだけだった。

長い休暇で気分をリフレッシュするつもりだったのに、蓋をあけてみれば仕事の締め切りが近くなってしまっただけのような気がした。

浦東《プードン》国際空港の地下鉄のホームで憂鬱な気分になり、思わずため息が出た。

客を大勢乗せた電車が来て、甲高いブレーキの音が地下のホームに鳴り響く。まるで大きな獣の叫び声のようで、今なら思いっきり叫んでも誰にも気づかれないんじゃないだろうか、と我ながら変なことを考えてしまった。

思いっきり叫びたい気分だった。でも何を叫んだらいいのかも分からない。

仕事で行き詰《づ》まったわけではない。生活が厳しいわけでもない。ただ毎日が同じことの繰り返しでつまらない。生きているのに飽きてしまったのだろうか。昔から行ってみたかったタイに旅行すれば、何かが変わるかもしれないと思ったのだが、結局何も変わらなかった。楽しい思い出がなかったわけではないが、それで私の人生が変わるわけでもなかった。

電車から降りて来る人に視線を向けた。賑やかな家族連れは、これから旅行なのだろうし、スーツを着た者は出張だろう。皆、私よりも幸せな人生を送っているんじゃないだろうか、不思議とそんな気がした。誰もが嬉しそうな、楽しそうな表情に見える。なぜ私は楽しい休暇から帰ってきたはずなのに、こんなに気が滅入っているのだろう。

浦東国際空港は終点なので、乗客は全員降りて、電車が空っぽになる。私は一番近くの椅子の端《はし》っこに座り、また大きなため息をついた。

徐々に席が埋まっていくと、小さな男の子が隣の車両から移動してきた。彼が乗客でないことは一目で分かった。肩に掛けたカバンからチラシを取り出して、空いている椅子の上に、座っている人の膝の上に、何も言わずに勝手に一枚ずつ置いていく。

迷惑だが誰も文句を言わない。興味がなければ車両の床に捨てればいいだけだ。男の子に文句を言ってもしょうがない。小さな男の子に、こんな仕事をさせている大人がいるのだ。

この国は私が小さかった頃とは比べ物にならないほどに豊かになった。それでもまだ貧しいのだと、こういう瞬間にふと思わされる。

男の子は私の膝の上にもチラシを置いていった。視線を合わせたりしない。チラシに目をやると、それは旅行会社の広告だった。海南島の綺麗なビーチ、敦煌の砂漠、桂林の水墨画のような川下りの写真と、驚くほど安い旅行価格が印刷されている。

小さなチラシに所せましと写真が並べられているデザインに目が痛くなった。文字の色もフォントも、配置も酷い。デザインのことなんて何も分かっていない、ただパソコンが使えるだけの素人仕事だと一目で分かる。

それでも観光名所の写真には心惹かれた。海外まで行かなくても、国内にも行ってみたい場所は山ほどある。タイではビーチが綺麗な小島を回って、シュノーケリングをしてきた。今度は桂林みたいな場所に行ってみてもいいかもな。

そんなことを一瞬思ってみたが、旅行から帰って来てすぐに次の旅行のことを考えている自分に嫌気が差した。仕事をして、旅行をして。その繰り返しだけの日々がこれから何年も続くような気がした。きっと旅行の最中は面白いのだろうが、帰って来れば今と同じような空《むな》しい気持ちになってしまうのだ。

ため息をついてチラシから目を上げると、反対側に座っていた男と視線が合った。男はすぐに目を逸らした。男は濃紺のチェック柄シャツを着ており、裾《すそ》をジーンズに入れている。ダサいシューズにリュック、首から下げた身分証。おまけに黒縁の眼鏡。恐らくIT企業が集中している張江《ジャンジャン》で働いているのだろう。

私はチラシを隣の空いている席に置いた。床に捨てるよりはマシだろうと思ったが、すでに車両の床は捨てられたチラシでいっぱいだった。

休暇の直前に安い航空券を買ったため、杭州の空港ではなく上海《シャンハイ》の浦東空港からの往復になってしまった。もう夜遅いので杭州までは戻れない。上海で一泊して、明日はそのまま出社予定だ。

車両の半分くらいの席が埋まると、地下鉄が動き出した。地下鉄ではあるが次の海天三路《ハイティエンサンルー》駅は高架駅だ。記憶に残っている昔の海天三路は何もない田舎にポツンとある高架駅だった。この駅を通過するたびに不思議な光景だと思ったのを覚えている。こんなに立派な駅を建てても、利用する人なんてたいしていないだろう。そんな風に思っていたのだが、この十年ほどで驚くほど開発が進み、車窓の外は様々なデザインの建物が煌《きら》びやかに光り輝いている。なんとなくその明かりに目を向けていると、またさっきのあの男と目が合った。男はまたすぐに目を逸らす。

ただでさえ疲れているのに、他人にじろじろ見られて気分は最悪だった。幸いなことに地下鉄はまだ席が空いているので、移動しても座れるだろう。

私は隣の車両に移ろうとして立ち上がった。重いキャリーケースを引っ張って、男の前を通り過ぎようとした。

「あの、すみません」男が声をかけてきた。私は聞こえないふりをしてそのまま隣の車両に通じる扉に手をかけた。

「張月さんですよね?」

驚いて立ち止まり、男を振り返る。知り合いのようだが、やはり見覚えがない。男も席から立っており、意外と背が高いことに気が付いた。百八十センチ近くありそうだ。これだけ身長が高ければ少しくらい印象に残りそうなものだが、男の風貌《ふうぼう》は全く記憶にない。

「覚えてないの？　劉項だよ」男は少し寂しそうに笑った。

「嘘！　全然分からなかった！」私は思わず大きな声を出してしまった。劉項と最後に会ったのは中学校の卒業式だから、もう十三年以上経っている。高校からアメリカに留学してしまった彼とは、もう会うことなどないだろうと思っていた。

「いつ帰って来たの？」

「一年半くらい前かな。親の面倒をみるつもりだったから、いつかは帰らなきゃって思ってたんだけどさ。いい転職先が見つかったから、早めに戻ってきちゃった」

　私は劉項の隣に座り、思い出話に花を咲かせた。だがじっくり話せる時間は短かった。広蘭《グァンラン》路《ルー》駅に着くと、車両は一気に人でいっぱいになった。席が埋まっただけでなく、座っている私たちのすぐ目の前にも人がぎゅうぎゅう詰めになってしまい、なんとなく話しづらくなってしまった。

「僕、張江高科《ジャンジャンガオクー》駅で降りるんだけどさ……」劉項が内緒話でもするように言って、私は笑ってしまった。

「そうだと思ってた。だって、どう見ても張江男って感じだもん」

「分かってるよ。エンジニアがみんなおんなじ格好してるのが変だって言いたいんだろ？　僕もアメリカから戻ってきて、最初は変だと思ったけどさ。目立ちたくないから同じ格好してみたら、意外とすぐに馴染んじゃったよ。それよりもさ……」劉項は少し躊躇った。

「荷物多いし、大変かもしれないけど、もし良かったら一緒に夕飯でもどうかな？　もう少し話をしたいしさ」

「うん、私ももう少し話したいって思ってたところ」

明日のことを考えると、早くホテルに向かいたいところだったが、それよりも劉項と話したかった。

私たちは張江高科駅で一緒に降りると、劉項がよく行くという過橋米線《グオチャオミーシェン》の店に入った。店内は落ち着いており、革張りの椅子に腰を下ろすと、疲れも忘れて劉項と話すことができた。

彼は中学生の時をよく覚えており、私が忘れていたようなことを話してくれた。私は当時、劉項の友達からは恐れられていたらしい。クラス内の喧嘩早い男子たちにも引けを取らない気性の荒い女だと思われていたと聞かされて驚いた。私はそんなつもりは全くなかったので否定しようとした。だが、劉項の口から昔の私のことを聞くと、とても自分の話だとは思えなかった。曰《いわ》く、自習中に騒いだ男子に突然怒り出して、その子のカバンを教室のベランダから投げ捨てただとか、机を蹴り倒しただとか。完全に記憶から消えていたことを、劉項は思い出させてくれた。

鶏油《チーユ》がたっぷり浮いていて熱々のビーフンは美味しかった。疲れていた体の内側から温まるようで、心が安らぐ。

劉項はアメリカに留学してからエンジニアの勉強を始めたらしい。もともと頭も良かったのだし、いい高校、大学に進ませるだけの親の財力もあった。シリコンバレーのベンチャー企業で働いていたということだ。

私はずっと杭州に残っていた。劉項や、他の留学組たちが羨ましかった。中学まではトップの成績だった私も、本格的に書を学び始めると、勉強が追いつかなくなっていった。トップの大学に進む代わりに、美術系の大学に通った。私は私の好きなものを追求しているつもりだったが、上には上がいることを早い段階で知った。

私が中学まで優等生だったのは、単に人並みの努力をしていたからだ。だが、美術の世界で目立てるほどの才能などなかったし、才能のある人を追い抜けるほどの努力はできなかった。

海外に渡った同級生たちの近況を聞くたびに、自分がつまらない人間になっていくような気がしていた。私よりもずっと頭が悪かった連中が、海外で楽しそうに暮らしているのをＳＮＳで見るたびに、私はやるせない気分になった。悔しさはいつしか虚しさに変わっていった。

もう何年も鬱屈した気分でいたのに、劉項が覚えているのは、強気で自信満々だった私なのだ。劉項が話す思い出話の中の私は、どこか別の誰かのように聞こえる。

なんで劉項は戻って来たのだろう。私だったらいい転職先があるくらいでは、絶対に帰って来ない。

「で、張月は今どんな仕事してるの？」劉項はニコニコして訊ねた。

「渓冷印社で働いてるよ」

「嘘だろ！　凄いじゃないか！」

劉項は目を大きく開けて、思った通りの反応を見せてくれた。

「ごめん、ごめん。その反応が見たかっただけ」私の言葉を聞くと、彼は怪訝《けげん》そうな顔をした。

「渓冷印社なのは本当だけど、オークション部門でカタログを作ってる。まぁ、やってることは普通のデザイナーと変わらないよ」

「それでも凄い。やっぱり美術関係の仕事に進んだんだ。君らしいよ」

彼は顔を曇らせた。

「渓冷印社と言えば……、君は沈先生の葬儀には行けたの？」

「うん。関係者が大勢来てたよ。やっぱり凄い人だったから」

「そうか。ずっと心残りだったんだ。先生の最期に会えなかったこと。帰国して、家に荷物を置いてからすぐに先生のお墓に行ったよ」

二人のあいだに気まずい沈黙が生まれてしまった。私はそれが耐えられなくて、冗談めかして喋った。

「そういえば、次回のオークションに先生が若い時の書が出品される予定だよ。六万元からスタートの予定だけど、あなたも買いたい？」

「六万元か。三ヵ月分の給料はちょっと出せないな」彼はふざけて笑った。

それは私たちがどんなに足掻《あが》いても、手が届かない世界だった。あの時、あんなにも私たちの近くに先生はいたのに、その作品は雲のように遠いものなのだ。私たちは一緒に先生から書を学び、そしてどちらも書を諦めてしまった。

食事が終わって店を出ると、見せたいものがある、と劉項は言い出した。久しぶりだとは言え、相手が彼なら安心だと思えたので、部屋までついていくことにした。

彼の部屋は駅から歩いて三分もかからない距離の団地の中だった。狭い階段を上っていき、四階までたどり着くと、私の荷物を持ってくれていた劉項は肩で息をしていた。

劉項の部屋は綺麗に片付いていた。机に本棚、ベッドにクローゼット、必要なものだけがワンルームに収まっていた。

劉項の机の上には、見覚えのある小さな白い石が二つ並んでいた。

「覚えてるよね？　あの時の石だよ。君が僕から勝手に取っていって、また突き返した石。あの後、ずっと大事にとっておいたんだ。アメリカにも持って行ったし、いつも二つ並べておいてあるんだ。いつか、君に会えたら渡そうと思って」

私は印章を二つ手に取り、刻面を見た。どちらも笑ってしまうほどに拙い。普段から目にしている美術品とは比べ物にならないほどに安っぽい石に彫られた、たどたどしい彫り跡。私はその刻面を指で撫でた。ふいに涙がこぼれた。

あの時、私が何も考えずに彫った〈望月懐遠〉の四文字が輝いて見えた。

夜空に輝く月を見て、遠くにいる恋人のことを考える。その詩に想いを重ねるように、彼も私のことを思い出してくれていたのだろうか。そう思うと、急に胸が苦しくなった。

「馬鹿じゃないの。こんなものを取っておくなんて」恥ずかしくて劉項の顔を見られなかった。

「そうかもね。馬鹿かもしれない。でも忘れられなくて」

私はその夜、劉項の部屋に泊まることにした。

小さなベッドの上で、私たち二人は一つの文字のように絡まりあった。

朝、まだ寝ている劉項の手に自分の手を重ねながら、懐かしい衝動が胸の内に生まれるのを感じた。

また文字を書こう。篆刻をしよう。

ただ自分を喜ばせるためだけに、自分が見たいものを作ろう。


私たちは週末になるとお互いの部屋に泊まるようになった。できれば毎日会いたいのだが、それにはお互いの家が遠すぎた。それに平日は仕事が忙しいらしく、一度会いに行った時には劉項はぐったりしていた。

劉項と付き合い始めて、張江男たちは噂《うわさ》で聞いていた通りの存在なのだと知った。張江男たちは仕事が忙しく、張江近くに住んでいるから高給取りなのに家賃で収入の大部分がもっていかれてしまう。オタク気質の男が多く、恋人には向かない。劉項はアメリカ留学していたからか、どこか垢抜《あかぬ》けている部分もあったが、典型的な張江男と化していた。

女の子と知り合う機会もないし、そんな余裕もない。劉項がそう言うのを聞いて、私も安心していた。

だがある日、劉項の部屋で女物の髪飾りを見つけて驚いた。まさか、劉項に他の女がいるとは思えないが、劉項のもののはずがない。

私たちは付き合い始めてまだ一ヵ月ほどしか経っていない。もしかしたら、前の彼女のものなのかもしれない。未練があって捨てられないのだとしたら、いい気分はしない。

他に女がいるのか、と私が問い詰めると劉項は笑った。証拠の髪飾りを彼の前に差し出すと、彼は腹をよじって大笑いした。

「恋は盲目って言うけど、本当に君は盲目になっちゃったな。僕が浮気できるような男に見えるかい？　僕は全くモテないし、君がいなくなっちゃったら、きっと一生一人だよ」

「じゃあ、これは誰のなのよ」涙目で笑い続ける劉項にイライラしてきた。

「これはただの髪飾りじゃないんだよ。ほら、ここを見て。ボタンがあるでしょ。これはかなり特殊なウェアラブル・デバイスなんだよ。日本にタイダルって会社があるんだけど、そこが作った試作品だよ」

劉項が髪飾りの側面にあるボタンを押すと、緑色のライトが微《かす》かな光を放った。

〈カチューシャじゃないか。なんでこんなところに？〉

何か聞こえた気がしたが、私は気にしないことにした。

「で、これは何をするものなの？」

「タイダルってのは、もともとは脳に小型の機械を埋め込んでる人向けのサービスを展開していた会社なんだけどさ。その埋め込んだ機械を経由して、人間の脳の計算能力を、外部に貸し出すサービスを作ったんだ。利用者はアプリを立ち上げて寝るだけで、それなりのお金がもらえるらしい。だけど、脳に機械を埋め込んでいる人がそもそも少ないから、そうじゃない人でもサービスを利用できるようにしたものらしい」

劉項は髪飾りを眺めた。

「中国はタイダルを利用禁止にして、同様のサービスを展開する国内企業が独占できるようにしたんだけど、これがうまくいかなかった。世界中の違うタイムゾーンのそれぞれにユーザーがいないとサービスにならないから当然なんだけどさ。で、タイダルが諦めたウェアラブルを本格的に進めようとしたわけ。うちの会社はこれのリバース・エンジニアリングを依頼されたんだ」

「で、どうなったの？」

「同じものを作るのは簡単だった。でも、タイダルがウェアラブルを諦めたのは正解だったよ。こんなものはうまく行きっこない」

劉項は嘲笑《ちょうしょう》するように言ったが、私にはどうでも良かった。他に女がいないと分かると、途端に彼を疑った自分が恥ずかしくなった。

私は劉項が持っていたデバイスを取り上げて、頭に装着した。それは思っていた以上に頭にフィットした。髪をしっかり押さえてくれるし、変に装飾がなく、手触りも上質な感じがした。

私は部屋の鏡を見ながら、髪を整えた。普段は額を出すことはないが、改めて髪を上げてみると、悪くない気がした。

「どう？」

劉項を見つめると、彼は照れくさそうに笑った。

「かわいいよ」

「髪は上げた方がいいと思う？」

私は劉項に見せるために一旦デバイスを外して髪を下ろし、少ししてからもう一度着けた。

「どっちがいいと思う？」

「う～ん……」劉項は眉尻を下げて困ったような表情をした。

「どっちもかわいいよ」

「なんか適当だなあ。まぁ、ファッションセンスゼロの張江男に聞いたのが間違いだったわ。でも私はこれ気に入ったかな。今日はこれで出かけよう」

私たちは近所に新しくできた火鍋屋《ひなべや》に行く約束だった。

「あ、ごめん。それは本当に大切なもの、というか僕が持っていることがバレたらマズいものだから、外してくれる？」

「え～、折角これ気に入ったのに」私はなんとなくデバイスを外したくなかった。

「ごめん。今日は出かけたら何か代わりに買ってあげるよ」

私はしぶしぶデバイスを外して劉項に手渡した。


目を開けると、暗い倉庫の中にいた。ソファーベッドに手をついて体を起こす。

もうこっちに戻ってきてしまったのか。

まだ自分の体に劉項のぬくもりが残っているような気がして、思わず顔がにやついてしまう。

「藤浪さん、何してるんですか？」

突然、木下の声が聞こえたかと思ったら、部屋の明かりが点けられた。いきなり明るくなって目がくらんだ。

「木下？　こんなところで何してるんですか？」

なぜだか知らないが、私が寝ているところを木下に見られていたと思うと恥ずかしく、同時に腹立たしかった。木下も私の言葉を聞くと眉を吊り上げた。

「それはこっちのセリフですよ」

「ずっとここにいたんですか？」

木下が私の言葉を聞いて、目を細めた。

「さっき来たばかりですよ。いつも六時過ぎまでここにいるみたいだったから。それよりも、中谷さんから聞きましたよ。過去の訴訟案件とかクレームを調べなおしてるみたいですね。それはこのカチューシャと関係あるんですか？」

木下がカチューシャを持っているのを見て、私は思わず頭に手を伸ばした。私の頭にはまだカチューシャがあった。別のものだ。

「カチューシャを使ったって、この前言ってましたよね。正常に動くはずがないって、僕、あの時に言いましたよね？　なんでこんなものを毎日着けてるんですか？」

私は答えに困った。

「僕もさっき一応試してみましたよ。確認のために頭に装着して電源をつけてみましたけど、何にもならないじゃないですか」

「何も起きなかった?」

「当たり前じゃないですか! 開発を諦めた試作品ですよ?」木下が語気を強める。

何も起きなかった? 一体どういうことなのだろうか。私が着けているカチューシャだけが特別なのだろうか。それとも私だけに起こる現象なのだろうか。夢を見る条件はなんなのだろう。

「それとも……」しばらくすると木下が口を開いた。木下がじろじろと私を見つめる。

「何かあったんですか?」

私は何も言えなかった。本当のことを木下に言った方がいいのは分かっている。でも、何が本当なのか、他人に理解してもらえるような説明はできなかった。

カチューシャは私に見せてくれたのだ。本当の私を。

私はなぜか藤浪隆としてここに存在しているが、本当は張月なのだ。中国の杭州で生まれ育ち、書を学び、渓冷印社のオークション部門で働いている。劉項という恋人がいる。

それが確かなことだと、自分の中では分かる。

しかし、藤浪隆という人物が誰だったのか、なぜカチューシャが本当の自分の姿を思い出させてくれたのか、何一つ説明ができない。

自分が張月だということ以外、何も分からないのだ。

「何かあったんですね……」木下がため息を漏らした。「でも、それを僕に話すこともできない」

私はただ頷いた。

「マジかよ」木下はそう呟くと、壁際の低い棚の上に腰かけた。

「ヤバい感じのやつですか？　事故とか、不祥事ですか？」

私は木下が全く見当違いのことを考えていることが、なんだかおかしかった。

「いや、そういうことではないです。安心してください。ただ、説明するのが難しくて。というか、自分でもまだ何が起きてるか分からないんです」

「安心してくれ、って言われてもなぁ。もう少し説明してくれませんか？」

「何が起きているか、私もよく分かってないんです」

私はその一言で終わらせようとしたが、「分かる範囲で話してください」と返されてしまった。

カチューシャを着けて電源を入れた途端に感覚が遮断されること、同じような夢を見ること、起きると気分がいいことの三点を説明した。

「あり得ません。全ての感覚が瞬間的に遮断されるなんて、できるはずないじゃないですか。そんなことができたら大変なことになりますよ。しかも感覚がなくなるのに、意識だけはっきりしてるなんて、そんなことあるはずないじゃないですか」木下はキッパリと断言した。

「だから、説明ができないって言ったじゃないですか」

「じゃあ、まあそこは置いておくとしましょう。同じような夢を見るってのは、具体的にどんな夢を見るんですか？」

「詳しくは話せないけど、同じ人の夢を見ます」

「どんな人ですか？　それは実在の人ですか？」

「詳しくは話せません」

「なるほど、そこが話せない部分なんですね」木下はそう言うと、考え込むように、一瞬だけ目を閉じた。

「一応、確認させてください。藤浪さんはたまたまカチューシャを装着して仮眠をとったら、突然感覚が遮断されて、同じ夢を見るようになった。その現象を解明したいのに、その夢の内容を誰にも話せないから一人で困っている。大体、こういうことですね？」

「はい、そういうことです」

私にとっては一番重要な部分を伏せたままではあるが、木下に話せたことで少し心が落ち着いた。

木下は立ち上がると、目を細めたまま私を怪訝そうに見つめた。私の言ったことを疑っているのかもしれない。もちろん、簡単に信じられる話ではないだろう。

「では、こうしましょう。明日、僕が立ち会うので、もう一度同じことを繰り返してください。瞬間的な感覚の遮断なんて、今すぐに見せてもらいたいところですが、もし今から何時間も寝たままになっちゃったら困りますからね」

木下は大きなため息をつくと、考え事をするように頭をかいた。

「で、明日以降に関してはその後で考えたいと思います。ＣＥＯが会社に来て仮眠してるだけなんて、他の社員の士気にも関わります。正直なところ、藤浪さんの様子が変なことにみんな気が付いてますし、心配してますよ。できれば別の場所で続けた方がいいと思います。他の役員には僕がなんとか言っておきます。もし正直にこの話をしたら、藤浪さんが話せないと言ってもそれでは済まないでしょうね。最悪の場合、説明責任を果たしてないなんて言われて、ＣＥＯの立場を奪われかねないですから」

私は何も言わずに、ただ静かに頷いた。

「それに、今の藤浪さんは」木下が何か言いかけたが、軽く首を横に振った。

「やっぱりいいです。とにかく明日、お願いします」


「クソ、割り込んでくるなよ。危ないなぁ」

クラクションの大きな音が聞こえたかと思うと、劉項が悪態《あくたい》をついた。私は助手席で縮こまっていた。割り込むなと言うものの、さっきから彼も周りの車の隙間を縫うように運転していた。

「この調子だとあと二時間くらいかかるかもね。着いたら教えるから、それまで寝ててもいいよ」

劉項は優しく言ってくれたが、彼の運転が思っていたよりも荒くて、内心ハラハラしっぱなしだった。昔から気弱で繊細だった劉項だが、車を運転する時だけは人が変わったように攻撃的になった。そういう人がいることは知っていたが、実際に同乗すると生きた心地がしない。

「急がなくていいよ。ゆっくりでいいから、気を付けてね」

劉項はこちらを見ずに笑った。

「ごめんね、何が言いたいか分かるよ。僕もアメリカにいた時はこんな運転じゃなかったんだけどね。上海で運転してたら、いつの間にか上海人らしい運転になっちゃったみたいだ」彼は話をしながら、他の車に追い越されて舌打ちした。

「アジア人は運転が下手だ、なんてステレオタイプの冗談をあっちでは言われてたから、余計に気を付けてたんだけどさ。やっぱり地域ごとに運転の仕方って違うんだよ。上海で他の車に道を譲ってたら、いつまで待ってても進めないからね」

そんなことを言いながら、劉項はマニュアル車に乗っている。ガチャガチャと忙《せわ》しなくギアをチェンジする様子は、荒々しい運転を楽しんでいるように見えた。

「そういえば、この前タイに旅行した時のことなんだけど、現地の人たちの運転が面白かったよ。帰りに空港まで高速バスに乗ったんだけど、道路は二車線しかないのに、車は三列で走ってたの。渋滞してたから問題なかったけど、ちょっとびっくりした」

「高速の出口が詰まってただけじゃなくて？」

「どうだったかな？　私も疲れてたからあんまり気にしてなかったけど。そうじゃなかったと思う」

「暗黙のローカルルールってのはあるよな。で、暗黙のルールってのは大体どんなものも明文化されたルールよりも上なんだよ」

「じゃあ上海のローカルルールって何？」

「さあね？　ぼーっと生きてたらどこにも行けないってことかな」

信号が青に変わると、一斉に車が動き出す。言われてみれば劉項のような運転の車は少なくない。

「アジア人は運転が下手ってのは間違いだよな」劉項が言った。

「運転が下手なんじゃなくて、欧米人に比べたら安全に興味がないんだろうね。命の価値が違うんだよ、きっと」

それは悲しい冗談だった。それでも私たちは自虐的に笑い飛ばした。

車の流れを見ていると、何か心が落ち着かなくなった。

そうか、車が反対に走っているんだ。だから変な感じがするんだ。

ふとそんなことを思った自分がおかしかった。

車が反対を走ってるだなんて、なんでそんなことを思ったんだろう。

休日の西塘《シータン》は観光客で混《こ》みあっていた。杭州から近く、建物もそこに住む人たちの暮らしぶりも、古い中国の伝統を感じさせる水郷《すいごう》だ。運河を挟む白い石畳の道は狭く、観光客向けの店は賑わっており、なかなか前に進めなかった。石造りの家は壁がどれも白く塗装されており、隣の家との境を強調するかのように突き出た屋根が特徴的だ。火事が起きても、すぐに隣に火が移ることのないように、そういう形状なのだ。

川には細長い小舟が何艘《そう》も留められていた。どの舟にも丸い屋根が掛かっている。川を跨《また》ぐ橋が点々と見え、それらは美しい曲線を描いており、川に映った橋の鏡像も見ものだった。まるでそこに丸い石の門があるようで、それは渓冷印社の月亮門を思い起こさせた。

日差しが強く、川はきらきらと輝いていたが、通路には古い屋根が掛けられており、意外と快適だった。観光客が少ない平日だったら、きっと風が吹き込んで涼しさも感じられるのだろう。川沿いに生えている柳が静かに揺れているが、人に囲まれている私たちは熱気で苦しいほどだった。

「この道をトム・クルーズが走ったなんて信じられないな」劉項はお気に入りのスパイ映画のロケ地だったこともあって、西塘に来たかったようだ。私も彼が強く勧めるので、一緒に映画を見たが、ただ走っているだけのシーンが妙に緊張感があって思わず笑ってしまった。

「もしあっちからトム・クルーズが走って来ても、これだけの人込みだったらどうしようもないよね。皆を川に突き飛ばして走るしかないかな?」

「それよりも川に飛び込んで泳いだ方が早いかもしれない」

私たちは腕を絡ませあって、そんな他愛《たわい》もない話をしながら、ただ道を歩いていた。豚肉にスパイスを混ぜ込んで蒸《む》した粉蒸肉《フェンジョンロウ》が道端《みちばた》で売られており、香ばしい香りが漂っていた。ちまきに似た食べ物で、蓮の葉で巻かれたご飯がおいしいのだ。私たちは一つ買って、分け合って食べた。

劉項と一緒にいられるのは嬉しかったが、人込みの中を歩いていると、少し息苦しさを覚えた。

私が疲れているように見えたのだろうか、劉項は細い通りの先に喫茶店を見つけて、軽い昼食をとることにした。

「夜になれば涼しくなるよ。夜景が綺麗だってさ」

劉項の言う通り、夜になると西塘の町はがらりと景色を変えた。

立ち並ぶ家々が提灯《ちょうちん》を軒先に掲げ、町は幻想的で優しい明かりに包まれた。川がその明かりを反射して、一層明るく見えるのだ。

川沿いを散歩していると、小さな蠟燭《ろうそく》を売っているおばさんがいた。蠟燭は紙で作られた小舟とセットで売られていた。蠟燭に火をつけて川に流すらしい。

「祈りながら蠟燭を流したら、願い事が叶《かな》うよ。お二人さんも幸せになれること間違いなし！」

おばさんはにこやかに笑いながら言った。

勧められるままに、私たちは蠟燭を川に流した。川の流れは穏やかで、小さな火はゆっくりと私たちから遠ざかっていった。紙の小舟を川面《かわも》に置くまでは、ロマンチックだと思った。きっと綺麗な思い出になるだろうと。だが、川の上を進む小舟はどこか頼りなく、寂し気だった。

「すぐそこに橋が架かってるでしょ？」おばさんが指さす先には幅の広い立派な橋が架かっていた。他の橋と違い、そこには屋根があり、多くの人が行きかっていた。

「そこもいい言い伝えのある橋だよ。恋人同士で橋を渡ると幸せになるって」

私たちはおばさんの言葉を聞いて、顔を見合わせた。

「ありがとうございます。おばさんがそう言うなら、行ってきます」劉項が少し照れ気味に言った。

私たちが歩き出すと、おばさんが思い出したように、私たちの背中に向かって言葉を続けた。

「そこの橋はね、左の階段を上ったら男の子が、右の坂を上ったら女の子が生まれるって言われているんだよ。好きな方から上るんだよ」

おばさんの言葉を聞いて、私はハッとした。劉項はおばさんに向かって手を振った。私が動揺したことには気が付いていない。

少し歩くとすぐに橋の前まで来てしまった。

私はもう少し時間が欲しかった。言葉を選ぶのには、もっと時間が必要だった。

橋は不思議な作りだった。左側は階段になっており、右側はスロープになっている。橋の上は薄い壁があって右側と左側は分けられている。

「面白い橋だね。昔からある橋なのに、ユニバーサルデザインなんて珍しい。どっちを歩こうか？」劉項は無邪気に話しかけてきたが、私の表情を見て固まった。

「どうしたの？」

劉項は不安そうに私を見つめる。言葉が出てこなかった。

「何か嫌なことでもあった？　それとも疲れちゃった？」

「遅れてるの」

「何が？」

「まだ来てないの」

「だから、何が？」劉項は私の言葉を察してくれなかった。ちゃんと言葉にできない私が悪いのだが、分かってくれない劉項にイライラした。

「生理が来てないの。もう二週間も」

「あぁ……」今度は劉項が黙ってしまった。

「もしかしたら、できてるかも」

子供、と声に出すのが怖かった。

劉項の反応が怖い。自分が本当に子供を欲しがっているのか、分からなくて怖い。

それ以上何も言えなくて、重い沈黙が流れた。

私はきっと、劉項の反応に全てを任せようとしているのだろう。

劉項が喜んでくれれば、私も一緒に喜ぶ。

もしそうじゃない場合は、私は何かを考えなければならない。

子供、と口に出さなければ、全ての責任から逃れられる気がした。

自分は卑怯なのだろうか。

ちゃんと自分の中でしっかりと考えてから、この話を切り出したかった。

だが、この話をしないで橋を渡ることは、何かが間違っているような気がした。

「ごめんね。知らなかった。体調は大丈夫なの？」

「うん。生理が遅れてること以外は何も問題はない。でももしかしたら、それもなんでもないかもしれない。遅れることなんて、よくあるから」

少なくとも自分は二週間も遅れたことはなかったが、それは黙っておいた。

「そうなんだ。ビックリだな。こんなタイミングだとは思ってなかったから」

劉項は今聞かされた事実を飲み込むのに時間がかかっているようで、両手で頭を抱えた。

「でも、もし妊娠してたら凄いね。僕たち親になるんだよ。信じられないね」

劉項は嬉しそうに、少し照れくさそうに笑いながら言った。

「そうね。本当。信じられないね」何でもないように言ったつもりだったが、自然と涙が流れた。自分の子供を望んでもいいんだ。緊張が緩んだのか、少し眩暈がした。

「で、君は男の子がいい？　女の子がいい？」はしゃぐように劉項が言った。

私は答えられなかった。産んでいいのかどうかさえ、今まで分からなかったのだ。男の子か、女の子かなんて、自分の希望を伝えていいものなのだろうか。いや、どちらがいいかなんて分からなかった。

「まだ分からない。どっちでも、私は嬉しい」

私たちは少し悩んだ。

結局、まだ橋を渡りたくないと私が言い、その晩はすぐにホテルの部屋に戻ることにした。

その夜、劉項は私にプロポーズした。

指輪の用意もなかった。

お互いに気持ちの準備ができていたとも言えなかった。

だが、二人にとって最高の夜になった。

目が覚めると柔らかいベッドの上だった。

私は思わず自分のお腹に手を当てた。

お腹が少し膨《ふく》らんでいる。

「ねえ、少し大きくなってる気がする」

「さすがに気が早いんじゃない？　もし妊娠しててもまだこんな大きさでしょ？」

劉項は親指と人差し指の間をほんの少しだけ開きながら言った。

「気のせいかな。でも、それでもね。本当に生まれて来るんだって気がするの」

劉項は私の額に軽くキスをすると、部屋を出て行った。

私は幸せだ。もう何年も、こんな喜びを感じたことはない。

私はお腹を優しくさすった。

「ねぇ、今度の休みは……」私は隣の洗面所で髭《ひげ》を剃《そ》っている劉項に話しかけようとした。だが、少し眩暈を感じて、一瞬目を閉じた。両手の親指で眉根を押して、目を休めようとした。

目を開けた次の瞬間、驚いて声をあげてしまった。

ベッドのすぐ横に知らない男がいるのだ。

「お、やっと起きましたか。しかし、ビックリしましたよ。本当に藤浪さんがカチューシャを着けた瞬間に気絶するように眠ってしまったんで。今でも信じられません。どうでしたか？　今日も同じ人の夢を見ましたか？」

私は深呼吸をして落ち着こうとした。それは知らない男ではなかった。一緒に会社を立ち上げ、何年も自分を支え続けてくれている木下だった。

劉項と一緒にいた寝室は消えていた。代わりに自分が寝ていたのは、自分で買った港区のマンションだ。

「大丈夫ですか？」

私の表情を窺うような木下に、応えようとしたが、何も言えなかった。

そう、私はこちら側では藤浪隆という男だった。赤ちゃんが育ったかと思ったお腹も、ただの中年のだらしない脂肪でしかない。私は自分の、藤浪の体を触っているのが嫌になって、お腹から手を離した。

私は頭に手を伸ばし、カチューシャを外した。手の中にあるカチューシャが懐かしくて、涙が出そうになった。

「あの人が……」

あの人が、私に着けさせてくれなかった髪飾り。そう言おうとして、それが間違っていることに気が付いた。そうではない。これは私が、いや、藤浪が作ったものなのだ。

「あの人？」木下がその続きを聞かせてくれと言わんばかりに繰り返した。

「藤浪さん、できればでいいんですけど。何があったのか、僕に少し話してもらえますか？」

私は何も言えなかった。何を言っていいか分からなかった。

自分が藤浪ではないと言えばいいのだろうか？

私の人生について語ればいいのだろうか？

劉項と結婚することになったんだと、そう言えばいいのだろうか？

あの人とのあいだに子供ができたのだと話せば、納得するのだろうか？

だが、そんなプライベートなことをべらべらとしゃべる気になんてならなかった。

言葉に出したら、全てが嘘になってしまうような気がした。

それに、本当に私が張月なのか自分でも分からなかった。

少なくとも体は私のものではない。

「すみません。一人にしてくれますか？　ちょっと疲れていて。話せるようになったら連絡します」

木下は残念そうにため息をついたが、ベッドの横の椅子から立ち上がった。

「分かりました。連絡待ってます。他の役員には僕の方からうまく言っておきます。後で報告しますので、メールは確認してくださいね」

私はベッドから起きて、木下を玄関まで見送った。

「そういえば、聡美さんはまだ帰って来ないんですね。朝も早かったみたいですし、忙しいんですね」

「はい。最近、聡美さんとはあんまり一緒の時間はありません。お互いに忙しいので……」

「分かりました。僕から宜《よろ》しくとだけ伝えておいてください。藤浪さんが家にずっといたら驚くかもしれませんしね。ちゃんとこのことも話しておいてくださいよ」

木下はもう少し話していたいという感じだったが、私は早く一人になりたかった。

半ば無理やり木下を外に出すと、ため息をついた。

会社は何とかする、と木下は言っていた。それならば、彼に全てを任せよう。

私はただ、私が自分でいられれば、それ以上に何も望まない。

藤浪隆という人物が誰だったのか、今となっては何も分からない。

彼の人生も、彼の会社も、私にはどうでも良かった。

それは私にはなんの関係もない、他人事でしかないのだ。

今すぐにでも、劉項に会いたい。

そう思ってカチューシャを再度装着してみたが、何も起きなかった。

私はただベッドの中で横になり、また朝がやってくるのを待ち続けた。


「う〜ん……」

私は劉項が口を噤んでいるのを見て、彼が真剣に考えているのか、それとも真剣な振りをしているだけなのか探ろうとした。

「ごめん。ちょっと違いが分からないな。どれもあんまり変わらないように見えるけど」

「嘆かわしい！　全く、嘆かわしい！」

劉項のセンスの無さを非難すると、彼は苦笑いした。

「その口癖《くちぐせ》、久しぶりに聞いたな。昔、よく言ってたよな」

「責めないであげてください。男性って大抵そういうものですよ」化粧品売り場の女性が彼の肩をもつような言い方をした。

「以前お客さんに教えてもらったことなんですけど、男性と女性って、物の見え方が違うみたいなんです」

女性は優しく微笑んだ。

「脳の働きが違って、一般的に女性は男性よりも色の認識能力が優れていて、男性は動体視力が優れているそうです。だから自分が好きな色を選んだ方がいいですよ。口紅って、塗るだけでも気分が変わりますから。自分が好きな自分でいられるように、自分で選ぶんです」

メイクがばっちりと完璧で、その女性はどこから見ても素敵だと思えた。ブランドのイメージを損《そこ》ねないような、こういう女性になりたい、という美意識を刺激されるような人だった。もちろん、店の外では違う顔もあるだろう。だが、自分には接客業は無理だな、とも思った。すぐに疲れてしまいそうだ。

「それにしたって、一度は美術を真剣に学んだはずなのに、色の違いが分からないなんて。恥ずかしいわよ」

「美術って言ったって、墨と印泥しか使ってないんだからさ。それにもう昔の話だろ」

劉項がいじけた子供みたいに口を曲げたのを見て、私は思わず笑ってしまった。

私は店員がすすめてくれた新色を見比べて、二種類を試すことにした。どちらも鮮やかなプラム色だが、普段から使うようなマットなものと、艶やかなタイプ。

色を選ぶと店員にすすめられて、豪華な鏡の前に座らされた。まるで女優が控室《ひかえしつ》で使うものみたいだった。鏡の枠には小さくて綺麗な照明がいくつも点いており、その鏡で自分を見るだけでいつもより美人になった気がした。

店員は最初にマットなタイプを唇に塗ってくれた。とてもいい色で、違和感がなかった。一応、劉項にもその口紅を塗った自分の顔を見せる。彼が「いいんじゃない？」と適当な返事をしたので、私は少し不満を覚えた。

次に塗ってもらった艶やかなタイプは、いつもの自分のイメージと違う感じがして、少しドキドキした。悪くないんじゃないか、と思いながらも、少し恥ずかしい気がした。大人っぽいというか、セクシーな感じ。

セクシーだ、と自分を見て思ったことが少し照れくさかった。鏡をじっと見ていると、徐々に艶感が増していくような気がして、少しずつ自分が別人になっていくような感じがした。

「こっちはどうかな？」

劉項に再び見せると、彼は親指をグッと上げて「いいんじゃない？」とやはり適当なことを言う。なんでこんなに違うのに、同じような反応なんだろう。私は少しガッカリした。彼もセクシーだと思ってくれるかと、少しでも期待した自分が馬鹿だった。

私は少しだけ悩んで、艶やかなタイプを選んだ。婚約した記念なのだから、どうせならいつもと違う自分になれるものの方がいい。

「そっちの方がお似合いだと私も思いますよ」と店員は都合のいいことを言ったが、嫌味な感じはしなかった。驚くほどに気分が良かった。口紅を変えるだけで、こんなにも気分が変わるものなのだ。

店を出て、少し歩くと、隣で劉項が軽く笑いだした。

「何が面白いの？」

「君、悪い女になったみたい。いい意味でね」

「いい意味で悪い女ってどういう意味よ。嫌なら嫌って、さっき言えば良かったのに！」

私は今になって変なことを言い出す彼に腹が立った。

「嫌じゃないよ。すごく似合ってるし、美人だと思うよ。だから、いい意味で悪い女なんだって。いい女の子は天国に行けるけど、悪い女の子はどこにでも行けるんだ」

「なにそれ？」劉項が変なことを言い出したので、私は眉をひそめた。

「いい女の子は天国に行けるけど、悪い女の子はどこにでも行ける。そういう言い回しかなんかなのかな？　昔アメリカにいた時に、同僚がそんなことを言ってたのを思い出したんだ。今の君ならどこにでも行けそう。何をやっても成功しそう。そんな強い女に見えるよ」

私は劉項の言葉を喜んでいいのか分かりかねた。セクシーだ、と言ってくれればそれだけで嬉しいはずなのに。強い女、なんて変な言い方をされてしまった。

でも、悪い女、という響きも意外と気に入った。私ではない、新しい自分になれる気がした。

「ねえ、私のお願いを聞いてくれない？」

「今、君にプレゼントを買ったばかりなのに？」劉項はあきれたように言った。

「いいじゃない。悪い女だって言ったのはあなたじゃない。悪い女は自分勝手なの」

「分かったよ。どうすればいい？」

私はブランド名が大きく書いてある小さな紙袋から、買ったばかりの口紅を取り出した。不思議そうに見守る劉項の目の前で、口紅をもう一度、たっぷり厚く塗る。そして、口紅をポーチに入れると、さっとつま先で立って劉項の頰に強く唇を押し付けた。

「おいおい！」劉項は驚いて顔を離したが、頰には私の口紅の痕がしっかりと残っていた。私は思いのほか綺麗に残った口紅と、劉項の慌て具合が面白くて笑った。

「じゃあ、私のお願いね。今日は一日、その口紅を落とさないで。拭いたりしたらダメだからね」

「ちょっと、待ってくれよ。これから君の友達に会うんだろ？　勘弁してくれよ」

「あなたの友達じゃないんだから、大丈夫。誰も馬鹿にしたりしないって。キスマークの一つくらいあった方がお洒落《しゃれ》ってもんよ」

劉項は辺りを見回して、近くのショーウィンドウに近寄ると、ガラスに映る自分の顔を覗き見た。

「嘘だろ？　このままでいろって言うのかよ」

「そう。楽しいでしょ？」

「君は楽しいかもしれないけどね。まぁ、いいよ。君には負けたよ。やっぱり君は悪い女だ。天国には行けないぞ」

「いいのよ。悪い女はどこにでも行けるって、誰かさんが言ってたから」

苦笑いをする劉項の腕を摑み、私たちはゆっくりと歩いた。


私たちの結婚披露宴は盛大に行われた。両方の親族、それぞれの同僚や上司、友達が出席し、会場のホテルには二百人以上の人が集まった。劉項の仕事関係の人たちはみんな、劉項と同じように典型的な張江男だった。

「女の子と出会うめったにない機会だから、皆楽しみにしてるよ」と劉項から事前に聞いていた。だが、会場を見回しても知らない女の子と話をしようとしている軟派な男なんて一人も見当たらなかった。私はそんな奥手な劉項の友達が面白く、私の女友達を彼らが座っているテーブルに連れて行っては、会話の糸口を見つけてあげようとした。だが、彼ら相手の恋のキューピッド役はなかなかに困難だった。

私は目を開け、そしてすぐに閉じた。また、眠りにつくまで目を開きたくない。そこは自分がいるべき部屋ではなかった。目覚めるべき世界ではなかった。

動かさなくても、それが自分の体ではないことが分かる。寝ていても分かる体の重さ、だるさ、呼吸のぎこちなさ。一気に歳《とし》をとって、嫌な病気にでもなったような気分だ。

ベッドから起きる気力が湧かない。何もしたくない。

しばらくベッドで横になっていると、お腹が減って仕方なくなった。

私はしぶしぶ起き上がると、台所まで歩いていき、冷蔵庫を開ける。肉や魚、野菜。そこにある食材は私が買ったものではない。聡美さんが買ったものだ。もちろん、勝手に使っても怒られることはないが、なんとなく料理する気にはならなかった。

ヨーグルトを小皿に出して少し食べたが、なんとなく足りなかった。ダイニングテーブルの上に置いてあったリンゴを水洗いしてから、そのまま齧《かじ》った。普段ならそれで足りるはずなのに、何か物足りない。私は棚を開けてカップラーメンを見つけて、食べた。それでも足りなくて、炊飯器の中に保温してあったご飯をカップラーメンの残った汁の中に入れて食べた。

やっとお腹がいっぱいになると、今度は胸が苦しくなった。何がなんだか分からないが、惨めな気分になった。ふいに体の奥からげっぷが出てきて、自分の中に籠っていた臭いが鼻をつく。

もうそろそろ七時にもなろうかという時間だった。聡美さんはまだ帰っていなかった。それが不幸中の幸いだろう。普段から顔を合わせても少しばかりの気まずさを覚えてしまうような間柄になってしまっていたのに、今では全くの他人同士なのだ。何か聞かれたら面倒だ。

私はシャワーを浴びて、パジャマに着替えてからベッドに戻った。サイドテーブルの上に置いたスマホの画面が明るく光っていた。木下から着信が来ている。電話に出るのも面倒だった。メールを確認するように、と言っていたが、そんな気分でもなかった。それは藤浪隆にとっては大事なことだったかもしれない。だが、私にはどうでもいいことなのだ。木下の着信が切れてから、私はスマホの電源を切った。

ベッドの上で丸くなっていたが、今まで寝ていたのだから、またすぐに眠れるわけではない。だが、この体で出歩くのも嫌なのだ。

とにかく、何もしたくなかった。布団の中でもぞもぞと寝返りを打っていたが、どうもパジャマの着心地が良くなかった。私はパジャマを脱いで、ベッドの足元に放った。

裸にもなりたくなかったが、トランクス姿も嫌だった。この体の全てが嫌だった。

それでも朝になれば、また私に戻れる。それだけが救いだった。

信号が変わるたびに唸りをあげるエンジン音、劉項がシフトを変えるガチャガチャという音。

そんな忙しないノイズを押し退《の》けるように、ステレオから懐かしい歌が聞こえてきた。優しいギターの調べに乗せて歌う、穏やかな男性の声が耳に爽やかだ。

同級生への密《ひそ》かな恋心を綴った、淡い恋の歌。私たちが子供の頃に流行った、誰でも知っている曲だった。その歌手はギターの弾《ひ》き語《がた》りをして、心に沁みるいい曲を書いていた。この曲が大ヒットしてからはポップロックのような曲ばかりになってしまったので、私はデビューしたばかりの頃の優しい曲が好きだった。

「懐かしいね、この曲。覚えてる？」劉項の横顔に視線を向けた。

「覚えてるよ。友達は彼に憧れてギターを習ってたよ。頑張ってギターは弾いてたけど、歌は酷いもんだったよ。弾き語りをするのは、小便をしながら同時に大便をするくらい難しいって言ってたよ」

「なにそれ？」

「さあね。そいつが言ってたことだから、意味は分かんないけど。とにかく、あいつの歌は大便よりはマシだったけど、小便よりは酷いくらいのもんだった」

「そんな汚い話しないでよ。こんなにいい曲なのに。変なイメージがついちゃうじゃん」

私は劉項の肩を軽く小突いた。

「僕にとっては大事な曲だよ。この曲を聞くたびに、君のことを想ってた」

劉項は前を向いて運転しながら、そんなことを言った。

「本当に～？」嬉しいような、照れくさいような気がした。

「本当だよ。一緒に沈先生と篆刻をした時から、ずっと君のことが気になってたからね」

「そんなに私のことが気になってたなら、何か言ってくれれば良かったのに」

「どうかな。もしあの時、僕が君に好きだって言っても、君はどう思ったかな。今だから君とこうしていられるけど、中学生の時だったら話は違ったんじゃない？」

「そうかもね」

私は中学生の頃に戻ったつもりで考えてみた。あの時は誰かを好きになったりはしたものの、まだ、付き合うとかそんなことは考えていなかったんじゃないだろうか。

「どんなことにもタイミングってものがあるからね。あなたとの再会も、あの時じゃなかったら恋してなかったかもしれないね。出会った時に別の誰かと付き合ってたりとかさ」

「そう考えると怖いね。何があるか分からないよ。知らない間に大事な何かを逃してたりするかもね」

赤信号で停止した劉項は窓の外を眺めた。そこはちょうど、中国最大のネット企業であるアリババの本社がある場所で、アリババ関係の建物だけで、まるで小さな町のようになっていた。

「もしかしたら、僕がアリババのいいポストに就く機会もあったかもね」

「そんなチャンスあったの？」

「いや、もしかしたらの話だよ」彼は苦笑いした。

信号が青に変わり、車は走り出す。私はバックミラーを覗き、飾り気のないアリババの建物が遠ざかっていくのをじっと見ていた。

「そうだね。もしかしたら、私よりもいい女と出会うチャンスもあったかもね」

「その可能性は限りなく低いな」彼は自虐的に笑った。「僕は女の子に好かれるような男じゃないよ」

「そんなことないよ。今までに何人かと付き合ったけど、あなたが一番優しいし、一緒にいて楽しい。それ以上に大事なことってないじゃない？」

「そう言ってくれると嬉しいね」

しばらく下道を走った後で、劉項は車を杭瑞《ハンルイ》高速道路に乗り入れた。杭州からミャンマーとの国境である雲南《ユィンナン》まで続く、三千キロに及ぶ高速道路だ。中国を横断する道だが、私たちの目的地はすぐ近くの天目山《ティエンムーシャン》だ。週末の旅行には丁度いい距離で、結婚披露宴で出会った彼の同僚がすすめてくれた場所だ。

臨安《リンアン》のサービスエリアを過ぎてすぐの藻渓《ザオシー》出口で高速を降りる頃には、窓の外の景色はすっかり自然豊かになる。四方を山に囲まれた田舎道で、山を覆う深い緑色が目に優しい。

天目山に至るまでの道にはぽつりぽつりと民家が建っており、そうした家の前で野菜や果物を売っている。何を売っているのだろうかとよくよく見てみると、干した筍《たけのこ》だった。話には聞いたことがあるこの地方の名産品だ。私たちのように山を目指す観光客が買っていくのだろう。

やがて麓《ふもと》から急な勾配《こうばい》を上る山道に差し掛かった。何度も斜面を行ったり来たりしながら、少しずつ山を登っていく。行き交う車も少なく、運転者の技術が試されるような道で、隣の劉項は見るからに嬉しそうだった。

私は車の運転をしたことがないので、ドライバーの楽しみというものが理解できない。一緒に篆刻をしていた時は、無心になって石を削るのが楽しいのだと言っていた。その気持ちは私にも分かった。何も考えずに手を動かし続けているうちに、集中力が高まっていき、精神が研ぎ澄まされるような感覚。彼は今、同じような感覚を味わっているのだろうか。

道路脇の段々畑には茶葉が植えられており、どこまでも広がる青空の下に、今通って来たばかりの町並みが広がっていた。いつの間にか随分と高い位置まで登って来たものだ。

谷を挟んで向かい側の山には豊かに葉を覆い茂らせた木々が生えている。茶葉を生産している区画ではこうした木々が伐採されており、人為的な四角形の模様が目立った。まるで着古した服に当てたアップリケのように見えて面白い。

劉項が運転に集中しているので、私は話しかけずにそうした景色をじっと見つめていた。

今回泊まる予定のホテルは、いくつもあるホテルのうちで、山の一番高い位置にあるものだと聞いていた。私は早く車を降りて、山の中を歩いてみたかった。きっと空気も澄んでいて、風が気持ちいいだろう。

車が山道をぐんぐんと上っているうちに、少しずつ体調が悪くなっていった。耳鳴りが始まり、若干の眩暈がする。息苦しさを覚えて、私は無意識のうちに両手を大きくなってきた腹に当てる。それで何かが変わるわけではないが、まだ拳《こぶし》の大きさにも満たないはずの我が子がお腹の中で同じように苦しんでいないか不安になってしまう。

私は車の窓を少しだけ開けた。風が車内に入り込んできて、気分の悪さは徐々に落ち着いた。

「大丈夫？」私の様子に気が付いたのか、劉項が訊ねた。

「うん。少し疲れちゃったみたい」

「そうか。多分、あと二十分くらいだと思う。ホテルに着いたら、休もうか。寝ててもいいよ」

「そうね。じゃあ、ちょっと目を閉じてるから。着いたら教えてね」

私はそう言うと、瞼を閉じた。

目を閉じていても、急なカーブに差し掛かる度に体が大きく揺さぶられるのが分かる。

ホテルまで急いだほうがいいと思ったのか、彼がスピードを上げたようだった。

頭痛を堪えようと、つい瞼に力が入る。

落ち着いて寝ていようと思ったはずなのに、微かな胸騒ぎを覚えた。

僅かな違和感はすぐに不吉な予感に変わり、私はパニックを起こしそうになった。

だが、私の体はそれまでと変わらずに助手席で目を閉じたままだった。

〈今すぐに車を止めないと！〉

私の意識は劉項に車を止めさせようとしていたが、体はそれに気が付いていない。

〈ダメ！　ここで目を閉じたら、もう会えなくなってしまう！〉

私は私自身に叫び続けた。

だが、私自身は私の声に気付くことなどない。

心と体は分断されてしまったようで、内なる声は届かなかった。

私は私の眠りの中で絶望していた。

今から何が起こるのか、本当はすでに知っているのだ。
これは全て、もう起こってしまったことだから。
どんなことをしても、過去を変えることはできないのだから。
やがて意識は途絶え、世界の全てが暗闇に落ちていった。
雷のように激しい音を聞いたような気がした。

目を覚まして、私はすぐに自分のお腹を触る。
それがたしかに自分の手であることに少し安心した。指は細く、肌は滑らかだ。
私はまだ、私のままだ。まだこのまま、もう少しだけ自分のままでいられる。
お腹の膨らみがなくなっていることに気が付いて、思わずハッとした。
白が基調の清潔な部屋で、私は見覚えのないベッドの上に寝ている。
左腕に点滴の管が入れられており、動くと違和感があった。病院にいるのだ。
私はもう子供を産んだのだろうか。
一瞬、そう思ったが、それが事実でないことは知っていた。
頭が重く、吐き気がする。胸が苦しく、呼吸がしづらい。
誰かを呼ぼうとしたが喉が乾燥しきっており、声が出なかった。

手を伸ばせば届く位置に、ナースコールのボタンが見えた。

だが、手を伸ばすことができなかった。

私はそのまま意識を失った。


深い暗闇の中で、私は自分を見失っていた。

やっと自分自身の本当の姿を見つけたと思った。

自分自身でいられる場所を見つけたと思ったら、その世界で愛する者を失ってしまった。

いや、違う。

劉項と、私たちの赤ちゃんを失ったのは、もうずっと前のことだ。

あの日、交通事故を起こして、助かったのは私だけだった。

私が体調を崩したから、劉項は急勾配の山道でスピードを出してしまった。カーブで反対側から来たバスと衝突してしまったのだ。

私は右側の頬に傷を負っただけ。いっそ一緒に死んでしまえれば良かったのに。

知っていたはずなのに、私は知らない振りをしていただけなのだ。

私は私のままでいられない。

私自身でいられる間も、そこにあるのは喪失の苦しみだけなのだ。

なぜ、私はこんな運命をたどることになってしまったのだろう。

何もない暗闇の中、体と体の狭間《はざま》で、私はただの傷ついた一つの意識でしかなかった。

私は藤浪隆でもなく、張月でもない。男でも女でもない。

体と切り離されているのだから、人間ですらないのかもしれない。

記憶の集合、感覚で紡がれた意識。

情報の波を浮遊する、数珠つなぎの0と1。

それが本当の私なのかもしれない。

全体から偶然切り離された、小さな一部。

岩礁に砕かれた波の水しぶき。炎から舞い上がり、やがて消える火の粉。

雲から零れ落ちた一滴の雨。風に吹き飛ばされる一粒の砂。

それ以上の何なのだというのだろう。


私は自分が藤浪隆の体に戻されたのを感じた。

部屋の空気が淀んでいる。

自分が寝ている間にかいた汗の湿り気と臭いが、どこか懐かしい。

劉項の葬儀を終えた後、私はずっと仕事を休んで寝込んだ。いつまで休んでも、仕事場に戻る決心がつかず、そのまま退職した。

自分は劉項と赤ちゃんのために生きていくのだと思っていたのに、彼らはすぐにいなくなってしまった。私は自分の人生が終わったのだと思っていた。

それなのに、気が付いたら、自分はなぜか張月ではなく藤浪隆として生きていた。

そして、自分の人生が終わる瞬間を、もう一度味わうことになった。

一体、何のために？

なぜ、私はまた人生を繰り返し、また苦しまなければならないのか？

考えることを止めようと思った。

どうしても、あの病院で彼らの死を伝えられた時のことを思い出してしまう。その日、私は涙を流さなかった。私の感情も一緒に死んでしまったのだと思った。心が全てを否定していた。何も感じられなかった。

次の日、母が病室でリンゴの皮を剝いてくれた。私が食べやすいように、小さく切ってくれるつもりだったのだろう。母が手に持った果物ナイフがリンゴの皮を薄く削っていく。シャリシャリという音を立てながら、リンゴの皮が細く長い、一本の赤い紐《ひも》に変わっていく。私は、その赤い紐をずっと見ていた。

リンゴの皮がすっかり剝けて床に落ちた瞬間、私の頰を涙が伝い落ちた。それからは涙が乾くことはなかった。

雨の中の葬儀も、友人たちからの慰めの言葉も、ほとんど覚えていない。

ただ、いつまでも心に影が差していたことだけ覚えている。なにをしても集中できず、目の前がぼやけていたような気がする。

私はなんとか自分の人生を立て直そうと、字を書き続けた。だが、書けば書くほどに自分の心の虚しさが字に現れてしまうような気がした。

いつだったか、沈先生が言っていた。大事なのは自分と向き合うことだと。書は自分と世界を繫ぐ鏡だと。

私の書はあの時に比べて格段に上手くなった。だが、上手くなったはずの字に何も感じられなかった。喜びだけでなく、悲しみでさえも感じなかった。今、感じているはずの悲しみも喪失感も、書に表現することすらできなかった。心に満ちた負の感情を外に吐き出すことができず、私は余計に落ち込んだ。

私は〈望月懐遠〉の四文字を彫り続けた。何十回も彫り直していると、私は自分が無意識のうちに、最初に彫ったものを再現しようとしていることに気が付いた。沈先生に教わりながら、初めて彫った思い出の一本。劉項がアメリカに持っていき、それを見ては私を思い出したという一本。彼と再会した日に見せてくれた、あの拙い刻面。

私の技術は向上した。だが上手くなったからこそ、幼い日の私の拙さ、未熟さから遠ざかってしまった。

彫れば彫る程に、自分がかつての自分とは別のものになってしまったのだと思うようになっていった。

かつて私は手に届かないものを求めた。それは書における究極の美、そして歴史に名を残す詩人の魂だった。

今の自分が求めてやまないものは、かつての自分だ。幸せだった頃の自分。劉項と一緒にいた自分。それは決して戻ってこないものなのだ。

私は張月としての人生で全てを失った。だが、どういうわけか藤浪隆として生きることになった。

私は人生のやり直しの機会を与えられたのだろうか。

藤浪隆はタイダルの立ち上げで成功して、普通の人が望んでも手に入れられないような富と名声を得ている。

私はそんな人生を望んだことなどなかった。

不思議なことだが、どんなに成功していようが、他人の人生を生きるぐらいなら、たとえどん底にあろうとも自分の人生を生きたいと思っている。

どんなに苦しくて、生きる理由さえ見つけられない状況だとしても、私は私として存在していたいのだ。それはおかしなことだろうか。

私は、ただベッドで横になり、夜が明けるのを待った。

朝が来れば、また私は私の人生に戻れるのだと思っていた。

翌日、カチューシャを装着しても私は私の体に戻ることはなかった。

感覚が遮断されることも、張月の世界に入り込むこともできなかった。

焦りと不安で、寝ることさえできなかった。

気が付くと、私はパジャマの上にロングコートを羽織《はお》って家を飛び出していた。午後六時、帰宅ラッシュの人波に逆らって、私は駅に向かう。家から駅まで走るつもりだったのにもかかわらず、一分もしないうちに疲れ果ててしまった。息があがり、肩で呼吸をすると、汗がパジャマを濡らした。足がつりそうになり、悔しい思いをしながら、ゆっくりと進んだ。

もう三日も自分の体に戻れていない。ずっと藤浪隆の体に閉じ込められたまま、カチューシャを着けても眠りが訪れないのだ。たとえ眠れても何の夢も見ず、すぐに起きてしまう。

カチューシャに不具合があるとは思えない。今まで通り、何も変えていないのに、なぜか自分の体に戻れない。

私は張月だ。少なくとも、自分はそう思っている。

本当にそうなのだろうか？　私はなぜ自分のことを張月だと思っているのだろう。少なくとも体は藤浪隆のものだ。それだけでなく、生まれてからずっと藤浪隆だったはずだ。

何が起きたのか定かではないが、私の記憶と感覚がカチューシャを通して藤浪隆の体に流れ込んでしまった。もともとこの体の主であった藤浪隆がどうなってしまったのかさえも、分からない。

駅前の人込みが煩わしい。自分がみっともない恰好《かっこう》をしていることは分かっているが、着替え自分が藤浪隆の服を着るということであり、それは自分が藤浪隆だと認めてしまうようなものだ。他人になるというのなら、変人くらいでちょうどいい。

　私はそのまま電車に乗った。周りの誰もが自分を見ているような気がする。私は誰とも視線が合わないように、首を垂れて自分の足元を見下ろす。靴下にサンダルというちぐはぐな感じが、今の自分にぴったりな気さえした。

　私は新宿で降りると、まっすぐ百貨店に向かった。聡美さんと何度か来たことがあるので、ここにあの店があることも知っていた。

　私は脇目も振らずに化粧品コーナーへ向かうと、仕事帰りの女性客たちに紛れた。様々なブランドのコスメグッズが並んでいる中に、目当ての店を見つけると胸が高鳴った。

　まだ、あの口紅はあるだろうか？

　私は何十種類もの口紅が飾られている、黒い陳列ケースの前に立ち、一本ずつ色を確かめていった。あの時の記憶が蘇《よみがえ》ってくる。

　私が口紅を選んでいる時、劉項は色の違いが分からないようだった。あの時、店員は劉項が色の違いを認識できなくて当然だと言っていた。男性と女性では物の見え方が違う、色の認識の仕方は女性と男性では違うのだと言っていた。

　藤浪隆の記憶の中でも、聡美さんのファッションへのこだわりや化粧品の色の違いには理解が及んでいなかった。

だが、今の私は間違いなく口紅の色の違いが分かるのだ。どれも全然違う。鮮やかさや、深さ、艶、明るさ。テクスチャーだって違うはずだ。その違いが分かるということは、やはり私は張月だという証拠になるのだろうか？

私が口紅を物色していると、女性店員が寄って来た。

「何かお探しですか？」店員の口元は微笑んでいたが、目にはどこかこちらを警戒するような鋭さがあった。ハイブランドの化粧品を眺めるような恰好をしていないのだから、不審に思われてもしょうがない。

「プレゼント用でしょうか？」

「艶のあるタイプの、プラム色の口紅を探しています」

私が具体的な要求をしたからだろうか、店員が少し驚いた様子を見せた。それから、同系色のものを三本ほど持ってきた。私は店員が口を開くのも待たずに、その内の一本を手に取った。間違いない。劉項が買ってくれた、「悪い女みたいだ」と言ったあの色だった。

その一本を手に取ると、私の中で突然、何十もの記憶が芽吹いた。

蓋を開ける瞬間の微かな音、本体を回して口紅を少し出す時の感触。そして口紅を塗った瞬間に日常が特別になる、あの喜び。私はこの口紅をいつもポーチに入れていた。仕事の時も、遊びの時も、いつだってこの色が私を、成りたい自分に仕上げてくれた。

私はどこからともなく溢れだした記憶の激しさに圧倒された。

「お客様、大丈夫ですか？」店員が不安そうに訊ねる。

「はい、これを下さい」私の声を聞くと、店員は嬉しそうに微笑んだ。

「ありがとうございます。プレゼント用ですか？　ラッピングもできますが、いかがなさいますか？」

「いえ、このままでいいです。箱もいりません。このまま貰っていきます」

カードで支払いを済ませると、私は口紅をポケットに突っ込んで、家に帰ることにした。

ポケットの中の口紅に触れると、ブランドのロゴがエンボス加工になっており、凹凸が指の腹に心地よかった。私は電車の中で口紅を触りながら、別のことを思い出していた。

あの、劉項が彫った印章。私は一週間もポケットにしまいながら、その刻面を指でなぞった。ポケットの中の口紅は直方体で、形も大きさも印章にそっくりだった。

私の体に戻れなくなってから、ずっと最悪の気分だった。口紅を手に入れて家に向かっている今、やっと心が落ち着いた気がした。


私は家に戻ると、コートを脱いで洗面台の前に立った。鏡の中の藤浪隆は目が血走っており、短い髪の毛は乱れていた。肌は荒れており、とても見ていられる状態ではない。こんな見た目で百貨店の化粧品売り場にいたのだから、周りからは相当怪しく見えただろう。

「いい女の子は天国に行けるけど、悪い女の子はどこにでも行ける」

私は劉項が言っていたセリフを思い出して呟く。もちろん、その声は私の声ではない。

口紅を手に握りなおす。

「印章は古来、魔除《まよ》けや御守りのようなものでした」という沈先生の言葉を思い出す。口紅も、印章に似ている。もしかしたら、私の正しい姿を取り戻せるのではないか。

蓋を開けると、未使用の綺麗な口紅が見えた。私は鏡の前で目を閉じ、いつものように口紅を塗った。

今までに何度この口紅を塗ったか分からない。私は目を閉じたまま、自分の顔を正確にイメージした。

目を開けた時にそこにあるのは、見慣れた私の、張月の顔だ。

丁寧に整えた眉、力強い二重の瞼。肌は血色がよく、きめが細かい。顎《あご》の輪郭《りんかく》は細く、髪はまっすぐ肩まで落ちている。そして、プラム色の口紅で彩《いろど》られた、艶やかな唇。

思わず嬉しくなって微笑むと、頬にえくぼができた。

私はほっと胸を撫でおろし、深く息を吐いた。

しかし次の瞬間、立《た》ち眩《くら》みがして視界が霞《かす》んだ。

呼吸を整えてから鏡を再度覗き込むと、私の表情に影が差した。輪郭が煙のようにゆらりと揺れると、端整な女性の顔から、衰弱しきった男に次第に変わっていった。

口紅を塗っただけで、自分の姿が変わるはずがないことなんて、分かっていた。

それでもこの口紅だけは、なりたい自分になれる魔法の道具なのだと、どこかで信じていたかった。

鏡に映っているのは、口紅を塗った醜い男だった。男の形相は異様で、寂し気で、憐れだった。

た。

私は洗面台の棚に置いてあった聡美さんのクレンジングオイルで口紅を落とし、そのままシャワーを浴びた。私はタオルで体を拭くと、パジャマも着ずにベッドに潜り込んだ。

私が寝ていると、いつの間にか聡美さんが帰ってきたようで、寝室に顔を出すと、私に何か声をかけた。放っておいてほしい私は、適当に返事をした。話したい気分ではない。

しばらくすると、聡美さんはまた寝室に戻って来て、私に怒鳴りだした。

洗面台に置いてあった口紅を見て、怒り出したらしい。私にはどうでもよかった。私は藤浪ではないのだ、彼女に何を言えばいいというのだろう。

しばらくすると、聡美さんは家を出て行った。

私はただ、ベッドの上で寝てすごした。

悪い女の子はどこにでも行ける。だが、私は女ですらないのだ。


チャイムが鳴り、私は筆を置いた。椅子から立ち上がると、すでに外が明るくなっているのに気が付いた。いつの間にか一晩中、書き続けていた。集中力が高まっていた、というよりは、それ以外の何にも関心が持てずにいただけだ。食事をとることさえ忘れていた。

インターホンの画面を覗くと、木下が一人で来たようだった。マンションのロビーで所在なげに立っているのが見えた。私が連絡を絶っているからだろうが、もう何度も会社の役員たちが押し寄せて来てうんざりしていた。だが、いつまでも無視していられないことも分かっていた。木下だけなら安心できる。私はロックを解除して、木下を迎え入れた。もう間もなく、エレベーターに乗って部屋の前まで来るだろう。彼になんと説明するべきだろうか。

私自身の、張月の体に戻れなくなって、すでに十日以上経っていた。以前の落ち着きを取り戻したとは言えないが、少なくとも最悪の状態からは脱したように思えた。いまだにカチューシャを着けて寝るが、もう私の体に戻ることを期待してはいない。

だからといって、藤浪隆として生きる選択肢もなかった。自分ではない誰かに成り代わって生きるような強《したた》かさは持ち合わせていない。そんな演技もできない。もし仮にできたとしても、そんなのは空しいだけだ。

電気ケトルに水を入れ、お湯を沸かそうとしている間に、木下が部屋の前まで来た。ドアを開けると、木下が私を見て眉をひそめた。

「久しぶりですね。あれ以来、何の音沙汰《おとさた》もなかったので、こっちは大変でしたよ」

もう何度もこの部屋に来ている木下は何の遠慮もなく用意したスリッパを履き、私の隣をすり抜けてリビングまでさっさと入っていった。

「どうなってんですか、この部屋?」

木下は部屋を見回すと、非難するように言った。散らかっているのは分かっていたが、言い方というものがあるだろうに。

「書道ですか?」木下がダイニングテーブルの上に置かれた硯や筆、部屋中にばらまかれたような半紙を見て、呆れたように言った。

「そんな趣味があるなんて知りませんでしたよ」

木下は床にしゃがみ込んで、くしゃくしゃに丸められた半紙を一枚拾った。

「あれ? 藤浪さん、こんなに字、上手い人でしたっけ? 字が下手なのがコンプレックスだ、とかなんとか言ってませんでしたっけ?」

「全然だめ。こんなの小学生だって書けますよ」私が言うと、木下は半紙から私に視線を移した。久しぶりに他人から直視されて、私は少し居心地が悪いような、落ち着かない気分になった。

「やっと喋ってくれましたね。いつまでも口きいてくれないいんじゃないかって、心配しましたよ」木下は半紙を床に捨てるのは気が引けたのか、わざわざテーブルの上に置いた。

「全く、この部屋、酷い状態ですよ。紙が部屋中に捨ててあるし、それに、墨の臭いが酷いですよ」

木下はベランダの窓を勝手に開けた。風が吹き込んで来て、部屋中の紙がカサカサと揺れた。

私はまだ綺麗な半紙の上に文鎮を載せて、吹き飛ばないようにした。新鮮な空気はたしかに気持ちが良かった。私は部屋の空気がよどんでいることにすら気付いていなかった。

キッチンで電気ケトルがパチッと音を立てた。お湯が沸いたのだ。

「お茶でも飲みますか?」

「この部屋で？」木下は鼻で笑った。

「とりあえず、まずは部屋を片付けた方がいいですよ。下に落ちてる紙は捨てていいんですか？」木下の言葉に、私は頷いた。練習で書いただけの字だ。とっておく必要はない。

「だったらゴミ袋持ってきてください。手伝いますよ。こんな部屋にいたら、それだけで気が滅入りますから」

私がキッチンからゴミ袋を持ってきて渡すと、木下は部屋中のゴミを中に詰めこんでいく。木下の前向きなエネルギーが羨ましかった。私は掃除するほど元気になれず、ただ木下が手を動かすのをぼーっと突っ立って見ていた。木下はそんな私を見ても文句ひとつ言わなかった。

「こんなに汚くしてて、聡美さんは怒らないんですか？」

「聡美さんは……」私は立っているのに疲れて、椅子に座った。

「出ていきました」

一瞬、木下は私の表情を窺うように目を細めた。だが、すぐに私の言葉に興味を失ったかのように、ゴミ拾いに戻った。木下が何も言ってこないことに、私は驚いた。聡美さんが出て行ったことに関して、何かしら聞かれると思ったからだ。普通だったら、訳を聞いたり、センシティブな話題に触れてしまったことに対して謝ったりするだろう。

木下は何かを考えているような、真面目な顔をして掃除をするだけだ。もちろん、私としてもその方が気楽だった。

木下が部屋を片付けている間に、私も一旦筆や硯などの道具をしまうことにした。どうせ、朝がきてしまったのだから、木下が帰った後には寝ることになるだろう。

私はテーブルの上を綺麗にすると、緑茶を淹れて木下がテーブルに着くのを待った。しばらくすると木下はゴミ袋の口を縛り、先ほど開けた窓を閉めた。

「ここはいつ来ても綺麗な部屋だったのに」木下は窓から外を眺めながら言った。

「いろんなことが変わっちゃいましたね」木下はそう言うと、私と向き合うようにテーブルの席に着いた。

「こんな日が来るなんて思わなかったですよ。藤浪さんと連絡が取れなくなっちゃったから、会社はてんやわんやですよ。特に笠原《かさはら》さんと重松《しげまつ》さんはかなり怒ってますよ。このままだとCEOから降ろされてもおかしくないです」

私は何も言えなかった。タイダルに興味がないと言えば、どう思われるのだろう。もしくは私は藤浪ではないんだと言えば、どう思われるだろう。

「もう社外にも漏れてますよ。藤浪さんと連絡が取れないこと。早めに手を打たないと、本格的にヤバいことになりますよ。芳澤の奴なんて、藤浪さんに何かあったらタイダルを買収するとか言い始めてるらしいですよ」

私はただ黙ってお茶を飲んだ。私が何も答えなかったからか、木下は大きくため息をついた。

「やっぱり、もう興味ないんですね。会社がどうなろうがどうでもいい。そう思ってるんですね」木下は寂しそうに呟いた。

「まぁ、別にいいですよ。僕もどうでもいいですから」木下は軽く言って笑った。「それよりも、僕が気になっているのは、なんで藤浪さんが今カチューシャを着けてないのか、ということです」木下は静かにお茶を飲むと、一息ついた。

「本当だったら、今はカチューシャを着けて寝てるはず。誰かの夢を見ていて、そのせいで藤浪さんの何かが変わってしまった。会社がどうなるかなんてことより、その現象の方が気になってます」

木下は真剣な表情だった。

私は木下の思いに応えて話すことにした。話したところで何かが変わることもないだろう。変に思われるかもしれないが、それで離れて行ってくれるのならかえって好都合だ。もしカチューシャに不具合があるのなら、木下に見てもらうことで前の状態に戻ることができるかもしれない。

私が知っていること。知っていると思っていること。最初は張月の夢を見ているのだと思っていたが、いつの間にか自分が張月になっていたこと。そして、張月の体に戻ることができなくなったことも伝えた。

「なるほど。そんな面白いことになってたんですね」木下は嬉しそうに笑ったが、私にとっては全く面白くない。木下は私の話を疑うことはなかった。それはありがたいが、私にとって真剣な悩みが、彼にとっては科学的な興味に過ぎないのだ。まるで彼の実験のサンプルになったようで、少し嫌な気分もあった。

「ではあなたのことをなんと呼んだらいいでしょうか？　藤浪と呼ばれるのは嫌ですよね？」

「今みたいにあなた、と呼んでくれればいいですよ。今のところ、それで問題ありません」

「分かりました。とりあえず、まずはカチューシャに不具合がないかどうか、確認しましょう。ちょうど、カチューシャをもう一つ持ってきてます。こちらのデバイスで試してみますか?」彼はそう言いながら、持ってきていたバックパックからカチューシャを取り出した。

木下の準備の良さに驚かされた。少しの期待を込めて、私はベッドに横になった。カチューシャを装着してみたが、やはり何も起こらなかった。

「カチューシャの問題ではなさそうですね。というより、想定外のことが起きたんですから、実際はそちらの方が不具合という方がいいくらいです。しかし、全く分からないですね。カチューシャを媒介として、張月さんの記憶があなたに流れ込んだのだとすると、彼女の記憶がデータ化されているということでしょうか? そんなことができるとも思えませんが、仮に人間の記憶を正確に記録し、外部からそれを読み込むことにも成功したとしましょう。そんなデータがあったとしたら、偶然にアクセスできるような環境においておくはずがありません。厳重に管理するはずです」

木下は瞼を強く閉じて、右手を頭にのせた。こんなに考え込んでいる木下を見るのは久しぶりだった。

「そういえば、私は、つまり中国の張月は、ってことですが、カチューシャを持ってました。夫の劉項が仕事の関係で手に入れたって言ってましたね」私は以前、見た記憶の一部をふと思い出して、木下に詳しく話した。

「芳澤がカチューシャをいくつか無くしたって言ってましたよね。それが中国に流れたと？　本当にろくでもない奴だな。まぁ、おそらくそのおかげで、こんな現象が確認されたわけですが……。もしかしたら藤浪さんと張月さんがカチューシャを装着することで、お互いの記憶が混同したとか？　いや、まさかそんな馬鹿なことが起こるはずもないと思いますが」

木下は事態を飲み込むのに苦労しているようで、眉間に皺が寄っていた。

「いや、でも実際に藤浪さんが張月さんの記憶にアクセスしているんだから、どんなにバカバカしくても、何かが起きてるはずですね。複数人が同時にアクセスした場合に、記憶が共有されるなんてことが？　いや、それも違う。僕も一度だけ、藤浪さんがカチューシャを着けた時に、同じようにカチューシャを着けたことがありましたが、何も起きませんでした。だとすれば何かしらの条件が必要なのか？」

木下は声に出して考えを纏《まと》めようとしているようで、私に話しかけているようではなかった。独り言のように、私に返事を求めているわけではないようだった。

「いくら考えても仕方ないですね。その現象をもう確認できないわけですから。残る手段は一つです」

木下は私をじっと見つめた。

「張月さんに会いに行くしかありませんね」

私は自分の話をした時に、いずれ木下がそう言いだすのではないかと恐れていた。だからこそ、今の今まで張月の名前を出さなかったのだ。だが、いくら悔《く》やんでももう遅い。

「私は……嫌です」

「え？　なんでですか？　話を聞いたらいろいろ分かると思いますし、むしろ気にならないんですか？」私の反応は意外だったらしく、木下は慌てた。

「嫌です。だって、張月は私なんです。私は張月なんです。もし、中国にいる張月に会いに行って、彼女は何ともなかったら、私は自分のことをどう思ったらいいか分からなくなっちゃいます」

「でも、そうならないかもしれない。もしかしたら中国の張月さんは、逆に自分のことを藤浪隆だと思って困惑しているかもしれませんよ」

「そうかもしれませんが、もしそうじゃなかったら？　彼女は間違いなく張月で、私は自分のことを張月だと思っている変な人になっちゃうじゃないですか。それに……」

私は次の言葉を躊躇った。だが張月の体に戻れなくなってから、ずっと気にかかっていたことだった。

「もう中国の私はいないのかも」

「いない？　どういうことですか？」

「私は夫と赤ちゃんを同時に亡くしたんです。もう生きていけないと思っていたことも覚えています。いまだに彼らのことを思い返すと、私だけ生き残ってしまったんだ、と思ってしまいます。あの時に一緒に死ねれば、どんなに楽だったかって。きっと、私は後追い自殺したんです。だから、もう自分の体に戻れないんです」

胸が詰まって、涙が溢れた。ずっと胸の中にあった苦しみを吐き出すのは、いつだって酷い気分だ。

「そうですか。まぁ、その可能性もありますけど、多分そうじゃないと思いますよ」木下は軽い口調で返した。

「だって、ついこの前まではカチューシャを装着していて、そのせいであなたが張月さんに変わっていったんですよね？　中国の張月さんにも同じような変化があった可能性があります。そうでなければ、カチューシャを毎日着ける理由がありませんから。たまたま二人が同じ時に、カチューシャを装着して、何かが起こった。自分の人生に絶望していたのは分かりますが、何度かカチューシャで〈同期〉、今更ですが仮にこの現象を〈同期〉と呼びましょうか、を体験したのだとしたら、その最中に自殺なんてしてしまいますかね？　僕はそんなことしないと思いますよ。恐らく、何らかの理由でカチューシャを着けられていないだけじゃないでしょうか？」

たしかに、木下の言う通りだった。私が自殺をする可能性は少なくないと思うが、タイミングとしては妙だ。

「まぁ、これも僕たちだけで考えてても答えは出ないですよ。とりあえず連絡してみますか？」

「え？　連絡って？」

「張月さんの連絡先は分かってます。後はあなたの気持ち次第です」

どうやって？　私の気持ちが表情に出ていたのか、木下は得意げに言った。

「張月さんは渓冷印社のオークション部門で働いていたと聞いたので、話を聞きながら渓冷印社のデータにハッキングしてました。五年前に退職しているようですが、携帯電話の番号とメールアドレスが残ってました。まぁ、どちらも変わっている可能性もありますが、どうします？」

「ちょっと待ってください。私は、嫌だと言ったはずです。中国にいる張月が、私のことを認識してくれなかったらどうするんですか？　普通に張月として暮らしていたら、私はこの先どうやって生きて行けばいいのか分かりません」

理解してもらえるわけがない。自分がもう一人いる、ということがどういうことか、誰にも分かるはずがない。それに、もしどちらが本物の張月かといえば、間違いなく中国にいる張月が本物の張月なのだ。私は、私の偽者になってしまうのだ。

「しょうがないですね。分かりました。この件は諦めましょう」

木下はあっさりと言い切った。もっと食い下がるものだとばかり思っていた。

「安心してください。あなたに隠れて勝手に連絡を取ったりはしませんよ。結局、この話はあなたたち二人の協力を得られないと、何も分からずに終わってしまいそうですから。あなたの信頼を損ねるようなことはしませんよ」

「ありがとうございます。そう言ってもらえると安心です」

「ですが、二つだけ約束してください。先ほども言った通り、中国の張月さんはなんらかの事情でカチューシャを装着できずにいるだけだと思います。これから先もカチューシャを着けて、同期がまた起こるかどうか、毎日試してください」

「分かりました」

「あと、ちゃんと連絡ができるようにしてください。会社がどうでもいいと思うなら、それでいいです。僕とは連絡が取れるようにしてください。もし、また同期が起こったら、必ず教えてください」

「分かりました」

木下は私の返事を聞くと微笑んだ。そして自分の荷物をまとめると、すぐに帰ろうとした。見送ろうと玄関まで一緒に行くと、木下はドアの前で立ち止まった。

「あなたが張月さんになっているとは知らなかったので、もしかしたら失礼な態度をとってしまったかもしれません。あなたの抱えてる悩みを理解できる人もきっといないでしょう。ですが何か話したくなったら、いつでも連絡ください」

木下は少し照れくさそうに言うと、部屋を出て行った。

木下が来てくれたことで、少しだけ前に進めたような気がした。部屋も片付いて、なんとなくだが、今の自分のままでも生きていけるような気がした。少なくとも藤浪の資産があれば、働かなくても余生を生きられるし、人に頼る必要もない。

木下に字を褒められたのも嬉しかった。長く落ち込んでいたからか、少し話しただけだったが、気分が浮ついていた。

私は用意していたものの、ずっと手を付けていなかった篆刻の道具をテーブルに並べた。何を彫るか、考えるまでもなく、〈望月懐遠〉の四文字の下書きをした。

もう何十本彫ったか分からない、何度彫っても、満足できなかった四文字。

青田石《せいでんせき》をガリガリと削っていくうちに、不思議な感覚を覚えた。

藤浪隆の身体で篆刻をするのは初めてなのだ。不慣れな作業に身体が追いつかず、文字が精巧に彫れない。鑿は字の上をはみ出し、石を掘く削っていく。記憶では完璧なはずなのに、感覚が追いつかない。だが、藤浪隆の拙さは、私が最初に篆刻をした時の拙さを思い起こさせた。

彫り終えた後で捺印し、恐る恐る印影を見ると、そこにはどこか懐かしい文字が現れた。幼いころの私の字と、今の藤浪の技術が同程度だったのか、私が何度彫っても再現できなかった、あの初々しい未熟さがそこにはあった。

私の字を見れば、それが私のものだと分かるような気がする。劉項はかつてそんなことを言ってくれた。彼がこれを見たら、私が張月だと分かってくれるだろうか。

私は久しぶりに得た満足感を忘れないうちに、その場を片付け、ベッドへと戻った。


「昨日はごめんな。俺が悪かった。赦《ゆる》してくれるかい？」

私を見下ろす男の顔を見て、息が止まった。

彼が穏やかな表情をしているので、なんとか私は微笑む。

頭が重く、脇腹が苦しい。

あなたの気持ちを考えなかった私がいけなかったの。

そう言おうとしたが、声が出なかった。喋ろうとすると頭がキリキリと痛んだ。私はただ頷いて、ベッドから出ようとした。だが、うまく動けずに、うめき声をあげてしまった。

私よりも彼が先に起きていた。早く朝食を作らないと……。

「今日は俺が朝食を用意したよ。いつも君に迷惑をかけてるから。たまには、ね」

彼は優しく声をかけてくれた。

「ゆっくり寝てていいよ。そろそろ俺は仕事に出るけど、君は急ぐ必要ないだろ？　夕飯の準備だけしてくれればいいから」

そう言うと、王力洪《ワンリーホン》は私の額に口づけして、家を出て行った。

ドアが閉まる音がして、彼が運転する車のエンジン音が遠ざかっていくと、ほっと胸を撫でおろした。

彼がいると息が詰まる。彼の前では、望まれる通りの自分でなければいけない。

私はベッドから降りると、洗面台に向かった。鏡の中の自分は、惨めに見えた。

町で一番の美男美女。昨日はそんな風に言われた。

美しいなんて言葉は、私に似合わない。醜く、不器用で、価値がない。

私の顔にある傷はただ一つ。自動車事故でついた右頬の傷だけだ。毎回手酷《てひど》く痛めつけられるのに、外からは傷が見えない。側頭部にはキッチンでぶつけた傷があったが、髪で隠れていた。

彼は怒ると自分を見失ってしまう。だがどんなに激しく怒っていようが、私に目立つ傷跡が残らないように考えるだけの冷静さを残している。それがどういうことなのか、私には分からなかった。

昨日、黄さんたちが宴会をしているようだったので、彼と一緒に立ち寄った。海外から来たというカメラマンが英語を話していたので、久しぶりに話してみたくなったのだ。それが彼の怒りを買うことになるとは、その時は思いもしなかった。今考えてみれば当然のことだ。

彼は英語が喋れない。その隣で妻が英語を話していたら、夫の面子《めんつ》を潰すことになる。私がでしゃばったことで、彼は馬鹿にされたと感じてしまったようだ。

家に帰った途端、後ろから髪を思いっきり引っ張られ、床に倒された。彼は私の腹を蹴りつけると、がむしゃらに怒鳴り散らした。何を言っているか分からなかった。私は苦しさの余り、胃の中のものを吐き出した。私は何もできずに呻《うめ》いていたが、彼に夕飯を作れと命じられた。

私はなんとか立ち上がって夕飯を作ろうとした。彼の機嫌が直るように、食べ応えのあるものを用意しなければならない。皮のついたままのエビを刻んだニンニクと一緒に炒《いた》めたものを一品。豚肉と玉ねぎを炒めて、甘酢であえたものを一品。そして鶏肉《とりにく》とジャガイモのスープ。

包丁を握る手が震え、野菜を細切《こまぎ》れにする時に指を切りそうになった。痛むお腹に片手を当てながらも、なんとか料理を終わらせた。夕飯をテーブルに運ぶと、彼は「なにグズグズしてんだよ。おせーよ、腹減っちまっただろ！」と言って、私を突き飛ばした。私はキッチンカウンターに頭をぶつけて、意識を失った。

そのあとで彼は反省してくれたのだろう。ベッドまで私を運び、朝食まで作ってくれた。そんなことはめったにない。結婚してすぐは、優しかった。だが、もうそんなことはない。

私は軽く顔を洗って、リビングに向かった。ダイニングテーブルの上には目玉焼きとトースト、それに豆乳が置いてある。私が同じものを作って朝食に出したら手抜きだと怒鳴られるだろう。椅子に座り、冷えて固くなっているトーストを齧ると、観葉植物の隣に立てかけられたゴルフクラブが見えた。細く、まっすぐなクラブの軸を見るだけで背筋に冷たいものが走り、足が震えてしまう。私はトーストを皿に戻し、右足のすねを優しく撫でる。

「階段で転んだだけです」という、あの時の私の言葉を思い出す。そんな説明を信じる医者などいるはずがないのに、彼にそう言うように強《し》いられたのだ。

私は食欲をなくし、豆乳だけ飲むとベッドに戻った。昼頃に起きたらまた残りを食べよう。そう思う間もなく、すぐに眠りについた。

ガシャン、と何かが割れる音がして、私は目を覚ました。

泥棒でも侵入したかと咄嗟に思ったが、それよりももっと悪い状況だった。

寝室の入り口に王力洪が立っていた。口を固く一文字に結び、目を大きく開いてこちらを睨んでいる。

寝室の窓から差す日はまだ陰っていない。夕食を作るのが遅かったわけではない。彼が帰ってくるのが早かったのだ。彼はもうすでに激昂《げきこう》しているようだった。

「せっかく、俺が朝食を用意してやったのに！　俺を馬鹿にしてるのか！」

「ごめんなさい。食欲がなかったから、昼頃に食べようと思ってたの」

「じゃあ、今食べろよ！」

彼はトーストが載った皿を私に向かって投げつけた。私はなんとか右腕をあげて、皿が顔に当たるのを防いだ。

私は彼から逃げようとしてベッドから出た。彼は寝室のドアを後ろ手に閉めてしまったし、どうせ傷を負っている足では走って逃げることもできない。

彼は私を床に押し倒すと、落ちていたトーストを摑んで、私の口に無理やり押し込んだ。

「ほら、手伝ってやってんだから、さっさと食えよ！」

苦しさと恐怖から、私は嘔吐した。彼が私の口を押さえているから、外に吐き出すことができない。出口を失った嘔吐物が気管に入り、咳《せ》き込《こ》むと苦しさは耐えがたくなった。涙と鼻水が出た。泣き叫びたかったが、うめき声をあげることしかできない。

彼を押し退けようとすると、今度は頬を殴られた。彼の手が口元から離れて、私はやっと吐き出すことができた。

「役立たずのクソ女が！　誰のおかげで生きていられると思ってんだ！」

お腹を蹴られているうちに、目の前が真っ暗になった。

気が付くと、私はベッドの上で裸だった。手足がきつく縄で縛られていて、身動きが取れない。口にはタオルが押し込められており、それを吐き出すことができない。ガムテープが上から貼られているようだった。声をあげようとしたが、無駄だった。

私が起きたことに気が付いたのか、王力洪が部屋に入って来た。その手には包丁が握られている。私は力の限り手足を動かして逃れようとしたが、縄は少しも緩むことがない。

「美人だなんて言われて浮かれやがって」

彼の声は落ち着いていた。怒りに駆られている口調ではない。

「誰にでも色目を使って、厭《いや》らしい女だ」

彼がゆっくりとベッドに近づいてくる。色目なんて使ってない、と言いたかったが、口は塞《ふさ》がれていた。

「お前は俺のものなんだ。まだ分かってないみたいだな」

彼はベッドの端に腰かけた。

「小学生の時にな、消しゴムを取られたことがあったんだよ。俺が買ったばかりの消しゴムで、使うのを楽しみにしてたんだけど、無くしちまったんだ。次の日に、同じクラスの奴が俺の消しゴムを使ってた。返せよって言ったら、何て言われたと思う?」

彼は突然、なんの脈絡もなく昔話を始めた。

嫌な予感がした。とても嫌な予感が。

「お前の名前なんて書いてないぜ、って言われたんだ。それから俺は自分のものには名前を書くようにしたんだ。誰かに取られるのはごめんだからな」

彼は包丁をゆっくりと持ち上げ、私のお腹の上に刃を向けた。

「王力洪だと難しいな。とりあえず王の一文字だけ書いておくか」

私は自分の叫び声で目を覚ました。

すでに暗くなった寝室には私しかいない。

ここは日本で、王力洪はいない。

そう分かっていても、酷く呼吸が乱れ、心臓が凍《こお》るような恐怖は収まらない。

汗で濡れているパジャマを勢いよく脱ぎ捨て、自分の腹を確認する。

そこには包丁でつけられた傷など存在しない。

だがその痛みが強烈に感じられた。

焼けるような激痛、包丁を肉に立てる時の鈍《にぶ》い音、ベッドを濡らした血。

傷口は膿《う》んで、何日もジクジクと痛んだ。痛みが消えると、今度は猛烈に痒《かゆ》くなった。

そしていつまでも消えることのない傷跡。もちろん、病院になんて行かせてもらえなかった。

あの痛みと屈辱を、どうして忘れることができるだろうか。

包丁が肉を切り裂いていく痛みを思い出して、私はうめき声をあげた。

思いっきり声をあげて泣いた。枕に顔を突っ伏して、声の限りに叫んだ。

悔しくて、悲しくて、何度も拳をベッドに叩きつけた。

私はあの男に支配され、凌辱《りょうじょく》された。

いや、それは違う。まだ終わってなどいない。

私は、張月はまだあの男に囚れているのだ。

あの町で、私は一人だった。誰にも助けを求められず、自分の人生を悔いているだけだった。

王力洪を憎いと思っていながら、同時に自分が悪いのだと諦めていた。

きっとこのままだと殺される。私には何もできなかったのだ。

だが、私なら、私を救えるかもしれない。

あの男が怖い。

もう一人の張月に会うのも怖い。

だが、私以外に私を救える者はいない。

覚悟を決めなければならない。もう一人の自分と会う覚悟、そしてあの男と戦う覚悟を。

私はゆっくりと深呼吸して気持ちを落ち着けると、木下に電話した。

中国まで行かなければならない。それも、今すぐに。

5 満月

「ごめんなさい。こんなところにつき合わせちゃって」

私が後ろを振り向くと、木下はバツが悪そうな表情をしていた。

私は最後に起きた〈同期〉について木下に電話で伝え、一番早い便で杭州に渡った。観光目的ではないことは承知していたにしても、最初に行くのが墓地では木下もぞっとしない思いだろう。

少しでも早く私を救わなければならないのは、誰よりも分かっていた。それでもここに来なければ、劉項に手を合わせなければ何も始められない。

「いえ、僕は自分の意思でついてきただけですから」

強い風が吹き、木下が目を細める。空は厚い雲で覆われ、風は乾燥していた。

「それに、全部見ておきたいんです」

私は私を救うために中国に来た。

木下は私に何が起きたのか、〈同期〉の現象を探ることが最大の関心だろう。目的は違えど、彼が同行してくれたのは心強かった。

私は何度も足を運んだ墓地の小道を進む。黒い墓石がずっと奥まで見える。見える景色は記憶の中のものと少しだけ違う。前の時とは体が違うから、少し高い位置から見えているのだ。それでも劉項の墓の場所まで迷うことはなかった。

墓石は思ったほど汚れていなかった。きっとお義父《とう》さんお義母さんが墓参りに来てくれているのだろう。私は彼らのことが少し苦手だった。自分たちの息子にはもっと相応《ふさわ》しい相手がいるはずだと彼らが思っていることは、態度で分かった。それでも、私たちを祝福してくれたし、彼が亡くなってからも私のことを気遣ってくれていた。

私は彼らの優しさが嬉しかったが、いたたまれない気持ちもあった。王力洪との結婚を早まってしまったのは、彼らとの関係を終わらせたいと思っていたこともあった。彼らのことが嫌だった訳ではない。私との関係を早く終わらせたいと彼らが思っているだろうと勘ぐったのだ。だが、結婚を伝えた後も、二人とも私に何度も連絡をくれた。今にして思えば、息子の死を一緒に悼む相手が欲しかったのかもしれない。

元夫の家族と連絡を取っていることが王力洪の怒りを買った。自分という新しい夫がいるのに、未練がましいと怒鳴られた。もちろん、私も王力洪を大切にしようと思っていたので、連絡を絶つことにした。だがいつの間にか、彼らだけでなく、私の親や友人に連絡することにまで文句を言うようになった。私は気づかないうちに孤立するようになっていた。仕事もさせてもらえず、外に出る時も必ず彼と一緒だった。もし一人で家を出るようなことがあれば、何をしていたのか、と厳しく問い詰められることになる。

彼の墓石を前にすると、思ってもいなかったことに気がついて呆然とした。彼は私の夫だったのに、私は彼の分かる言葉で追悼することもできないのだ。

私には張月としての記憶があり、誰とどんな会話をしたのかも覚えていた。それなのに、中国語は全く分からなかった。それだけでなく、私が真剣に学んでいたはずの書も全然ダメだった。筆の持ち方、動かし方を知っているはずなのに、腕が正確に動かなかったのだ。

「あなたに会えなくて寂しい。そう言いたいのに、なんて言ったらいいか分からないの」

私は自分がバカみたいに思えた。

「我想念你、っていうみたいですよ。今、翻訳ソフトで確認しました」木下は相変わらず仕事が早い。というよりもBMIがあるので、考えるだけで調べられるのだ。中国でもネットワークに接続できるようにしているようだが、一体どこの通信会社と契約しているのだろうか。詳しいことを知りたいとは思わないが、こういう時に便利だと思う。

「ウォー、シャンニェン、ニー」私は木下の発音に似せて言った。

「まあ、正しいか分かりませんが」木下は肩をすくめた。

「もし今この場に劉項がいたとしても、私のことなんて何も分からないんですよね。赤の他人でしかないんだから」

「そんなことないですよ。もし彼があなたに会ったらびっくりしますよ」木下が口を挟む。私は木下の言葉の意図を摑めずに、彼の次の言葉を待った。

「だって、彼はカチューシャをリバース・エンジニアリングしようとしてたんですから。産業スパイですよ。あなたに気が付いたら、必死で逃げようとするでしょうね」木下が冗談めかして言った。私が彼を咎《とが》めるように目を細めると、木下は後悔したように視線を逸らした。

「すみません、余計なことを言いました」

「いいんですよ。気にしません。冗談を言えるくらいの余裕はあったほうが良さそうです」

私はそう言うと、背負っていたバッグを石畳の小道に下ろし、中から荷物を取り出した。

「それは何ですか?」私が取り出した巻物を見て、木下が訊ねる。

「沈先生の書です。劉項が私のことを分からなくても、これのことは分かるはずですから」

巻物を広げると、馴染み深い沈先生の優しい字が見えた。七言詩の行書は、柔らかく、遊び心に満ちていた。飄々《ひょうひょう》としていて、どんなものも受け入れてしまうような器の広さが感じられる。まさに先生の人生の集大成のような書だった。

私も、劉項も、そんな先生を敬愛していた。

もしも突然の死で彼の魂が苦しんでいるとしたら、この書が慰めてくれるだろう。なにがしかの呪縛《じゅばく》というものがあるのなら、彼を解き放ってくれるはずだ。

「中国では死者を送る時に、あの世で使えるお金を持たせます。誰が見ても分かるような贋金《にせがね》を燃やすんですよ。でもきっと、劉項はお金よりもこっちの方が喜ぶでしょう」

私はそう言うと、ポケットからライターを取り出し、沈先生の書に火をつけた。薄い紙に火は一瞬で燃え移り、先生の字の上を走っていく。こんな芸術品を燃やすのは心が痛む気もしたが、先生なら笑って許してくれるはずだ。

「どうせならもっと燃やせばいいんですよ」と、先生がここにいたらそう言うはずだ。きっと火が消える一瞬の間に、一枚、また一枚と、さらさらと書き足してくれただろう。

「でも、どうしてあなたがそんなものを持っていたんですか?」木下が不思議そうに訊ねた。

「買ったんですよ。中国の書を扱っている美術商に連絡して。私にはとても買えない値段でしたが、藤浪さんにとっては安い買い物だったので」

「なるほど。ちなみに、幾らぐらいしたんですか?」

「六十万円くらいですね」

「あぁ……」木下はまだ赤い部分が残る灰を名残惜《なごりお》しそうに見下ろした。

「聞かなきゃ良かったなぁ……」木下がぼそりと呟いたので、私は思わず笑ってしまった。

久しぶりに心から笑えた気がした。

「日本に帰ったら、木下さんにも買ってあげますよ」

「いや、僕は美術には興味ないんで、現金でお願いします」

「人を豊かにしてくれるのは芸術ですよ。たまには技術以外のものも見ないと」

いつの間にか、心が晴れていた。劉項を失った苦しみが消えたわけではない。世界で一番愛おしい人を失って、そのことを忘れることなんてできない。失われたものを取り戻すことはできない。

だが、やっと前に進める気がした。私は、前に進むのだ。

そのためにも、私は自分自身と向き合わなければいけない。

●

親友に向かって「初めまして」と言うのは不思議な感じがした。駅前の喫茶店で待ち合わせたメアリーは目が覚めるような鮮やかな黄色のパンツに、黒いカーディガンを羽織っていた。先に木下と店に来ていた私は、入って来た彼女を見つけて軽く手をあげると、彼女は近づいてきてサングラスを外した。彼女の表情は普段私に向けるような心からの笑顔ではなく、営業用の笑顔だった。

「初めまして。あなたがメアリーですね？　藤浪隆と申します。今回はよろしくお願いします」

「初めまして。メアリーです。こんなに人がいるのに、よく私だって分かりましたね？」

メアリーに当然の疑問をぶつけられて、私は焦ってしまった。それはそうだ、藤浪は初めて会うのだから、メアリーが誰だか分かるはずがない。喫茶店は混み合っており、入り口付近はメニューを選ぶ人たちでいっぱいだ。

「張月さんからよく話を聞いてましたから。スタイルがいい美人だって」私がそう言うと、メアリーは嬉しそうに照れ笑いをした。

彼女は美術学校の先輩で、卒業後に渓冷印社のデザイナーとして働いていた。私は彼女の推薦があって渓冷印社で働くことになったのだ。彼女は上海出身の中国人で、友人たちは普段からメアリーと呼んでいた。本名を聞いたことがあったはずだが、メアリーとしか覚えていない。たしか名字は李《リー》だった気がする。

私も木下も中国語が話せない。先のことを考え、通訳を雇うという決断をした。通訳を選ぶにしても、張月に会いに行くことを考えると、できるだけ自然を装えた方がいい。張月の親友が会いに行くのなら、変には思われないだろう。そう考えるとメアリーが適任だった。メアリーの英語は問題ないし、日本語が分からないので、聞かれたくない会話は日本語でできる。

彼女は身長が高く、自分のスタイルの良さをいつも自慢していた。英語が話せるのは、一旦美術の道を諦めた時にキャビンアテンダントになろうとしたからだ。自分ぐらいスタイルが良くて、英語が喋れればキャビンアテンダントになれると思っていたようだ。実際に面接は何度も行っていたようだが、結局、ずっと渓冷印社で働いていた。

私がスタイルを褒めたことで気をよくしたらしく、メアリーは嬉しそうに私の隣に座った。まだ待ち合わせ時間には早かったので、木下と向かい合うように座っていたのが失敗だった。私のすぐ隣に座ると、なにやら意味ありげな熱い視線を送って来た。距離がやたらと近いのが気になる。

「会っていきなり美人だなんて。藤浪さんは口が上手ですね」

私はメアリーから今まで向けられたことのない視線を浴びて、困った状況になってしまったことに気が付いた。彼女の言葉はどこか浮かれており、甘えるような口調だった。

メアリーにはタイダルの藤浪隆としてコンタクトを取ったのだ。自分は張月の友人で、中国に来るのならメアリーが案内してくれる、と彼女から聞いたのだとメールをした。

今、彼女の目に映る私は金持ちの男だ。親友の女としての一面を垣間見《かいまみ》てしまい、いたたまれなかった。

「あー、本当だったら妻も一緒に来る予定だったんですが、急に予定が入ってしまったので、代わりに同僚の木下を連れてきました」

メアリーからのアプローチを避けるために、軽い嘘をついた。木下がメアリーに挨拶をしたが、彼女の声のトーンは少し下がった。メアリーが既婚者との不毛な恋に三年も費やしたことを私は知っていた。彼女も、その時のことを思い出したのかもしれない。私と適度な距離を保つように座りなおした。私はほっと胸を撫でおろした。

「お忙しいところ、突然の連絡ですみませんでした。あなたが通訳を引き受けてくださって助かりました。張月さんに会いたいと思って中国に来たんですけど、最近連絡が取れなくて、困っていたんです。王さんという方と再婚されたとは聞いたんですが、どこに住んでるかも分からなかったもので」

私は実際に自分がどこに住んでいるか、分からなかった。なぜだか分からないが、記憶は完全ではなかった。昔のことはよく覚えているのに、王力洪と出会ったあたりからはぼんやりとしか覚えていない。もう一度〈同期〉が起これぱいろいろと分かるのかもしれない。しかし〈同期〉

が再開するのを待っていられなかった。再開までまた何日もかかるかもしれないし、次の機会がないかもしれない。

　実際のところ、王力洪からの暴力が本当に最近のことなのか、ということに関しても自信が持てなかった。もしかしたらもう王力洪と離婚して、別居している可能性はある。なんの問題もなく、幸せな日々を過ごしているかもしれない。

　だが、それが希望的観測に過ぎないということを私は知っていた。あの地獄からは逃れられない。

「あなたも？　実は私もあの子と連絡取れなくなっちゃったの」メアリーはハッとしたように私に応えた。メアリーに連絡をしていないのは、もちろん王力洪に連絡をするなと言われたからだ。いまだに連絡がないということは、やはり私がまだ王力洪に囚れていることの証左だ。もしも私が彼と別れたら、一番先にメアリーに連絡するだろうから。

「ええ、再婚するまでは普通に連絡ができていたんですが」

「そうねえ。私も二人の結婚式には行ったし、旦那さんもいい人そうだったけど。どうしちゃったのかな。家に呼んでくれる約束だったのに、それから音沙汰なし」メアリーは眉根を寄せて、内心の苛立ちを隠そうとしなかった。

「前の旦那さんの時は、いつでも会いに行けたのに」

　メアリーがふいに発した一言が私の心を刺《さ》し貫《つらぬ》いた。込み上げてくる感情を抑えようと、私は歯を食いしばった。

「不思議な人だったね。イケメンって感じではなかったけど、優しくて。で、ちょっと抜けてるの。大人なのに、いい意味で子供みたいな人だった」

「ええ、いい人みたいでしたね」私はそう言うと、涙を押し殺そうと下唇を噛《か》んだ。

「そうそう、最初に紹介してくれた時はさ、頬《ほ》っぺたに口紅のキスマークつけてたの。一晩中よ。彼女が拭いちゃダメって言いつけてて。嫌がってたけど、あの子に従ってたあたり、本当にいい人だったよ。でも、前の旦那さんの話は絶対にしちゃだめよ。事故で亡くなっちゃったんだから。知ってるかもしれないけど」

「ええ、残念です。それより、張月たちの住所は聞いてますか？」私は話題を変えた。劉項の話を続けるのは無理だった。

「ごめんなさい。住所は知らないの」

「知ってそうな人の心当たりはありますか？」

「そうね。あの子のお母さんなら知ってるんじゃないかな」

「連絡を取って頂くことは可能ですか？」

「うーん、電話番号は分からないなぁ。ちょっと待ってて」彼女はスマホを操作し始めた。

やはりメアリーも住所を知らないのだ。となると私の母に聞くしかない。さすがに母には伝えているだろう。いや、私の記憶が正しければ、王力洪の家にも数回来ているはずだ。

「やっぱり。SNSで連絡取れるよ。おばさんには一度、写真を送ったことがあったから、アカウント知ってたわ」

「すみませんが、お願いします」

私の家の場所を知るために、私の親友が、私の母親に連絡している。考えれば考えるだけ、おかしな瞬間だった。

メアリーは母に電話を掛けた。母はすぐに電話に出たみたいで、声の調子からすると、メアリーは母との会話を楽しんでいるようだった。私も久しぶりに母の声を聞きたいと思ったが、そんなことを言っている場合ではない。そう思っていたが、話は意外な方向に進んでいった。

母がメアリーと会って話したいというのだ。うろ覚えながら母の家を知っているメアリーも、どうせ近くだから会いに行こうと言い出した。

藤浪隆として母と会うのは間違っているような気がした。どう接すればいいのか分からない。だが、メアリーの押しの強さに負けて、店を出ることになった。

配車アプリで車を捕まえると、メアリーは母から聞き出した住所へ向かう。車が母の家に近づくに連れて、懐かしさが胸に込み上げてくる。馴染み深い道だが、通りに面した店は私が知っているものではない。どんどん新しい店ができている。見たことのない美容室に、新しい火鍋のチェーン店、それに大型のスーパーもできていた。

車は団地の前で停《と》まった。タクシーの支払いはメアリーがアプリで済ませてしまったので、後で請求してくれと伝える。「そんなこと言われなくても、もちろん請求するわよ」とメアリーが笑って言う。

団地に入ると、どこからか金木犀《きんもくせい》のいい香りが漂ってきた。母が入居した当時は新しく、豪華なイメージだった団地だが、今となっては鄙《ひな》びた印象が拭えなかった。入り口の大きな門も団地を覆う柵《さく》も錆《さ》びているし、団地の中の小さな商店街も活気がない。だが、公園内で遊んでいる子供の声や草木の香りが、ここに住んでいた短い期間の記憶を呼び覚ましてくれる。秋の優しい日差しが、どことなくノスタルジックな気分に沁みる。

メアリーは母から聞いた住所をメモしていたが、広い団地の中でなかなか母の部屋を見つけられないでいた。団地の中なんて似たような建物ばかりだから、迷っても仕方がないのだが、私にはそれがじれったかった。さっさと部屋まで連れて行きたかったが、どう考えても私が先導するのはおかしい。メアリーが正しい道に進めるように、なんとなく誘導しようと思っても、メアリーは自信満々で間違った方向に進んでいくのだ。

「大丈夫、大丈夫、何回か行ったこともあるし。ちょっと待っててくれれば、すぐに着くからね」そう言うメアリーの言葉に私は苦笑した。どんな時でも自信を失わない。彼女らしいな、と思う。

私が気前のいい報酬を約束したからか、彼女は気分が良さそうだった。

団地の隙間に吹く風は強く、キャンディーの空き袋が一つ、カラカラと地面を転がっていく。

団地の中を歩いていると、金木犀の香りがまた強くなった。

どこに花が咲いているんだろう。ふと辺りを見回すと、すぐ近くにいた母と目が合った。

「あ……」思わず私は声に出してしまった。久しぶりに自分の母親の姿を見かけて、無反応でいることなど無理だ。

「金木犀の香りがしますね」不自然に思われないように、私は視線を逸らして木下に話しかけた。

私のその声に被さるように、母がメアリーを呼んだ。二人が再会を喜ぶように、軽く抱き合う。その姿が、羨ましかった。木下が私に何か言ったが、私には彼のことを気にしている余裕なんてなかった。

メアリーが間に入り、私と木下を母に紹介した。張月の友人、それが今の私だ。

母はそこにいるのに、私に気が付かない。私たちのことを少しだけ見て、軽く挨拶すると、メアリーに話しかけた。母が何を言っているのかすら分からない。母とメアリーの親密さと、そこに入り込めない自分。今まで感じたことのない歯がゆさを覚えた。

母とメアリーの後を追って、団地の階段を上っていく。エレベーターはない。埃《ほこり》をかぶったコンクリートの壁に、空き部屋の物件情報を書いた紙が雑に貼られている。それが物件情報のチラシだと分かっているのに、書いてある文字を読めない。

私は壁に指を這《は》わせた。指はすぐに黒く汚れた。

私も、壁から指に移った汚れのようなものだ。

私の存在、魂もしくは意識は、張月から藤浪隆になぜか移動した。

私はそんなことを考えながら、指の汚れをジーンズになすりつけ、階段を上り続けた。

母は私たちを部屋に招くと、入り口で靴を脱がせてスリッパを用意した。私が使っていたピンクのスリッパをメアリーに使わせ、私たちには客用の茶色いものを出した。白いタイルの床にスリッパ底のゴムがキュッキュと鳴り、不快だった。

この団地に母たちが入居したのは、私が美術学校に通いだしてからなので、私はこの部屋にあまり思い入れはない。卒業してから渓冷印社に働き口を見つけるまで一年間を過ごしただけだ。私がこの部屋を出た後は、広々とした3LDKの間取りを二人で贅沢《ぜいたく》に使っていた。

老後ののんびりした生活は、もともとせっかちだった母をのんびりとした性格に変えていった。

窓は閉められたままで、曇天《どんてん》の外は暗い。部屋の中もなんだか陰鬱《いんうつ》な空気だった。

母は私たちをダイニングテーブルに着かせ、お茶を用意しにキッチンに向かった。レースのテーブルクロスの上にビニールシートが敷かれている。テーブルの中央に小さな花が飾ってある。

昔からずっとそうだった。

懐かしい部屋に帰って来たはずなのに、他人の家のように感じられた。

父が肺癌《はいがん》で亡くなった後、「これでやっと部屋の中を綺麗にできるわ」と気丈に振る舞っていた母の姿を思い出す。生前は「こんなに要らないものを置いておいてどうするのよ」と父の趣味の道具を邪魔だと言い続けていたはずなのに、死後何年も経っているのに何一つ片付けられていなかった。

部屋の片隅《かたすみ》に置かれているゴルフバッグ、壁に掛けられた何本もの釣り竿《ざお》、本棚にびっしりと置かれた美術展のカタログ。全てそのままだった。

前に来たときは気にならなかったはずなのに、今は胸の中がざわざわする。

時間が止まっているのだ。父が亡くなった、あの時から。

私にはその感覚がよく分かった。つい先日まで私も同じ気持ちだったのだ。劉項と、お腹の赤ちゃんを亡くし、前に進むことができなかった。

私は自分を救うために半ば無理やり憂鬱を拭い去った。そうしなければならなかった。だが、母にはそんな必要がない。いつまでも好きなだけ憂鬱でいられるのだ。母の存在自体が父の墓標のようになっていた。亡き人を惜しみ、懐かしみ、悼むだけに残りの人生を費やそうとしているのだろうか。私は母がそんな状態にあることに、今まで気付いてあげることもできなかった。

メアリーが母に何か言い、キッチンに向かった。二人だけ残されると、木下はため息をもらした。

「大丈夫ですか?」木下が私に小声で訊ねた。

「うん、大丈夫。いろいろと複雑な気持ちだけど」

私は立ち上がって、テレビの横にあるキャビネットに近づいた。ガラスの戸の中には父が集めた青磁器が飾られている。その上には家族写真が並べられていた。私と母、父の写真、そして私と劉項の結婚式の写真が置かれている。写真の中の二人はとても幸せそうだ。

私は劉項と写真を撮った時のことを思い出した。冬の寒い日だったが、チャイナドレスを着て、古い町並みの中で撮影をした。カメラマンが付きっきりで、まるで女優にでもなった気分だった。一日かけて五着も服を替えて、写真館のいろんなセットの前で写真を撮った。撮影が終わった後はくたくたに疲れてしまった。

「綺麗よね」後ろから声がして、驚き振り返るとメアリーがすぐそばにいた。

「二人とも本当に幸せそうだった。あんなことになっちゃうなんてね」

私はただ、静かに頷いた。

「あなたたち、昔付き合ってたの？」

私は何を言われているのか分からなかった。

「だって、友達と連絡が取れなくなったから会いに来たってのはいいけどさ。普通、ただの友達の写真をそんな風に見ないよ」

メアリーに言われて、私は自分の写真を棚から取り上げてじっと見ていたことに気が付いた。

「いえ、そんなんじゃないです。本当に、ただの友達です」

「ふーん。じゃあ、片思いってとこ？　だって、私はあの子から日本人の友達がいるなんて聞いたこともないからさ」

メアリーに見つめられて、私は唾《つば》を飲み込んだ。嘘がバレているということはないだろうが、私たちのことを疑っているのかもしれない。私は反応に困って、思わず木下の方を向いた。もちろん、彼には助け舟を出すことなんてできなかった。私も木下も、簡単に気の利く嘘をつけるような人間ではなかった。

「羨ましいなぁ」メアリーは私の心配をよそに、ため息をついた。

「連絡が取れなくなっただけで心配して駆け付けてくれる男の人なんて、私にはいないもん。しかもお金持ちで見た目もいいなんて、恋愛ドラマの定番みたい」

メアリーが勝手に誤解してくれたおかげで、私は変な言い訳をせずに済んだ。妙な話だが、そう勘違いしてくれていた方がこれからも楽だろう。私は図星だというように苦笑して、視線を逸らした。

「でもね、あんまり期待しない方がいいよ。ドラマだと金持ちのイケメンは、だいたい優しいだけの幼馴染に負けるから」メアリーは嬉しそうに言うと、私の背中をポンポンと叩いた。すぐに誰とでも打ち解けるのは彼女のいいところだ。いつでも裏表がなく、自分の気持ちに正直な彼女のことが私は好きだった。

「私の気持ちなんて、どうでもいいんです。彼女が幸せだと分かれば、それだけで十分です。劉項なら彼女を幸せにしてくれると思っていました。彼女が再婚した相手が、どうも信じられなくて……」

メアリーは静かに私の言葉を聞いていた。

私は嘘を言っていない。彼女が今、幸せでいてくれれば、他に何も望まない。私が誰かという問題は、もう二の次になっていた。彼女を救うことが、今この瞬間、私が存在する理由なのだ。

「そうね。私もそう。王力洪のことを信じてない。張月が私に返事してくれないなんて、おかしいもん。今までそんなことなかった。それにね。そう思ってるのは私たちだけじゃない。きっとおばさんも同じように思ってるんじゃないかな」

「なんでそう思うんですか?」

「だって、二人の写真が一枚もないから」

メアリーに言われるまで気が付かなかったが、キャビネットの上には王力洪の写真が一枚もなかった。たしかに王力洪とは、劉項の時のように結婚写真を撮らなかった。だが、写真が一枚もないというのはおかしかった。

そこにない写真について私たちが考えていると、キッチンから母が戻って来た。テーブルに置かれたグラスに母がお湯を注ぐ。グラスの中の乾燥した菊がお湯を吸って広がり、鮮やかな黄色の花が咲いた。

母も私も、昔から菊茶が好きだった。小さな菊の花びらがフワッと開くのが見たくて、いつも透明なグラスを使っていた。萎《しな》びた葉で包まれた玉が緩やかに広がると、不思議な生命力が感じられる。

テーブルについた私たちだったが、母とメアリーはずっと二人で会話をしているだけで、私と木下はずっと黙ってお茶を飲むだけだった。メアリーは通訳に向いてないのだ、ということが初めて分かった。お喋りが好きすぎて、勝手に話し込んでしまう。こちらに会話の内容を説明することに気が回らないのだ。私と木下は互いに視線を交《か》わして苦笑した。肩身の狭い思いがしたが、不思議と嫌な気はしなかった。

私たちは今まで張り詰めた思いを抱えていたのに、二人の世間話が終わるのを待つことしかできない。お茶の温かさも相まってか、気分が和んでしまった。緊張が解けたからか、私のお腹が大きな音を立てた。ずっと何も食べていなかった。いや、食べる気にもならなかった。私のお腹がグーッと鳴ったのを聞いて、母とメアリーが笑い出した。

母がキッチンに戻り、密閉容器に入った月餅《げっぺい》を持ってきてくれた。月餅は食べやすいように小さく切ってあった。

「中国では中秋の満月に月餅を食べるんだよ。明日は満月だからね」メアリーが月餅を食べながら言った。

「これ、月餅なんですか？　なんかイメージと違いますね」木下が不思議そうに言った。

「懐かしい……」私は思わず声を漏らした。

「日本で知られている月餅って広東《かんとん》風のものですが、この地域で食べるのは蘇州《そしゅう》風のもので、皮はパイ生地《きじ》なんですよ」私は木下に言った。

母は私の前に月餅の他にも密閉容器を置くと、私の肩を叩いて何か言った。「大したものじゃないけど、お腹が減ってたら食べてね」と言ってくれてるのだと思った。蓋を開けると、懐かしい香りがした。

「あれ？　金木犀……？」私の隣で木下が驚いて目を見開いた。

「そう、金木犀です」私は思わず微笑んだ。

密閉容器に入っていたのは、糯粉《もちこ》に米粉を混ぜて蒸したお菓子だった。この時期は砂糖漬けにした金木犀の花を上にのせており、見た目も香りもいい。

「よく母が作ってました。地元の料理で、必勝餅《ひっしょうべい》って言うんです。岳飛が敵に勝てるように祈って作られたのが広まったんです」

「よくそんなこと知ってますね」木下が感心したように言った。

「ここで生まれ育ちましたから。この辺の人はみんな知ってますよ」

「そうでした、すっかり忘れてました」木下は急に真面目な顔に戻った。

メアリーは私たちが何を話しているのか不思議そうに見ていたので、「花の香りが良くて、美味しそうだって話をしてました」と英語で嘘をつく。

「ね、うちのお母さんもたまに同じものを作るけど、金木犀をのっけたりはしないな。うちのより美味しそうだな」メアリーはそう言うと、母に何か言った。恐らく、自分も食べたいと言ったのだろう。

「うーん、甘くて美味しいですけど、意外とぱさぱさしてるんですね。なんか、古いお菓子って感じ」木下が微妙な感想を呟く。

私も小さな塊を指でつまんで食べた。

口の中で金木犀の匂いを感じた瞬間、過去の記憶が鮮明に思い出された。書を学びたいと言った時の父の嬉しそうな顔、妊娠を報告した時の母の涙、そして父が亡くなった後の静けさ。

突然降りだした雨のように、幾つものかけがえのない記憶が私の心を激しく打った。無言で泣き出した私に、周りの三人は唖然としていた。

私たちは電車を乗り継いで郊外の田舎町に向かっていた。母から聞いた張月の家は、早ければ夕方までに着ける距離だった。午後六時前ならば、もしかしたら王力洪はまだ帰宅していないかもしれない。その時はなんとしても彼女を連れだすつもりだった。

彼女が深刻なＤＶ被害に遭っていることは間違いない。だが妻に手をあげる男にありがちなように、外面《そとづら》は誰よりも良かった。周りの住人は張月が苦しんでいることに気が付いていないどころか、幸せな夫婦だと思っている。

私が覚えている、ということを除けばＤＶが行われている証拠はない。もちろん、過去の病院のカルテを参照することができれば、すぐに被害の実態は明らかになる。もしくは、全身につけられた傷、特に腹部の傷を見れば悪質な暴力は否定しようがない。

「今更なんですけど、これって僕たちが行く必要ないんじゃないですか？　警察に匿名の電話とかすれば、それで解決するんじゃないですかね？」

高速鉄道で隣に座った木下が私に言った。メアリーはすぐ後ろの席だが、日本語なので心配はない。

「いや、もちろん僕としては張月さんに会いに行きたいですよ。〈同期〉現象と彼女がどう関係しているか、一日でも早く知りたいですからね。でも、やっぱり犯罪となると警察に任せた方が安心というか。実際、会ってどうするつもりなんですか？」

「そう思いますよね。普通は」私はため息をついた。

「でも、それだとダメなんです。私には分かります」

どうやって木下に説明すればいいのだろう。私は固いシートにもたれかかり、窓の外の景色を見た。まだ都市の中心部を抜けたばかりの路線の外には、数多くの高層マンションが立ち並んでいる。一体、どれほど多くの人がこの街に住んでいるのだろうか。

そして、どれほどの人が同じように苦しんでいるのだろうか。なんと言ってもＤＶは、被害が見えづらい。多くの人が生き地獄を味わっていながら、すぐ近くにいる人ですらそれに気付くことは難しい。問題が発覚しても、解決することはさらに困難だ。

木下は優秀な男だ。地頭が優れているし、想像力も豊かだ。〈同期〉現象についても、すぐに理解してくれた。そんな木下でも、ＤＶ被害の深刻さをすぐには分かってくれないだろう。

「もし、私たちが王力洪のＤＶを告発したとしても、それが王力洪を止めることにはならないと思います。張月、王力洪との関係を問われたら困ることになるので、実名では告発できません。匿名で警察に連絡する、もしくはメアリーに告発してもらうとしても、解決に至らないどころか、問題を深刻にするでしょう」

「そんなことないでしょう？　匿名の告発でも警察は調査すると思いますけど」

「もちろん、警察は動くでしょうね。家まで行って聞き込みをするでしょう。ですが、王力洪はもとより、私、張月も否定するはずです」

「どうしてですか？　殺されるかもしれない、って言っていたじゃないですか？」

「もしDVで捕まったとしても現行法では二十日以下の拘束にしかなりません。恐らく一週間もせずにすぐ出て来るでしょう。家庭の問題は家庭で解決するべきだ、この国ではそう考えられてますから。それに、彼が拘束されることはないでしょう。私はこうして被害の外にいられるから大丈夫ですが、王力洪に囚れてる張月は暴力で支配されてます。悪いのは自分だと思っているということもありますし、彼の暴力がエスカレートすることを何よりも怖がっています。だから警察が来ても全て否定して、何もない振りをするだけでしょうね」

「そんな……」木下は信じられないといった様子だった。

「ですが、もし私たちが〈同期〉で繋がっているとしたら、張月は私のことを信頼してくれるかもしれません。他の誰にも頼れなくても、自分自身の言葉は通じるでしょう。というより、その可能性にかけるしかないと思ってます。王力洪のいない間に張月と会って、彼女を連れだして保護する。それしか方法はないでしょう」

「なるほど。もし、張月さんがあなたと顔を合わせても何の反応もない場合、メアリーに頼むしかないってことですね」

「いや、その場合はメアリーに嘘がバレて、逆に私たちの立場が危うくなるでしょうね」

「たしかにそうですね。となると、張月さんが藤浪さんの姿に何の反応も見せない場合、困ったことになりますね。どうしたものかな」

木下は腕を組んで、なにやら考え始めた。

私は黙って外の景色を見ていたが、時折木下が悩んでいるように小さい唸り声をあげていた。

「たとえばの話ですが、ＤＶじゃなくて別の件で逮捕できれば、長く投獄できますよね。そうすれば彼女を王力洪から離すこともできるんじゃないかと思ったんですけど……」木下は両手で頭を抱えながら言った。

「彼は運送会社を経営してますよね？　今、彼の会社が何らかの不正に関わっていないか調べてるんですが、データが全部中国語なんで、キツいですね。彼のメールの文面をザッと翻訳して見てますが、犯罪だと指摘できるようなものは見つからないですね」

木下はさらっと犯罪行為を告白した。ＢＭＩを使って王力洪の会社のデータに不正アクセスしているのだ。

「何か、王力洪から聞いたりしてませんか？」

「分からない。でもあの人、そういう面ではしっかりしてるから、きっと何も見つからないんじゃないかな」

「やっぱり、そうそう都合よくいかないですよね。こうなったら最後の手段しかありませんね」

木下はそう言うと、準備運動でもするように首と肩をゆっくりと回した。

「ダメです」私は木下が何をするつもりなのか分かった。いくら私を救うためとは言え、ありもしない犯罪をでっちあげて王力洪を陥れるわけにはいかない。

「何がダメなんですか？　まだ何も言ってないじゃないですか」

「ダメなものはダメです」私は木下に釘《くぎ》を刺した。

「ちょっといじるだけですよ。関係ない個人情報でも大量にぶち込んどけば一発で問題解決なんですけどね。もちろん、僕がやったって証拠なんて残しませんし」

「そういう問題じゃないです」

「分かりましたよ。でもそれじゃあ結局、行き当たりばったりみたいなもんじゃないですか」

私は木下に返す言葉がなかった。そう、結局、どうなるかなんて分からない。

これは私の問題であり、彼女の問題なのだ。

私は彼女に手を差し伸《さしの》べることができる。彼女がその手を取るかどうか。

私は私自身を信じることができるのか。それは私にも分からない。


メアリーに案内してもらい、高速鉄道を降りてバスに乗り換えた。駅前はそれなりに団地や工場があったが、五分もすると周りは田園風景に変わった。

これといって特徴のない田舎町だが、バスが町から遠ざかれば遠ざかる程に、不思議な既視感を覚えた。遠くに見える山並み、収穫が終わった後の田畑の静けさ、カエルや虫、鳥の鳴き声。朧《おぼろ》げな記憶の中で最も鮮明に覚えているのは、広い畑の中に突然現れだす大きな家の数々だ。

かつて、農村の戸籍であることはマイナスでしかなかった。社会保障の面でも都市部の戸籍を持つ者とは格差があり、農村から都市に引っ越しても戸籍を変えない限り、子供を進学校に入学させることすら困難だった。

時代が変わり、都市の不動産価格が高騰した影響で、農村戸籍の価値は大きく変わった。政府は都市部から農村に人を移動させるために農村戸籍を持つ者への補助を手厚くした。都市部と違い、広い土地とマンションを安く手に入れられる農村戸籍を羨む者も少なくない。不動産ビジネスで成功している農民も多くいる。

とはいえ、いまだに開発が進んでいないこの田舎町は、農地の中に大豪邸が点々としているような、ある意味では異様な光景である。

そんな特徴的な町の景色を見ているうちに、私は胸の内が苦しくなってきた。

この町には嫌な思い出しかない。

私は、今、最も思い出したくない、暗い過去に立ち戻ろうとしているのだ。もちろん、それは私にとっての過去であり、そこにいるはずの張月にとっては現在進行形の地獄のはずだ。

とにかく早く彼女に会って、一刻も早くこの町を抜け出さないと。

私はズボンのポケットからスマホを取り出して時間を確認する。まだ五時前だ。上手くいけば、王力洪が家に帰ってくる前に彼女を助けられる。

「大丈夫ですか？　顔色悪いですけど」隣の木下がこちらを心配そうに見ていた。

「大丈夫です。ただ、できればここには来たくなかったです」

メアリーが次のバス停で降りると私たちに告げた時、私はすでにそれを知っていた。もう案内なんて必要ない。私の家までの道を迷うことなんてない。

小さな商店街の前でバスを降りたあと、私は早足で歩き出した。

「ちょっと待ってよ！　今、家の場所をスマホで調べてるから」勝手に歩き出した私に驚いたメアリーが、後ろから呼び止めようとしている。一刻を争う状況で方向音痴のメアリーに頼っている暇はない。メアリーにどう思われようが、今はそんなことを気にしている場合ではないのだ。

本当なら走って家まで向かいたかった。だが、そうすることはできなかった。一歩進むごとに足が重くなる。私自身の心が、張月としての記憶が、家に近づくことを拒否している。

舗装された道路の硬さが、私を殴りつけた彼の手の冷たさを思い出させる。

日が傾き、辺りが暗くなっていく様子が、彼の虚《うつ》ろな瞳《ひとみ》を思い出させる。

私は自分の臆病《おくびょう》な心を叱咤《しった》しながら進んだ。困惑しながらついてくる、二人の足音が後ろから聞こえてくる。

まだ引き返せる。張月の顔を見るまでは、まだ私は逃げることができる。

藤浪隆でも、張月でもない、誰でもない自分でいられる。王力洪と関わることなく、安全な場所で、一生楽な生活を送ることができる。

だが、私は誰にも助けを求められず苦しんでいる張月を助けたかった。

それは、〈同期〉現象のせいで茫然自失《ぼうぜんじしつ》となった私に残された、唯一の人間らしさのように思えた。今、ここで引き下がったら、一生後悔するだろう。

「一体何なのよ？　あんた道が分かるの？」メアリーが後ろで喚《わめ》き立てている。

しばらく歩き続け、立派な一軒家の前で私は足を止めた。

高い塀と門の奥に見える、三階建てのまだ新しい家。白い外壁も綺麗なままだが、暮れゆく最後の日差しを受けて、怪しい影を地面に投げていた。

「ここで間違いないみたいだけど、なんであんた分かったのよ？　ちょっと、聞いてるの？」

メアリーの言葉など気にしている暇はなかった。私は門を勝手に開け、中に入る。

塀の内側に入ると、王力洪の車がないことに気が付いた。彼はまだ家に帰って来ていないのだ。

私は玄関の前に立って呼吸を整えると、チャイムを鳴らした。

家の中で何か音がする。誰かが、階段を下りて来る足音が微かに聞こえる。足音はぎこちなく、足をかばって歩いているようにゆっくりしている。

間違いない、今こちらに向かってきているのは、私だ。王力洪に傷つけられた足で、必死に歩いているのだ。

私は玄関の外側から、木製のドアの内側にいるはずのもう一人の自分を想像した。どんな顔をして自分に会えばいいのだろう。優しい笑顔を作ろうとしたが、顔が緊張して表情が固まってしまった。心臓が早鐘を打っている。

ガチャリと音がして、ドアが開く。

そこに私がいた。

肩までの黒い髪は艶を失い、瞳からは輝きが消えていたが、それはたしかに私だった。

張月は私を見て、声をあげた。そして自分の声を押し殺すように、両手で口を塞いだ。両目は驚きに丸く見開かれていた。

間違いなく張月は私を知っている。彼女にも〈同期〉現象が起こっていたのだ。

私は彼女に何を言ったらいいか分からなかった。だが私たちの間に言葉など必要ない。言葉を交わさなくても、お互いに全てを知り尽くしているのだ。

私は何も言わずに、ポケットに手を入れ、中から私が彫った印章を出した。

劉項と初めて篆刻をした時に彫った、〈望月懐遠〉の四文字。

私は、私が彼女である証として、それを差し出した。

彼女はその印章を手に取ると、何も言わずに刻面を見た。

そして、その場にしゃがみ込むと、むせび泣き始めた。

私も思わず一緒に涙を流した。

彼女の気が済むまで放っておいてあげたかったが、時間がなかった。私のすぐ後ろにメアリーがいたので、すぐに王力洪から逃げるように伝えてもらおうと思った。

その瞬間、家の奥から馴染み深い声が聞こえ、私の背筋が凍った。

彼がいる。そう思っただけで、足が震えた。

仕事場にいるのではない。ただ車を事務所に置いてきただけなのだ。そういう時があることをすっかり忘れていた。

今の私は弱い女ではない。少なくとも、見た目は男のはずだ。だが、そんなことは関係なかった。彼の声を聞いただけで身体の芯から震えてしまう。眩暈がして、地面が揺れているように感じた。

王力洪が玄関口に出てきた。私は思わず目を逸らして、彼を見ないようにした。彼と視線が合ったら最後、恐怖に飲まれてしまう気がした。

彼は張月を半ば無理やり立たせると家の中に入れた。それからすぐに戻って来て、メアリーと話し始めた。王力洪の声は穏やかで、それに対してメアリーは怒っているようだった。メアリーは何度も王力洪に怒鳴り散らしたが、王力洪はそれを笑って受け流した。二人の会話はすぐに終わった。ドアが閉められ、私たちの運命の出会いは一瞬で幕を閉じた。

メアリーは王力洪にドアを閉じられても諦めず、何度もチャイムをしつこく鳴らし、張月の名を呼んだ。いくら待っても張月も王力洪も出てこないので、やがて後ろに引き下がっていた私たちの方を振り返った。

「あんたたち、一体なんなのよ！」メアリーはこっちに向かって来ると、突き飛ばす勢いで私の胸を押した。メアリーに怒鳴られても、私には何も言えなかった。今起こったことを、まだ消化できていない。

張月が私を認識したのは良かった。だが、彼女がどういう認識でいるかは分からなかった。それに、やはり王力洪がいる限り張月を助けられない。

「なんであんたはこの家の場所が分かったの？　あんた、張月のなんなのよ？　ただの友達だなんて言って信じられるわけないでしょ？」メアリーの怒りは簡単には収まらなかった。私の胸倉を摑むと、喚き立てた。

「私はあの子の親友なの。何年も一緒に働いて、毎日お昼ご飯を一緒に食べてたの。あの子、私がいることに気づいてた。それなのにずっとあんたの方を見てた。あんな風に泣きだしちゃうなんて信じられない」

久しぶりに会う親友が何のリアクションもしてくれなかったのが、よっぽどショックだったのだろう。メアリーも涙を流していた。

「あんたたち、私に嘘ばかり言ってたんでしょ？　本当はあんたはあの子のストーカーで、住所を知りたかったとかなんでしょ？　正直に言いなさいよ！」

今更ながら木下が私とメアリーの間に割って入った。

「すみません。嘘はついてませんが、正直に全部話していた訳でもありません」メアリーの腕を私から引きはがし、木下が慌てて言った。「隠していたこともあります。もう隠す必要もないので、お伝えします。でも、ここではなんなので、駅の近くまで戻りましょう」

メアリーも少し落ち着いたのか、木下の提案に従った。もうすでに辺りは暗くなっている。早く戻らないと、泊まるところなんてなさそうだった。

私たちはさきほどのバス停まで歩き始めた。

「まず、なんでこの家の場所が分かったか、ということですが、私たちは前にも言ったように知りませんでした。住所が分かったのでバスに乗っている間に調べたんです」

「そんな嘘に騙されないわよ。私だって家の場所はスマホで調べたわよ。でも、一度も来たことがなければ、あんなに自信満々に進めないでしょ？」

「そうでもありません。私たちには可能なんです。あなたのスマホを出してもらえますか？」

木下の言葉にメアリーは一瞬眉を顰めたが、言われた通りにスマホをコートのポケットから取り出した。その瞬間、メアリーのスマホはショートメッセージを受信して、通知の短いメロディーが流れた。

「メッセージを確認してください」

メアリーはスマホに目を落とすと、メッセージを読み上げた。

「〈私たちは脳にコンピューターを埋め込んでます〉……って。これ、マジで言ってんの？」メアリーは怪訝そうに木下を眺めた。

「詳しい説明は省きますが」木下がめんどくさそうに言った。

「とにかく、現に今、私は思考しただけであなたのスマホにメッセージを送りました。王力洪の家を調べるのにスマホは必要なかったんです。私たちは、そうしようと思うだけでネットに接続できますから。周りから見たら場所を事前に知っていたかのように、家に向かうことができたってわけです。私たちは脳に埋め込む機械を使ったサービスの会社を経営してるんです」

木下は私の方をチラッと見た。木下は上手くやってくれた。もちろん、私の脳にＢＭＩは入っていないが、もう彼女が疑うことはないだろう。

「でも……、じゃあ、あんたと張月との関係はどうなの？　なんであんたを見ただけであんな風に泣いたのよ？」

「これも、変に思われたくなかったので言わなかったのですが……」木下が私を見たので、私が話を続けた。

「張月さんが王力洪に暴力を振るわれている可能性があるんです。張月さんは遠回しに彼からの暴力を示唆《しさ》するようなメールを私に送ってきました。彼女が泣いたのも、私が助けにきたから、嬉しかったのでしょう」

メアリーは私の話を聞いて、足を止めた。

「そうなんだ……。でも言われてみれば、そんな気もするよ。だってあの人、やっぱり変だったよ。さっき彼に私は張月の元同僚で、結婚式でも会ったって話をしたの。彼女と話がしたいって何度も言ったのに、『妻は疲れてるから』って取り合ってくれなかった。そんなのおかしいじゃない。折角、来たってのに、家の中にも入れないなんて」メアリーは話している内に先ほどのやり取りを思い出したのか、小さく唸り声をあげた。

「あー、クソ。イライラするなあ。あんたたちも、そんな大事なこと、隠さないで言ってよね。あの子のことだったら、ちゃんと話も聞くし、信じるよ。私だって心配してたんだから。で、これからどうすんの？　このまま引き下がって終わりじゃないでしょ？　警察にでも突き出さなきゃ、私の怒りは治まらないよ」

私は先ほど電車の中で木下に話したことを繰り返した。警察をあてにしても、解決にはならない。張月自身が否定する可能性も高いし、王力洪が正当な罰を受けることもない。本当なら今日、そのまま助け出したかったと伝えた。

「今日助けたかったなんて、今更何言ってんのよ。最初に言ってくれれば、あの家を燃やしてでも逃がすチャンスを作ったのに。で、これからどうすんの。何か考えでもあるわけ？」

メアリーに問い詰められ、木下も困ったように私を見た。

「彼女を説得する以外に方法はありません。彼女が王力洪と戦う決意をしない限り、周りがどんなに騒いでも解決できないでしょう。明日は私とメアリーの二人でまたあの家に行きましょう。私に考えがあります」

●

翌朝一番のバスに乗り、私は王力洪の家まで向かった。ついて行くと言い張った木下には、人数が多いと警戒されるからメアリーと二人で行くのだと納得させた。メアリーには逆に木下と二人で行くと言い残した。

考えがある、と言った私を、恐らくどちらも信用していなかっただろう。私には何の策もなかった。ただ、家まで迎えに行って張月と一緒に逃げる、それ以外に思いつかなかった。

駅から田舎に向かっていくバスに乗っている人は多くない。窓の外を見ながら、私は昨日のことを思い出していた。

私はなんであの時、印章を渡してしまったのか。私が張月である、記憶を共有していることの証拠として、差し出してしまった。何も言わずに受け取ったということは、彼女も私が張月だと分かったのだろう。同じように〈同期〉を経験したのだ。張月であった彼女には、藤浪隆の記憶が溶け込んでいったはずだ。

私が張月になったように、彼女も藤浪隆になっているのだろう。身体が入れ替わってしまっただけで、私はこれほどまでに困惑し、つらい思いをしたのだ。それに加えて王力洪から理不尽な暴力を受けている藤浪は、どれほど苦しい思いをしているのか。

突然私たちが訪問したことで、張月は王力洪からあらぬ疑いをかけられて暴力を受けているだろう。もしも印章が見つかっていたら大変なことになるのは火を見るよりも明らかだ。もともとの私たちの印章を、王力洪は捨てさせたのだ。元夫である劉項を思い出させるものなど一つも残しておけなかった。

このままでは彼女を助けられない。とにかく有無を言わさずに、一刻も早くあの家から連れ出すしかない。パスポートを置いてある場所は分かっている。二階の箪笥《たんす》の一番上の棚だ。タクシーを家の近くに待たせておいて、張月と一緒に空港まで行き、海外に逃げる。ビザなしで渡航できる国ならどこでもいい。とにかく、一番早い便で国を出る。そのあとのことはまたあとで考える。

タイダルで雇うことにして、就労ビザを取るのが一番間違いがないだろう。今はそのための時間を稼がないといけない。

まだ朝の九時である。間違いなく王力洪は仕事に行って家を空けているだろう。昨日は焦ってすぐに向かってしまったが、最初から朝の時間まで待つべきだったのだ。

とはいえ、私がやろうとしていることは、王力洪からすれば、誘拐だ。木下とメアリーをつき合わせるわけにはいかない。

私は前と同じ商店街のバス停で降りると、ダウンロードしておいた配車アプリで車を手配した。スマホで住所を示せば、中国語が分からなくても困ることなどない。事前に翻訳アプリで私が友人を連れて来るまで待っているように、その後はすぐに空港まで向かうように指示を書いておいた。

私は王力洪の家から少しだけ離れた場所に車を停めさせ、指示を理解しているかどうか、確認した。四十代くらいの運転手は首を大きく縦に振り、分かったから早く行ってこい、という素振りをした。

私は車を降りると、ゆっくりとあの家に近づいた。一歩進むごとに昨晩の屈辱が蘇る。私は何もできなかった。王力洪の声を聞いただけで震えてしまった。顔を逸らし、視線を合わせることさえできなかった。

今の私は弱い女じゃない。王力洪に殴られても、やり返すことだってできるはずだ。喧嘩をしたことなんてない。人を殴ったこともない。だが、人生のうちで戦わなきゃいけない時があるとしたら、今がその時だ。もしあいつが家にいたら、もう逃げない。私はそう自分に誓い、拳を強く握った。

だが、次の瞬間には不安になって振り返った。さっきの車がまだ同じ場所に停車しているのを確認した。今はまだそこにいるが、早く出てこないと、いついなくなってしまうか分からない。帰りまで待っていてくれれば、それだけで千元出すと言ってあるので、大丈夫だとは思うが、バスの本数が少ないだけに、不安もある。

私はすぐに汗をかいてしまった。緊張もあるが、それよりも厚着をしているからだ。張月を連れてどこかにいくのを、町の誰かに見られたら困る。顔を隠せるようにフード付きの大きめのアウターを昨晩買っておいたのだ。彼女にはこれを着せて、すぐに家を出るように言うつもりだ。

大丈夫、なんとかなるはずだ。

そう思っていた。家の前に彼のバンが停まっているのを見るまでは。

彼は仕事に行っていない。なぜかは分からないが、まだ家にいるのだ。

私は家の前を通り過ぎると、遠回りしてさっきの運転手のもとに戻った。私が助手席に座ると男はエンジンをかけたが、私は身振りでエンジンを切るように指示した。男はどうしろって言うんだよ、とでも言いたげな表情をした。

私は混乱したが、なんとかスマホのアプリでもう少しだけ王力洪の家に近づけるように伝えた。まだ出勤してないとしても、そのうちに家を出るだろう。その隙を待つしかない。

運転手には一日かかるかもしれないが、二千元出すと言ったので、文句は言われなかった。彼にとっては楽な仕事だ。彼はすぐに背もたれを後ろに倒して、スマホでゲームをし始めた。

私は助手席から、ずっと王力洪の家を見張っていた。

二時間経っても王力洪には何の動きもなかった。昼になると、運転手が昼飯を買って来ていいかと言いだした。私はダメだと言ったが、「五分だけ」と返された。王力洪がいつ家を出るか分からない。その五分のうちに貴重な機会を失うかもしれない。もちろん、私は我慢するように言った。運転手はしぶしぶ黙った。

じっと張り込みを続けているうちに、私もお腹が減ってしまった。こんなに長丁場になるとは思いもしなかった。緊張していたが、お腹はぐるぐると鳴っていた。運転手はそんな私を、何か言いたそうな表情で見ていた。

コンコン、と窓を叩く音が突然して、私は驚き座席の上で飛び上がった。バイクに乗った男が私の顔を見て、窓を下ろす様に身振りで示した。すると、運転手が窓を下ろし、少しだけ言葉を交わすとビニール袋を受け取った。袋からなんだかいい匂いがした。運転手はデリバリーを頼んでいたのだ。「車から出てないからいいだろ?」というように豪快な笑みを浮かべた。

バイクの男がそのままどこかに行ってしまうと、運転手は私に袋の中の肉まんを差し出した。私は悔しいような、ありがたいような複雑な気持ちで肉まんを食べ始めた。手にした肉まんの温かさは嬉しかった。状況が状況だけに味わって食べる気など起きず、すぐに食べ終えてしまった。

王力洪のバンが家を出たのは二時を過ぎてからだった。運転席には王力洪が、助手席には誰もいなかった。一人で出かけるのだ。これ以上のチャンスはない。

私の記憶では、平日にそんなに遅くまで家にいたことはない。私はこの後のことを運転手に再確認すると、彼のバンが見えなくなるまで待ってから、車を降りた。

今、家には張月しかいないはずだ。私は門を開けて、玄関まで走ると、チャイムを鳴らした。しばらく待ったが、反応は無かった。

私は焦ってチャイムをまた鳴らしたが、張月は応えてくれなかった。私は最悪の事態を想像した。張月は昨日の私たちの訪問のせいで、酷く痛めつけられて、玄関まで歩いて来られないのかもしれない。

張月が出て来られないのであれば、自分が中に迎えに行くしかない。躊躇っている余裕はなかった。私は玄関を離れて外壁を右手に回った。庭に落ちている石を拾って、リビングの窓ガラスを割った。割れた部分に手を入れ、掛け金を外す。窓は少し高い位置だったが、窓枠に手をかけて飛び上がれば、何とか侵入できた。

窓ガラスを割った音を誰かに聞かれたかもしれないと思うと、一秒も無駄にできなかった。私は階段を駆け上り、すぐに寝室に向かった。

寝室のドアを開けて、ベッドを見た。

誰もいなかった。

自分の目が信じられず、掛け布団を捲ったが、張月はいなかった。

窓ガラスが割れた音を聞いて、怖がらせてしまったのかもしれない。

「藤浪隆です。あなたを助けに来ました」私は不本意ながらも藤浪隆と名乗った。英語でそう呼びかけながら、隣の部屋に向かった。

「夫から暴力を受けていることを知っています」客間にもトイレにも彼女はいない。

「彼の手が届かないところに一緒に逃げましょう。今、どこですか?」私は二階の部屋を調べ終わると、三階に向かった。

「返事してください。早くしないと、彼が帰ってきます」

張月の返事はなかった。もしかしたら、声が出せない状態なのかもしれない。猿ぐつわをかまされているとか、もしくは意識を失っているかもしれない。

私は慌てて一階に降りた。リビングのソファーで寝ているわけでも、裏庭にいるわけでもない。何かの理由で閉じ込められているのかもしれない。

私は全ての部屋の大きな戸棚、ベッドの下なども探した。

家の中には張月はいない。昨日はいたのに。

私は窓の外を見た。突き抜けるような晴天、鳥の鳴き声が聞こえる。この部屋の不気味な静けさが嘘みたいだ。

一体、張月はどこに行ってしまったのだろうか。

二階に戻って、パスポートを確認した。いつも置いてある簞笥の中にあった。財布とスマホは、見つからない。

さっき、王力洪の運転するバンの助手席が空いていたのは間違いない。王力洪と一緒に出掛けたわけではない。私は走り去っていったバンの様子を思い出そうとした。次の瞬間に、ある考えに思い至った。

助手席ではなく後ろに「積まれていた」のではないか？

王力洪は昨日、張月を勢い余って殺してしまったのかもしれない。さっきまで家にいたのは、彼女の遺体を処理していたからではないか？

王力洪は仕事に行ったのではなく、張月の死体を遺棄するために出かけたのではないか？

そんなことは考えたくなかった。だが、一度頭をよぎった考えは、すでに否定できない事実のように思えてきた。

私は殺人の痕跡《こんせき》のようなものがないか、寝室に戻って探した。血痕《けっこん》や、争った形跡のようなものは見当たらなかった。その代わり、寝室のサイドテーブルの上に、昨日私が渡した印章が置いてあるのに気が付いた。やっぱり、王力洪に見つかってしまったのだ。私との関係を聞かれて、張月は答えられなかった。それが、王力洪の逆鱗に触れたのだろう。

遅かったのだ。あと少しで間に合ったものを。

いや、違う。私のせいだ。私のせいで張月は殺されることになったのだ。

私は愕然として床に座り込んでしまった。今すぐにでも逃げるべきなのに、立ち上がることすらできなかった。

昨日、あの時に、無理やりにでも張月を連れ出すべきだった。あの時は木下もメアリーもいたのだ。なぜ、あの時に引き下がってしまったのだろう。私は王力洪に怯えて、なにもできなかった。昨日の自分が許せなかった。

もし張月が殺害されていたとするなら、私は最悪の状況に陥《おちい》ったといえる。リビングの窓を割った石や窓の掛け金には私の指紋が残っている。もともと侵入するつもりなんてなかったので、手袋なんて準備していなかった。

指紋を拭いてから出るべきだろうか？　だが、そんなことができるわけがない。何も気にせずにいろんなところを触ってしまったはずだ。

このままでは張月を助けるどころか、殺人犯に仕立て上げられてしまうかもしれない。

自分の詰めの甘さに苛立った。

その瞬間、背後から音が聞こえて、寝室の入り口を振り返った。

そこには、王力洪がいた。

彼は私を妙な顔つきで眺めている。その手にはゴルフクラブが握られていた。

彼の冷たい視線を浴びただけで、私は萎縮《いしゅく》してしまった。

逃げなければいけない。だが、逃げられない。

彼は何かボソボソと呟いた。何かを聞かれているような調子だった。私が誰だか聞いているのだろうか、目的を聞いているのだろうか。

何を言っているのか分からない。私はただ首を横に振った。

彼の目は怒っているようにも、笑っているようにも見えた。どちらにしろ、私を無事に逃がしてくれることはあるまい。

長いゴルフクラブを部屋の中でも振り回せるように、右手を軸の中央近くで握っている。私は部屋の中を見回した。武器になりそうなものなんてない。

クラブで殴られたらひとたまりもない。他に出口もない。

いちかばちか、私は両腕で頭を守るように覆うと、彼を突き飛ばそうと正面から突っ込んでいった。

王力洪のクラブが空を切ったかと思うと、私の脇腹を強打した。肺の中の空気が押し出された。呼吸ができず、苦しく、燃えるように痛みが走った。

だが意識を失うほどではなかった。私はそのままの勢いで王力洪に体当たりをして、彼を廊下に押し倒した。私もそのまま彼の上に倒れこみ、無様《ぶざま》な体勢ながら、彼の顔を何度か殴った。しかし、さきほど脇腹に受けた一撃のせいで、私はマウントを取り続けることができなかった。王力洪は私を押し退けると、立ち上がって私の脇腹を何度も蹴った。

酷い痛みに目の前が真っ暗になっていく。

意外にも王力洪の暴力はすぐに止んだ。彼は鋭い叫び声をあげると、前のめりに倒れこんだ。その後ろには大きな酒瓶《さかびん》を両手で抱えた木下がいた。後ろからそれで王力洪の頭を殴打したのだろう。

「大丈夫ですか?」木下の焦った声が聞こえた。

返事をする余力は残っていなかったが、私の顔を見下ろす彼と視線を合わせることはできた。

「まったく、本当に無茶しますね。僕が来なかったら殺されてましたよ。それにこのままじゃ、どう考えても僕らが犯罪者じゃないですか」木下はそう言うと、私を無理やり立たせて、歩かせようとした。激しい痛みで私はうめき声を漏らした。

「すみませんね。でも一刻も早くここから出ないと、どう考えてもマズいですから。我慢してくださいよ」

木下の肩を借りながら廊下をよろよろと歩くのはなんとかなったが、そこからはすぐに階段だった。木下が先に一段降りて、私はそのあとでゆっくりと足を動かす。一段降りるだけで、意識が飛びそうになるぐらいの激痛が走る。

私たちは焦る気持ちを抑えながら、階段を降りていく。

「外に車を待たせてますから」木下が言った。「あなたが無茶なことをするのは分かってましたから、家の前で張り込んでるあなたを後ろから見てました。家に入ってからも、なかなか出て来ないからどうなったかと思えば。大きな音がするから見に行ったら、修羅場だったから驚きましたよ」木下は苦笑しながら言った。「不幸中の幸いと言ってはなんですが、王力洪はあなたに集中してたから、後ろから酒瓶を叩きつけてやれました。こんなことしたのは初めてですよ」

木下が笑い声をあげると、後ろから嫌な音が聞こえた。振り返ると、王力洪が首を手で撫でながら立ち上がろうとしていた。

「逃げて！」私は木下に言った。

「私のことはいいから！　一人で逃げて」

「そんなこと言われても！」

私たちは急いで階段を降りようとしたが、どう考えても間に合わなかった。

王力洪は床に落ちていたゴルフクラブを拾い、こちらに近づいてきた。

彼が木下を狙ってクラブを振り回す。

それを避けようとして、私たちは階段を転げ落ちた。

王力洪は階段を駆け下りてくると、すぐに私たちの足にゴルフクラブを振り下ろした。

足の骨が砕け、私たちは叫び声をあげた。

間違いなく、私たちは殺されるだろう。

メアリーが公安局に足を踏み入れるのは一年前にスマホを盗まれた時以来だ。「あんたが用心してなかったから盗《と》られたんだよ」とガタイのいい男性警察官に一喝されたことをいまだに覚えている。

「被害者に対してそんな言い方があるか！　二度と来ない！　警察なんて信用しない！」と啖呵を切ってやったが、今回ばかりはそうも言っていられない。

騒々しい人たちの間を歩いていると、なんだか不安になってしまう。

夜七時までに連絡がなければ警察に連絡してほしい、木下にそう言われた時は大袈裟《おおげさ》な男だと思った。だが、七時を過ぎても木下から連絡はなかった。こちらから電話しても木下だけでなく藤浪も反応がない。まさかとは思ったが、一応警察には電話した。

電話で対応してくれたオペレーターは、真剣に考えてくれているとは到底思えなかった。事件性が認められれば捜査する、と言われただけだ。

翌朝になって、どうしても心配になり、公安局に足を運んだ。だが、この公安局の建物の中でさえ、それぞれ事件の捜査を依頼する人が殺到している。果たして私の話だけで事件の深刻さが伝わるものだろうかとメアリーは心細さを感じた。

私自身も分かっていないことが多すぎる。藤浪、木下の二人が果たして本当のことを言っていたのか、冷静になってみると怪しかった。

　メアリーは受付を済ませると、しばらく待ってから担当の窓口に向かった。

「昨晩電話した件で、事件の捜査がされたか知りたいんですけど……」メアリーは話を始めたが隣の男がやたらに大きな声で話しているので、何度も同じことを繰り返し言わないと伝わらなかった。

「一昨日、日本から来ていた友人二人と張月を訪ねまして……」

「だから！　俺じゃねえって何度言ったら分かるんだよ！」隣の男が怒鳴り声をあげた。

「俺じゃなくて、あの時に俺の近くにいた奴で間違いないんだ！」隣の男が余りにもうるさくて、思わず話が途切れてしまう。

「えーと、それで張月に会えたんですけど、すぐに引き離されてしまいました。夫が彼女に暴力を振るってるのは……」

「だから！　その時の写真があるだろ？　ナンバーも写ってるはずだから確認すりゃあすぐに分かるだろうが！　そのための監視カメラじゃねーのかよ！」男は唾を飛ばす勢いで喋っている。

担当の人も迷惑そうな顔をしている。

「とにかく、その人が奥さんに暴力を振るってるんです。彼女の医療記録を確かめてもらえれば分かると思います。今までにも不自然な怪我が……」

「分かんねー奴らだな！　だから、誰の車か教えてくれれば、俺が行って文句つけて来るって言ってんの！　お前らが忙しいなら俺が行ってやる。そいつのおかげでこっちは最悪の状況なんだよ！」

「あー！　もう、うるさい、うるさい、うるさいなあ！」メアリーは隣の男を怒鳴りつけた。「困ってるのはあんただけじゃねーんだよ！　怒鳴って解決するわけじゃねーんだから、普通に喋れっての！」

男はメアリーの罵声《ばせい》に驚き、目を丸くした。

「すまない、悪かった」

「こっちも怒鳴って悪かったわ。みんな困ってるんだからしょうがないよね」男が素直に謝ったので、メアリーも反省した。

「それで、とにかく王力洪を調べて欲しいの。彼の家に行った二人が帰って来てないの。DVを止めに行ったんだけど『連絡が取れなくなったら警察に行ってくれ』って最後に言ったの。きっと事件に巻き込まれたんだと思う」

「おい！　今、何って言った？」静かになったと思った男が、今度はいきなり肩を摑んできた。

「ちょっと、触らないでよ！　なんなの、あんた。頭おかしいんじゃない？」メアリーは男の手を払った。

「王力洪って言ったのか？　あいつが奥さんに暴力を？」

「そうよ。あんた知り合いなの？」

男は目を固く瞑《つぶ》って、しばらく考え込むと小さな唸り声を漏らした。

「あいつだ。間違いない。あの時、隣を走ってたバンに見覚えがあると思った。王力洪のバンだ。なんで気が付かなかったんだろう」

「ちょっと、何の話してんのよ？　分かるように喋りなさいよ」

「昨日の夜、俺の町で大規模なハッキングがあったんだ。周りの家は残らずやられた。と言っても、電化製品が勝手に動いて『助けてくれ、警察に連絡』ってメッセージが送られただけだ。絶対に王力洪の野郎がなんか知ってるに違いない。行くぞ」

「行くってどこに？」メアリーは男の強引な態度が気に入らなかった。

「決まってるだろ？　王力洪のところさ。連絡先だって知ってる。警察が動かないなら勝手に話を聞きに行くよ」

男は単純で、何も考えていないようだった。だが、何もしてくれなそうな警察よりも頼りになるかもしれない。

「ちょっと待ちなさい。勝手にそんなことするんじゃない。余計な問題を起こすだけだぞ」話を聞いていた警官が男を止めようとした。

「勝手なことするな、って言ったって王力洪とは知り合いだ。あんたたちに知り合いに電話するのを止める権利はないだろう。さっきまで何もしようとしなかったくせに」

男は受付から離れて行って、スマホをポケットから取り出した。メアリーはなんとなく男についていった。

「おう、王さん。今、電話大丈夫かい？　ちょっと会って話したいことがあるんだけど、今どこにいる？」

男の話し方は乱暴だった。探りを入れるにしてももっと頭を使えと言いたくなる。何も考えていないのだろう。王力洪が事件を起こしたなら、本当のことを言うはずがないじゃないか。

「え？　マジで？　今？　なんで？」男は馬鹿みたいに大きな声をあげて、メアリーの方を見た。

「分かった。また連絡する」男は通話を切ると、何かを考えているようだった。

「ちょっと、なんだったのよ？　説明してよ」メアリーは男の腕を軽く小突いた。

「あいつ、今どこにいると思う？」

「そんなの分かるわけないじゃない」男の態度はいちいち癪に障《さわ》る。

「ヒントはだな、すぐ近くにいる。この建物にいるらしいぞ」男は笑みを浮かべた。改めて見直すと、清潔感はないが男らしい顔つきだった。頭は悪そうだが、この男と一緒にいればうまくいくような不思議な感じがした。

「ところで、俺は徐　春洋《シューチュンヤン》だ」

「メアリーよ」まだ本名を名乗る気にはなれなかった。

「どうだ、一緒に王力洪のやつを驚かしに行くか？」徐春洋はいたずらっ子のように歯を見せて笑った。

「いいわね、楽しそう」

王力洪はエレベーターを降りてすぐの喫煙室にいた。さっきまで警察官と話していたが、どうしても煙草が吸いたくなったらしい。そのお陰でメアリーたちは誰にも邪魔されずに彼と話をすることができた。

王力洪と会ったら「あの子に何したのよ！」と詰め寄るつもりだったが、いざ本人を前にすると、メアリーのそんな気分は消し飛んでしまった。王力洪は力なくパイプ椅子に座り、今にも泣きだしそうな表情だった。

王力洪は自ら公安局に来た。だが、それは罪を自白するためではなかった。

王力洪は日本人二人組に襲われたというのだ。

二人組の日本人は彼が家を出た隙に、リビングの窓を割って家に侵入した。彼の家にはセキュリティ機器が設置してあった。警備会社と契約していたわけではなく、徐春洋が設置したもので、誰かが侵入すると彼のスマホに通知が来るようになっていたのだ。彼は誰かが家に侵入した可能性に気が付いて、すぐに戻った。彼は男たちに襲われ、後ろから殴られて気絶してしまった。目が覚めたのは夜中で、妻がいなくなっていた。男たちに襲われる前に彼らが話しているのを聞いていて「そうこ」という日本語だけ聞き取れた。彼はそれが自分の会社の倉庫のことだと思い、すぐにバンで会社の倉庫に向かった。だが、倉庫をいくら調べても何もなかった。それで公安局に来たという話だった。

王力洪は煙草を吸いながら話し、いかにも落ち着かないという様子で貧乏ゆすりをしていた。

王力洪の話が終わると、煙を排出しようとする換気扇の強い唸り声が喫煙室に響いた。

「そんなの嘘よ。だって、張月があんたから暴力を受けてるって聞いたから、助けに行ったんだよ」メアリーは王力洪の話を信じたくなかった。

「そうだ、君はあの二人と一緒に家に来たね。でも、僕が彼女に手をあげてるなんて、彼女から聞いたのかい？」

「いや、あの二人が言ってただけだけど。でも、彼女があんたと結婚した途端に誰とも連絡しなくなっちゃったのもおかしいじゃない。あんたがあの子を束縛してたんでしょ？」

「こんなこと言いたくないけど、妻は君のことをあんまり好きじゃなかったらしい。仕事の付き合いだからしょうがなく仲良くしてただけだって言ってたよ」王力洪は声のトーンを落として言った。

「そんなの嘘よ！」メアリーは大声をあげた。

「それに、君はあの日本人を信頼してるみたいだけど、騙されてるんだよ。昨日、家の前に彼らが手配した車が停まってたんだけど、運転手から話を聞いたよ。あいつらは俺の妻をさらったらそのまま空港に行くつもりだったんだよ。君にはそんな話をしてたかい？」王力洪は勝ち誇ったように言った。

「そんな……」

「その運転手の話も家の状態も、調べてもらえば嘘じゃないことが分かる。今から警察に捜査してもらう予定だよ。きっとすぐに指紋が出ると思うよ。どちらも手袋とかしてなさそうだったから。と言っても、日本の警察に指紋の照合を頼まなきゃならないかもしれないけどな。あの運転手のもとには戻らなかったみたいだけど、もしも海外に逃げられてたら捕まえるのは難しいかもしれない。まぁ、俺はあいつらのことはどうでもいい。妻さえ無事に戻って来てくれれば、それで満足だ」

王力洪の主張には説得力があった。まさかこんなに自信満々に嘘をつくことはないだろう。調べればすぐに本当かどうかが分かることばかりだ。それに引き換え、メアリーには藤浪と木下を信じる理由がなかった。彼らの話は最初から嘘臭かったし、正直に話していないように感じていた。

それでも信じるべきなのは王力洪よりも藤浪たちの方なのだとメアリーは直感的に思った。王力洪はどこか胡散臭《うさんくさ》い。

久しぶりに煙草が吸いたいとメアリーは思った。もう十年近く吸っていないので持ち合わせはない。王力洪に分けてもらうのは死んでもお断りだ。

「じゃあ、一つ聞きたいんだけど」徐春洋が口を開いた。

「昨夜、君が倉庫に向かっていた時に、町の様子で何か変なことに気が付かなかったか？」

「変なこと？」

「ああ、何か気づいたことはなかったか？」

「すまん、あの時は妻のことしか頭になかったから、何も気が付かなかった。町の景色なんて見てる余裕はなかったよ。ＵＦＯが降りて来ても気が付かなかっただろうな。何かあったのか？」

「いや、つまらないことさ。変なこと聞いてすまなかったな。奥さん、無事だといいな」

徐春洋は王力洪の肩に優しく手を置いた。メアリーは悔しさで下唇を嚙んだ。

ガチャリと音がして、喫煙室の扉が開いた。

「随分と長い一服じゃないか？　心配したぞ」制服を着た男が王力洪に話しかけた。

「すみません。偶然、友人と会ったもので」

「まぁ、いいさ。大変な目にあったんだから、気持ちを落ち着かせられるなら、それが一番だ。今、君の家に捜査班が向かっている。君が言っていた通りなら、すぐに犯人は分かるだろう」警官は王力洪の肩に優しく手をのせて言った。

「ありがとうございます。犯人はすぐに分かりますよ。新たな手がかりが見つかりましたから」

王力洪が冷静に放った一言は警官を驚かせた。

「なんだって？　どういう意味だ？」

「そこにいる女性は犯行の前日に、犯人の二人と一緒に家に来たんです。彼らの連絡先を知っているはずです。ですよね？」王力洪の視線を浴びて、メアリーはドキリとした。王力洪にゆさぶりをかけるつもりでここまで来たのに、いつの間にか自分が容疑者の仲間として扱われることになってしまった。

「はい、そうです。二人は藤浪と木下という名前です。いや……、私にはそう名乗りました」

「なるほど、では話を聞かせてもらうこととしましょう」警官の視線は鋭かった。

「え？　ちょっと待ってよ。嘘でしょ？」

「取調室までご同行願えますか？　すぐそこの部屋ですから安心してください」

警官の言葉は柔らかかったが、有無を言わさぬ圧力があった。

「分かったわよ。いいけど、ちょっとだけ待って」メアリーはスマホを取り出すと、自分の連絡先を徐春洋に見せた。

「もうあんたしかいないから、なんとかしてよ。何か分かったら連絡して」

「分かった」メアリーが見せたスマホの画面を写真に撮るだけの余裕しか徐春洋にはなかった。

徐春洋が王力洪の家に着いた時には、すでに人だかりができていた。パトカーが何台も家の前に停められており、多くの警官が家の中にいるようだった。門の外からは、警官が家の周りの靴跡を調べているのが見えた。

「おい、聞いたかい。王さんが外国人に襲われたらしいぞ」

警察に止められるまで現場に近づいた徐春洋に、周じいさんが後ろから話しかけた。町の人たちが遠巻きに警官たちの仕事を見守っていた。こんな田舎の町で凶悪な犯罪なんて何年も起きていない。いい見世物だ。

「奥さんも攫《さら》われたってよ。信じられない話だなぁ」

「全くだ。本当に何が起きたのか、さっぱりだ」

なんとかしろとメアリーに言われたが、これほど警官がいては自分には何もできない。いや、警官がいなくても自分にできることなど何もないじゃないか、徐春洋は心の中で毒づいた。自分はいったい何をしようとしてるんだ。

「ところで、うちの電化製品はもう大丈夫なのかい？　あんなことがあったから、心配になっちゃうよ」

周じいさんに面倒なことを聞かれて、徐春洋は苛立った。

「大丈夫だよ。だいたい、夜中に起こされたこと以外、何の被害もないんだから、そんなに心配することもないだろ。あんたのとこの息子がバカ騒ぎして皆を起こしたことの方が多いじゃないか」徐春洋が言うと周じいさんは大きな声で笑った。

「まったくだ。バカと爆竹は相性が悪い。まったく、あいつはろくなことをしないよ。ところで、王さんの事件とハッキングと、なにか関係があるのかな?」

「さあね。それも警察が調べてるだろうさ」徐春洋は軽く言った。

ここでできることはない。

王力洪は事件の後に倉庫に向かったと言っていた。それは事実だろう。田舎とはいえ、このあたりも監視カメラが多いから車の移動に関しては嘘がつけない。

であれば王力洪の倉庫には何かあるはずだ。

いや、何かではない。何があるかは分かり切っている。三人の遺体だ。

王力洪が自分から公安局に来ているということは、逃げ切る自信があるということだろう。

王力洪の家のネットワークを組んだのは自分だが、倉庫に関しては別の業者を雇っていた。自分が現場に行っても、できることは何もないだろう。

だが、行かないわけにはいかない。後でメアリーに連絡しなきゃいけない。倉庫には行ってないなんて報告はできない。彼女を怒らせたくなかった。

でも、また彼女に会いたいとは思っていた。偶然の成り行きとはいえ、連絡先をもらえたのは嬉しかった。徐春洋は車を走らせた。

王力洪が経営している運送会社の倉庫は、杭瑞高速道路沿いにある。高速道路の出口近くで、都市への交通の便がいい。そして四方を山々に囲まれているだけあって、死体を隠す場所にも困らない。

近所の人々の働き口になっていると聞いてはいたが、下道に降りる際に見えた倉庫は思っていたよりも大きかった。

当たり前だが、倉庫の前にもパトカーが二台ほど停まっていた。念のため倉庫を確認するのだろう。だが、警察は王力洪を本気で疑っているわけではない。これほどの山の中で遺体を捜索するのなら、十倍の人数がいても足りないくらいだ。

藤浪と木下が張月を誘拐して逃げている。警察はそう考えているだろう。メアリーを信じきっている訳ではないが、どうも王力洪は怪しい。本当に彼が被害者であるなら、襲われた後、意識が戻った時点で警察を呼ぶのが普通だ。気が動転していた、というのは言い訳として通らない。

警察が王力洪に疑いの目を向けるような証拠は何一つない。それを一人で探さなければならないのだ。考えるだけで頭がくらくらする。だが、徐春洋は諦めなかった。メアリーのためにも、全力を尽くさなければならない。

徐春洋は道路の脇に車を止めると、森を眺めまわした。遺体を隠してありそうな場所、なんらかの痕跡を探さなければ。王力洪一人で三人の遺体を運んだとなるとかなりの力仕事だ。道路からそれほど奥までは行っていないはずだ。

とはいえ、この森の中を隅々まで探すのは不可能に思えた。

●

何も見えない。完全な真っ暗闇だ。

目隠しされたのは覚えている。目隠しの隙間から差す光すら全くない。恐らく暗い部屋に閉じ込められているのだ。

足の骨が砕けているようで、酷い痛みが絶え間なく続いている。

助けを呼びたいが猿ぐつわをかまされているので、呻き声しか出せない。聞こえるのは誰かの呻き声だけだ。私と木下だけではない、もう一人いる。それが誰だか確かめる術はない。同じように王力洪に監禁されている者、恐らく張月だろう。

まだ殺されていないのだから、希望はある。そう思いたかったが、すでに何時間も縛られて床に転がされているのだ。苦痛が思考を蝕《むしば》む。恐怖が感覚を麻痺させる。

同じように監禁されている者の隣に行ければ、お互いに助け合えるかもしれない。身体を力の限り揺さぶってみたが、少しも体勢を変えられず、かえって痛みが増しただけだった。

それでもそこにいるのが張月かもしれないと思うと諦められず、無理をして身体を一回転させた。痛めた足を床に打ち付け、私は苦しみのうちに意識を失った。

部屋が明るくなり、目隠しが外された。眩しさに目が慣れると、すぐ近くに王力洪が見えた。彼は、恐ろしいほどに冷静な表情を保っていた。辺りを見回すとそこは狭く、薄汚れた部屋だった。右隣に木下が、左に張月が同じように身体を拘束されて倒れている。

意識を失っている間に、身体が冷え切ってしまったようで、ガタガタと震えた。

私が目覚めたことに王力洪が気付くと、私の猿ぐつわを外し、口に何かを押し込んだ。そしてまた猿ぐつわをかまされた。口に入れられたものを吐き出そうとしたが、遅かった。毒か何かだと思ったが、それは意外にも飴《あめ》だった。甘く滑らかな口どけが、ささやかながら安心感を与えてくれた。

王力洪は私たちの様子を確認すると、すぐに近くの椅子に座りスマホをいじり始めた。私は隣の張月を見た。彼女と視線が合い、自然に涙が流れた。

まだ私たちは生きている。

私は自分の意志を強く保つため、心の中で何度もそう唱えた。

私は生きている。私たちはまだ生きている。

しばらくすると王力洪が立ち上がり、張月の猿ぐつわを外して、持っていたペットボトルから水を少し飲ませた。彼はそのあとで私にも同様に水を飲ませた。私たちは猿ぐつわから解放されたが、勝手に喋ったら問題になることは明らかだった。今はまだ黙っているべきだ。木下はまだ気を失っているようで、ぐったりして水が飲めない状態だったため、そのまま放っておかれた。

王力洪はまた椅子に座り、床に転がる私たちを見下ろした。足を組んで座っている彼の靴底が、大きく見える。

彼が張月に何かを言った。

「彼はあなたと話したがってます。私が通訳をします」張月が英語で話した。彼女の声は少し奇妙に聞こえた。自分の声を外側から聞くのは、変な気がする。私はこんな状況であるにもかかわらず、彼女と言葉を交わせることが嬉しかった。だが、そこに自由はない。あくまで王力洪との仲介に過ぎない。

「あなたは誰ですか?」張月が王力洪の言葉を伝える。

「藤浪隆、日本人でタイダルという会社の経営者です」

王力洪は少しの間スマホを弄って、私の顔をじっくりと見た。恐らくタイダルのサイトのCEOメッセージでも見ているのだろう。ウェブサイト上で自信満々に腕を組んでいる男が、今ここで惨めに這いつくばっている男と同一人物であることを確認しているようだ。

「あなたと私、張月はどういう関係ですか?」

「私は中国の古美術に興味があって、渓冷印社で働いている彼女と知り合いました。彼女を通していくつか作品を購入しました」私が言うと、彼女は少しの間、困惑したかのように見えた。

彼女が私の言葉を王力洪に伝えると、彼は立ち上がり、彼女の脇腹を蹴った。彼女はもだえ苦しみ、先ほど飲んだばかりの水を吐き戻した。

「すみません……、私は彼に別のことを伝えました」張月は呼吸を取り戻すと言った。

「昨日、私は彼に学生時代の友達だと伝えましたから、その通りに言い換えました。彼はスマホの翻訳アプリを使ってあなたの言葉を翻訳してました。あなたと私の言葉の違いに気づいたみたいです」

私たちの関係、と言われても本当のことを言っても信じるはずがない。こんな状況じゃなくても信じがたい内容なのだ。

どう言うべきか考えあぐねていると、王力洪は質問を変えた。私たちの関係性は、彼にとっては重要な問題ではないのだ。

「目的はなんですか？」

「あなたが張月に暴力を振るうのを知ったから、助けようと思いました」

張月は私の言葉を聞くと、今までとは違う涙を流した。

次の質問は避けようがなく、そして答えようがないものだった。それを私も張月も分かっていた。

「なんで王力洪が張月に暴力を振るっていると分かったのですか？」

私はメアリーに言った嘘を繰り返そうと思ったが、通じるはずがないことに気が付いた。

私が、張月が誰かにメールを送れるはずがないのだ。スマホもない、パソコンを触ることも許されず、勝手に家を出ることさえ王力洪に禁じられていた。王力洪は外からの侵入に備えてセキュリティ機器を取り付けたのではない。私を監禁するためだ。

「急に連絡が途絶えたから、心配になって会いに来ました。昨日、玄関で会ったときに、あなたが暴力を振るっていると聞きました」

もちろん、嘘だがこれ以外に筋が通る説明ができない。

王力洪は張月の返答を聞いて、しばらく考えこんだ。そして何も言わずに部屋の奥へ行って、タオルを持ってきた。

彼は何も言わずに私を仰向けに転がし、その上に馬乗りになった。彼が何をしようとしているのか、分からなかったが嫌な予感がした。彼は私の顔にタオルを被せると、そのタオルにペットボトルの水を掛け始めた。

最初は何をしているのか、さっぱり分からなかった。顔に掛かる水が冷たく、不快だったが、さっき脇腹を蹴られた張月に比べればなんでもない。王力洪は何をしようとしているのだろう。

次の瞬間、死の恐怖が全ての感覚を奪った。突然呼吸ができなくなった。

溺《おぼ》れたとしか思えなかった。タオルに水が沁みわたると、口の周りに水の膜があるのと同じだった。

私はパニックを起こした。叫ぼうとしても呼吸ができず、空気を吸おうとすればするほど苦しみが倍増していった。無我夢中で全身を動かそうとしたが、拘束されている上に王力洪に動きを封じられている。

このまま死ぬのだ。

そう思った時、王力洪は私の顔からタオルを外した。

私は必死に口を開け、肺に空気を送った。

彼はいつでも私たちを殺すことができるのだ。それも、驚くほどに容易《たやす》く。

王力洪が張月に何かを怒鳴りつけ、彼女は泣きながら怒鳴り返した。

私たちにできることなんて何もない。張月も諦めて私に語り掛けた。

「あなたは嘘を言っている。もう一度聞きます。なんで王力洪が張月に暴力を振るっていると分かったのですか?」

嘘を言ったら、またあの拷問を繰り返される。まさかこんな場所で溺死《できし》する可能性があるなんて、思いもしなかった。長い説明を聞いてくれるとも思えなかった。だが、何か言わなくては。

「私にはテレパシー能力があって、張月が苦しんでいる姿が見えたんです」

思わず口にしたことだが、あながち間違いでもない。たしかにそれはテレパシー能力のようなものだったし、彼女が苦しんでいる姿を実際に見たのだ。

張月が私の言葉を訳すのを躊躇っていると、王力洪は笑い出した。どうやら翻訳アプリで私の言葉を理解したらしい。彼は張月に何かを訊ねるように言うと、彼女はそれを肯定したようだった。

「テレパシー能力があるなら、それで助けを呼べばいいと言ってます」

王力洪は笑いながら言葉を続けた。

ここは王力洪の会社の倉庫の地下で、彼以外の誰も存在を知らない部屋なのだという。すでにメアリーが藤浪と木下が行方不明だと言って、王力洪が犯人に違いないと訴えたそうだ。もちろん、この倉庫も警察が来て捜査が行われた。そして何も見つからなかった。

王力洪の容疑は晴れており、今は藤浪と木下の不法侵入、王力洪への暴行、張月の誘拐で警察が行方を追っている。

「もちろん、あなたたちが見つかることはない。だが、あなたたちが本当のことを言っていないから、まだ殺さない。本当のことを言うまでは拷問を続ける」

王力洪はそれだけ言うと部屋の電気を消し、外に出て行った。

ドアを閉める音は重く、身体を揺らすように感じられた。

私たちは世界から隔絶《かくぜつ》されてしまったのだ。

極限状態にあった緊張が途切れ、私はそのまま眠りについた。


激しく咳き込んでしまい、私は眠りから覚めた。真っ暗な部屋は黴臭《かびくさ》く、湿っている。どれだけ長い間、寝ていたのだろうか。

「藤浪さん、起きてますか？」張月の声が聞こえた。

「ええ……」私の声は擦れ、また咳き込んだ。もしかしたら、寝てる間に埃か何かを飲み込んでしまったのかもしれない。その時に、思い出した。王力洪が最初に私に飴を舐《な》めさせたことを。この部屋に何時間もいると、喉の状態が悪くなるのだろう。私と木下が監禁される前から、彼女は監禁されていたのかもしれない。同じように何時間も拷問されていたのだろうか。そう考えると胸が痛んだ。

「そのまま聞いてください。あなたが来てくれて、本当に嬉しかったです。あの時は、夢でも見てるんじゃないかと思って信じられませんでした。それに、あの印章……。あの刻面に触れて、分かりました。あなたも私のことを全部知っているんだって。私があなたのことを知っているように」

聞きたいことが山ほどあった。だが声にならなかった。私も同じ思いだったのだ。張月と、私自身と会えるとは思っていなかった。あの印章を受け取ってくれた時に、私たちは全て分かり合えたのだ。

「あなたが私を助けに来てくれたのだと、さっき言ってくれた時に、私は救われた気がしました。毎日苦しみながら、でも彼じゃなくて自分を責めてた。自分がいけないんだって。でもあなたが助けに来てくれた。本当にありがとうございます。でも、こんなことになってしまって……。ごめんなさい……」

「あなたのせいじゃないです」私は何とか言葉に出した。

「本当だったら自分一人で逃げるべきだった。でも、いつのまにか逃げられなくなってた。私は自分が何のために生きているのかも分からなくなっちゃって。そんな時にあれを見つけたの。あなたが作って、なぜか劉項が持ってたカチューシャ。劉項のことが懐かしくて、すぐに頭に着けたの。そしたら、あなたの夢を見た」

「やっぱり、あなたも！」私は思わず大声を出して、喉を痛めてしまった。喉を休めようにも、唾も出て来ない。

「時間だけはありますから、ゆっくり聞いてください」張月は不自然なほどに落ち着いた調子で喋った。もう助かることを諦めているのかもしれない。

「最初はなんだかわけが分かりませんでした。小さい男の子の夢を見て、違う国の知らない人のことなのに、ずっと昔から知っていたことのように思えました。それがすごく楽しかったんです。王力洪との暮らしの中で、唯一の楽しみになりました」

張月は嬉しそうに話した。もちろん辺りは真っ暗で何も見えないのだが、彼女の、私の笑顔が見える気がした。

「日本の学校に通って、会社で働いて。木下さんと会社を立ち上げて。会社が上手くいきそうになって、自分が誰よりも優れてるように思えた次の日には、立ち直れないほど落ち込んで。私とは比べられないほどに、波乱万丈な人生でしたね。私はあなたを通して、別の人生を体験しました。命をもう一つ与えられたような気がしました」

一転、張月は涙ぐみながら話した。私には、彼女のことがよく分かった。本当に、新しい人生を歩むことになったのだ。

「何よりも嬉しかったのは、聡美さんとの出会いでした。いつも彼女があなたを支えてくれてた。それなのにあなたたちはお互いに愛してるってちゃんと言わないから。忙しいとか、そんなの、全然言い訳にならないのに。聡美さんだって本当はあなたのことを大事に思ってるはずなのに何も言わないから、すれ違っちゃうのよ。日本人って本当に不器用ね」張月が鼻で笑った。

「ここから出られたら……」張月は祈るように言った。

「ちゃんと彼女に愛してるって言うのよ。分かった？」

「それは、もう遅すぎますね」私は苦し紛れに言った。

どうせ出られないのだから、適当に言っておけばいいものを。だが、せっかく会えた自分自身に嘘はつきたくなかった。張月は軽く笑った。

「そんなことない。愛してる人に気持ちを伝えるのに、遅すぎるなんてことはない。これだから日本人は」張月はため息をついた。

こんな状況にもかかわらず、私たちは友達同士の恋愛話のようなくだらない会話を楽しんだ。いや、こんな状況だからこそ、会話を楽しみたかった。

「でも、ずいぶん前に彼女は家を出ちゃったから。もう私のことなんてなんとも思ってないかも」

「え？　聡美さんが家を出たの？　なんで？　何があったの？」

張月は私の言葉に驚きを隠せないようだった。私にとって張月の新しい記憶が朧げなように、彼女も藤浪の新しい記憶を〈同期〉できていないのだろう。言い出しづらい話題だが、なんとか言葉にしようと試みた。

「あなたが藤浪の記憶を辿《たど》って新しい人格を得たように、私もあなたになりました。私にとって藤浪隆は、私ではないただの別人にすぎませんでした。聡美さんも、赤の他人です。聡美さんは何か勘違いをして家を出て行ってしまいました。それからは何の連絡もしてません」

私の言葉がよほどショックだったのか、張月は黙ってしまった。

先ほどまでは楽しい雰囲気だったのに、気まずい沈黙が訪れた。

「あの、ちょっと分からなかったんですけど、今のはどういうことですか?」張月は困惑しながら言った。

「あなたが私の夢を見たように、私もあなたの夢を見ました。そして私が張月になった後、聡美さんと縁が切れてしまったんです」

私が言うと、またしても張月は黙ってしまった。

「あの時は自分に何が起きているのか分かってませんでしたし、聡美さんのことを大切にするような余裕がなかったんです。今思えばあの時も、もっと優しく接するべきだったとは思いますが」

私は黙ってしまった張月が心配になった。

私が聡美さんと別居したことがそんなにショックだったのだろうか。

張月の次の言葉は私の胸を貫くものだった。

「あの、藤浪さん……。あなたが私になった、ってどういう意味ですか?」

「え?」張月の言葉についていけなかった。

「あなたは藤浪さんですよね?」

私には返す言葉がなかった。

私が張月になったように、張月も私になったのだと思っていた。

どうやら違うらしい。

ここには張月が二人いる。そして私の身体は張月のものではない。
一体、私は誰なのだ？
今すぐに木下と話したかった。
だが彼に意識はなく、熱に浮かされたような呻き声を時折あげるだけだった。

6　下弦の月

半日かけて、何の収穫もなかった。すぐに何かが見つかるなんてことは期待してはいなかったが、それでも悔しかった。無力感に苛まれながら、徐春洋は町に向かって車を走らせた。

山道を抜けて高速を降りた時にはすでに午後八時を過ぎていた。あんまり遅くならないうちに、と思いメアリーに電話をかけた。なんの成果もなかったという報告をするのは気が重かった。徐春洋の報告を聞いたメアリーの反応は薄かった。

「別にあんたが一人で簡単に解決してくれるなんて期待してないわよ。それより、こっちは今まで公安局に閉じ込められてたんだから！　信じられないわよ。次から次へと何人も警官が入って来たかと思えば、同じことばかり聞くの。何度同じ話を聞かせたか、分からないわよ。まだご飯も食べてないの。最悪の気分よ。あんた、こっちまで来れる？」

メアリーに呼ばれるまま、徐春洋は公安局の近くまで車で迎えに行った。一緒に火鍋屋に入ると、二人ともお腹いっぱい食べるまでメアリーの愚痴《ぐち》が止まることはなかった。余程、腹を立てていたらしい。

「結局、私は二人に騙されてただけで、藤浪と木下の二人が張月を誘拐して逃げたってことで捜査が続けられるみたい。まったく、本当に馬鹿ばっかりね。悪いのは王力洪で間違いないのに」

「でも、状況証拠からすればそれが一番シンプルな見立てじゃないかな。俺は藤浪にも木下にも会ってないから分からないけど、彼らが王力洪の家に侵入して襲ったのは確かなんだろ？」

「そうよ。張月を助けるためにね」

「で、張月を助けた後はそのまま海外に逃亡しようとしてた」

「そうね。私は知らなかったけど、でも王力洪から逃げるならそれぐらいした方がいいって判断したんだよ。今なら彼らが正しかったって分かるよ。状況がどうかってことじゃないよ、誰を信じるかだよ」メアリーは力強く、不合理なことを言った。

「あんたは普段の王力洪と張月を知ってたんでしょ？　どう思う？」

徐春洋はメアリーに正面から見つめられて、一瞬ドキッとした。だが、今はそんなことを考えている場合ではない。

「彼らは……、普通の夫婦だったよ。まわりの皆がそう思ってたと思う。張月とはあまり話したことがないけど、王力洪とは仲良くしてた。あいつはしっかりしてるし、会社もうまくいってるみたいだから信用できる奴だと思ってたけど……」

王力洪に不審なところなどなかった。いい奴だと思っていたくらいだ。

だが、一つだけ思い当たることがあった。

グレゴリーが町に来た初めての日、黄さんの家で王力洪と張月を撮った写真のことだ。今まで忘れていたが、あれはたしかに違和感を覚える一枚だった。自分の妻を睨む王力洪と、彼を恐れるような表情の張月。

「いや、やっぱり王力洪は信じられないかもしれない。というより、俺は君を信じるよ」徐春洋はメアリーを見つめた。

メアリーは嬉しそうに笑うと徐春洋の背中をバシッと叩いた。

「そうこなくちゃ！　明日は一緒に倉庫の周りを調べよう。私も会社休んで行くよ」

「大丈夫なのか？　急に休むなんて」

「平気だって。まだ有給はいくらでも残ってるし。それにあんた一人じゃ頼りないでしょ？」メアリーは笑いながら言った。

翌朝、メアリーの泊っているホテルの前で待ち合わせて、王力洪の倉庫に向かった。

このまま死体が見つからずに、何日かメアリーと過ごせればいい。

助手席のメアリーを見ながら一瞬そう考えてしまった自分を、徐春洋は反省した。

彼《かれ》らは生きている。メアリーはそう信じているのだ。

「早く見つけてやらないとな」

「うん。あの子たちは、きっと私たちのことを待ってると思う」

杭瑞高速に乗る頃には、雲が厚くなっていた。まだ朝なのに、辺りは夕方のように暗い。天気予報では午後から雨が降るということだった。二人とも長靴を履き、雨具を用意していたが、雨が降れば捜索は困難になるだろう。

「雨、降らないと助かるんだけどね」

二人の期待をよそに、下道に出る時にはポツポツと雨が降り始めた。


雨は執拗《しつよう》に降り続け、歩けばぬかるみに足をとられそうになった。ただでさえ状態の悪い山道を歩くのは苦労した。視界も悪くなっており、泥と下草の中を懐中電灯で照らし続ける作業に徐春洋の神経はすり減っていた。

もともとメアリーと二手に分かれるつもりだったのだが、王力洪に見つかったらどうするつもりなのかとメアリーに問われ、一緒に捜索することになった。とは言っても、二人とも何を探しているつもりなのか分からなかった。

雨の中、それも山道を歩き続けるのは骨が折れた。動き続けていれば汗をかき、風が吹けば嫌な寒気がした。

「なぁ、大丈夫か?」徐春洋はすぐ前のメアリーに声をかけた。

「俺一人で探してるから、車で休んでてもいいんだぞ」

メアリーは徐春洋の方を振り向くと、睨みつけた。

「次にそれ言ったら、殴るからね」

「君のことを心配してるんだよ」

「そんなの分かってる。私だってこんな最悪なことしたくないよ。でも仕方ないでしょ。イライラするから話しかけないで！」

すでに午後三時を回っていた。一旦車に引き上げて昼食をとったが、そのあとは休んでいない。最初は少しばかり話をしていたが、そのうちお互いに口を開く気力さえなくなってしまった。メアリーに話しかけても、きつくあたられるばかりで、もう二時間もこんな調子だ。

高速から一般道路に降りて、王力洪の倉庫まで車で走れば十分もかからない。だが道路脇を照らしながら少しずつ進んでいると、いつまで経っても、倉庫までたどり着けなかった。

あの日、王力洪が倉庫まで来たのには意味があるはずだ。倉庫内は警察が捜査をしていた。もちろん、言い訳程度の形だけの捜査だろう。だが、そこに至るまでの山道は捜索していない。

今日は限界かもしれない。身体が冷え切ってしまった。これでは二人とも体調を崩してしまう。だが、帰ろうと伝えるのが怖かった。メアリーは倒れるまで探し続けるつもりかもしれない。

そろそろ引き上げよう、そう言おうとした瞬間に、後ろから大きな音が聞こえてきた。車が一台、こちらに向かって来ているのだ。徐春洋はメアリーに声をかけて、二人で木の陰に隠れた。

倉庫に向かったのは王力洪のバンだった。事件のために仕事を休みにしているのか、普段はたくさんいるはずの従業員も昨日と同様に来ていなかった。通り過ぎて行ったからには、恐らく二人にも気が付かなかったはずだ。車も草むらに隠すように停めて、目立たない色のシートで覆っていた。

「やっぱり何か隠してるんじゃない？　そうじゃなきゃ来ないでしょ？」

「そうかもしれないし、そうじゃないかもしれない。下手に近づいて見つかったら厄介なことになると思う」

メアリーは少し考えていたが、やがて同意してくれた。徐春洋はメアリーなら何も考えないで王力洪に突撃していくのではないかと、少し心配していた。

たとえ王力洪の後を追っても、倉庫の敷地《しきち》前に門があるので、そこから先には進めないだろう。

どれだけ二人が時間をかけようとも、何の意味もないのかもしれない。

疲れと焦燥感は、無力感に変わっていった。


「あの、あなたは藤浪さんですよね？　私になった、っていうのはどういう意味ですか？」私が答えに困っていると、張月が質問を繰り返した。

「そのままの意味です。私はあなたの、張月の記憶に触れました。藤浪の身体に、張月の記憶が流れ込むのと同時に、意識もこちらに移されたのだと思ってました。私は自分のことを張月だと思ってます。同様に藤浪の意識があなたの、張月の身体に移っていたものと。違うんですか？」

これからも拷問が続くのだろう。殺されるのも時間の問題だ。

それなのに、私は張月の返事を同じくらい恐れていた。

「すみません。何と答えたらいいのか。でも、私が経験したことは違うみたいです。私は藤浪さんの夢を見ました。それは普通の夢とは違ってとても鮮明で、実際に体験したように思えました。ですが、どれだけ感覚や意識を共有できていても、それは良くできた映画を見ているようでもありました。私は、自分が藤浪隆であるとは思いませんでした」

私は自分の心が砕ける音を聞いた気がした。

私が張月でないとしたら、私は誰の人生を生きているというのだろう。

私が誰でもないのだとしたら、生きていることと死んでいることに何の違いがあるだろうか。

「私は……」

言葉を紡ごうとしたが、何も言えなかった。

頬を伝う涙が、誰にも見られることのない涙だけが、私の混乱した気持ちに形を与えられた。

「私は中国に来て、劉項のお墓参りをしました。彼のために沈先生の書を燃やしたんです。彼の魂のために。それから、母の料理を食べて涙しました。あなたが誰であろうと、あなたがどう思おうと、私も……、私も張月です」

「それに、メアリーと一緒に来てくれましたからね。きっとあなたも張月なんでしょう」彼女はあっけなくそう答えた。私の主張をあまりにも平然と飲み込んでしまったので、私は茫然としてしまった。

「変だと思わないんですか？　気持ち悪いと思わないんですか？」

「そんなこと、絶対に思いませんよ。私を助けに来てくれたんですから。私はあなたが誰であろうと、あなたを信じますよ」

彼女はあっさりと言ってのけた。私にはそれが嬉しかった。

「それに、自分が二人いればいいのにって、思ってましたから」彼女は楽しそうに笑った。

「あ、そう。ピアノの練習が嫌だった時に」

「そうそう！　やっぱりあなたも私なの！　なんか不思議ね」

彼女の嬉しそうな声が聞こえて、救われた気がした。

「さっきまで、私はもう死ぬんだって思ってた」張月が言った。「ここで王力洪に殺されるんだって。それでいいと思ってた。つらいだけの人生だったもん。でもね、やっぱり生きていたいって今は思う。あなたと出会えたから」

「うん、私も同じ気持ち。今まで自分が誰なのか分からなかった。こんな気持ちは誰にも分かってもらえないと思う。でも、あなたに会えて分かった。私は私。それでいいんだって。生きていたいね」

絶望的な状況は変わらなかったが、私たちの気持ちは変わった。まだ生きていたい。誰かに支配される人生なんてごめんだ。このまま殺されてたまるか。

「きっと、今にメアリーが助けてくれるはず。彼女は私と木下のことを信じてくれたみたいだから」

「そうそう。メアリーは簡単に諦めたりしない。あなたたちがメアリーと一緒に来てくれて、本当に良かった。そういえば、メアリーには何て言ったの？」

「張月の友達で、彼女を探してるってメールを出したの。通訳をしてくれたらいい報酬を出すって書いたら引き受けてくれた」

「メアリーらしいね」

「それにね、最初に会った時にメアリーったら私に色目を使ってきた」

「うわあ、ありえない。メアリーって本当に惚れっぽいんだから」

私たちはとりとめのない話を続けた。

私たちは言葉に出さなくても、同じ気持ちでいた。

絶対にこんなところで死なない。王力洪を許さない。

もちろん、私たちには何もできることはなかった。メアリーだけが頼りだった。


私たちは助けを待つ間、お互いの昔話をした。お互いの人生を知り尽くしているのだ。恋人や友人とは全く違う。それは文字通り、自分だった。鏡を見ても、そこには自分の姿があるだけだ。今、私たちはお互いに自分の心、魂と直接話をしているのだ。

不思議なことに、お互いの話が微妙に異なることがあった。よくよく考えてみると、それらは自分が忘れようとしていることや、隠したいと思っていることだった。

張月と話していると、自分の人生の全てが肯定されるように感じた。これまでの人生の間違いや後悔、抱いた自責の念が全て緩やかに解きほぐされていく。

私たちは喋り疲れ、眠りについた。こんな状況ではあるがなぜか落ち着きを取り戻し、居心地の良さすら覚えた。身体は傷だらけで身動きすらとれない状態だったが、今まで感じたことのない解放感で、心は満たされていた。

それは王力洪が来ても変わらなかった。

遠くから足音が近づいてきて、古い扉が開く時に鉄が擦れあう耳障《みみざわ》りな音がした。部屋の明かりが点けられ、彼は静かに私たちの方に歩いてきた。彼は大きなビニール袋を持っており、その中から美味しそうな匂いが漂っていた。

彼は何も言わずに私たちの前の椅子に座ると、どこからか運んできた段ボール箱の上に料理を並べて食べ始めた。何を食べているのか見えなかったが、甘辛く炒めた肉の匂いを嗅《か》ぐと、自然と唾が出てきた。もぐもぐと何かを頬張《ほおば》る彼の咀嚼《そしゃく》音を聞いていると、私のお腹が鳴った。

私たちが閉じ込められてからどれだけの時間が流れたのか、全く分からない。だが、もうどうしようもないくらいにお腹が減っていた。

彼はスマホを眺めながら、ゆっくりと食事をした。やがて食べ終わると張月に話しかけた。

「私たちの分の料理も用意してあるそうです。私たちを殺したいわけではない、本当のことを知りたいだけだと言ってます」

そんな言葉が信じられるわけがない。私たちから納得のいく答えを引き出せたら、後は私たちを処理するだけだろう。そうは分かっていたが、食べたい気持ちを抑えるのは、痛みをこらえるのと同様に苦しかった。

「なんで王力洪が張月に暴力を振るっていると分かったのか？　なぜ、キャリアを捨ててまで、自分で助けようとしたのか？」

本当のことを話しても信じてもらえないだろう。とは言え、説得力のある嘘をついても、結局のところ行きつく先は同じだ。どうせ殺されるのだ。

問題は私たちがどれだけ耐えられるのか、助けは来るのか、その二点だった。

張月と気持ちが通じ合ったことで、精神的には王力洪に負けない強さを得たつもりでいた。

だが、実際に後どれだけ生きていられるのか、分からなかった。

◖

もはや辺りは真っ暗だった。懐中電灯が投げかける光の筋以外に、目に映るものはない。徐春洋は腕時計を確認すると、すでに七時を過ぎている。もう限界だ。

メアリーに声をかけようと、振り返った瞬間に彼女が足を滑《すべ》らせて泥道に尻もちをついた。

「大丈夫か？」徐春洋がメアリーのもとに駆け付けると、彼女は静かに涙を流していた。自分で立ち上がろうともせず、ただ雨に打たれたまま、自分の膝を抱えてうずくまっていた。

「もう帰ろう。今日できることはもうないよ。早く戻って身体を暖めないと、俺たちも倒れちまう」メアリーの腕に手を回して、立ち上がらせる。文句を言われるかと思ったが、メアリーはすっかり意気消沈しており、徐春洋に身体を預けるようにしなだれかかった。

「今日は頑張ったよ。もう休んで、また明日来よう」

メアリーは返事をせず、徐春洋の胸の中で泣いていた。徐春洋は彼女を抱きしめながら、虚しさを感じていた。彼女の肩が震えている。彼女の気持ちが治まるまでそっとしておいてあげたかったが、すぐにでも車に戻った方がいい。徐春洋は彼女を抱きしめたまま車に向かった。

車に乗って雨具を脱ぐと、身体が軽くなった。エンジンをかけて、暖房をつける。気の利いた一言でもかけてあげたいが、何も思い浮かばなかった。温かいお茶の入った魔法瓶と、食べかけのスナック菓子の袋を彼女に渡した。

早く町に戻ろうと思ったが、どうしても諦めきれなかった。このまま帰ったら、一生後悔しそうな気がした。とはいえ、どうすることもできないのも事実だった。

徐春洋が躊躇っていると、また後ろから車が来た。すでにエンジンをかけているので、隠れることはできない。バックミラーで確認すると、一台のパトカーだった。パトカーはすぐ隣で停まると、こちらの窓を開けるように身振りで示した。

「なんだ、またお前らか!」呆れたようにそう言ったのは、公安局の喫煙室で会った警官だった。

「あら、お巡りさん。奇遇ですね」徐春洋は笑顔でとぼけた。

「馬鹿にするのもいい加減にしろ。お前ら、こんなところで何してたんだ?」

「それを聞くのは野暮ってもんでしょ。暗がりで男と女がすることなんて一つしかないじゃないですか」

「笑ってられるのも今のうちだぞ。王力洪の家で見つかった指紋と、藤浪・木下が泊まっていたホテルの部屋で見つかった指紋が一致した。後は日本の警察に協力を頼むだけで、あの二人が犯人だってすぐに分かる。お前らがどう考えてるか知らないが、面倒なことをすれば、自分たちの立場が悪くなるだけだぞ」

「やだなぁ、二人で仲良く遊んでるだけだって言ってるじゃないですか。お巡りさんこそ、こんなところに何しに来たんですか？」

「指紋が一致したってことを王力洪に伝えに来たんだよ」

「それだけなら、わざわざ来る必要はないですよね？　だいたい、指紋が一致したからって、彼らがあの家に侵入したこと以外の何の証明にもなりませんよ。彼らが侵入したとして、どうやって逃げたんですか？　逃走用の車を用意していたのに、それ以外の方法で逃げる理由がありますか？　道路の監視カメラだって調べてるはずですよね？　あの日、夜に家を出た王力洪のバン以外に、彼らが乗っていた可能性がある車がありますか？」

警官は徐春洋の質問に顔をしかめた。図星なのだろう。彼等だって馬鹿じゃない。王力洪が怪しいことは分かっているはずだ。だが、王力洪の尻尾を摑めずにいる。藤浪と木下を容疑者にするというのも、どこまで本気なのだろうか。事件の解決を半ば諦めている可能性もある。

「お前たちに関係ないことだ。分かったらさっさと帰れ！」

警官は相手にするのが面倒だとでも言うように、窓を閉めて走り去っていった。

徐春洋は遠ざかるパトカーのテールライトを見ていた。二つの赤いブレーキランプが灯《とも》ると、山道に潜む野獣の双眸《そうぼう》のように思えた。倉庫の門の前で車が停まったのだ。

王力洪が倉庫にいる。彼はもちろん、あの警官を中に入れるだろう。

そう思った瞬間に、徐春洋の手はギアをドライブに変えていた。足はパーキングブレーキを外してアクセルを踏み込んだ。何かを考えていたわけではない。何かを考える余裕があれば、町に引き返していたはずだ。

隣のメアリーも驚いたようだが、口出ししなかった。徐春洋を信頼していた、というよりも二人とも自暴自棄だったのかもしれない。

徐春洋が車をパトカーの後ろに停めた時、まだ倉庫の門は開いていなかった。もちろん、驚いた警官はパトカーから出て来ると、徐春洋の車の窓を叩いた。

「ふざけるのも大概にしろ！　これ以上邪魔するなら、こっちだって黙ってないからな。お前、今すぐに車から降りろ！」

全く、自分は何をしたかったのか。一日中、雨の山道を探索して、何の成果もなかった。それどころか、警官を怒らせてしまった。まだ、ちゃんと謝れば許してもらえるかもしれない。徐春洋は車のエンジンを止めて、外に出た。

「お前たちは何を考えてるんだ！　俺を馬鹿にしてるのか？」

警官に押し退けられ、徐春洋は自分の車に背をぶつけた。

「お前らが俺たちをどう思ってるか知らんが、これ以上は警察に任せておけ。お前らが出る幕じゃないんだよ！」

「徐春洋！」メアリーが車から降りて徐春洋の腕を掴んだ。

「俺たちは、ただ王力洪が怪しいと思って……」メアリーの手前、簡単には引き下がれなかった。

「だから何だって言うんだよ？　だったら捜査の邪魔をするな！」

「今はそれどころじゃないの！　これを見てよ！」メアリーは徐春洋の目の前に自分のスマホを差し出した。

「お前たちは、揃《そろ》いも揃って何なんだよ？」警官は呆れたように言った。

「とにかく、これを見てよ」メアリーは警官にもスマホの画面を見せた。

「なんだ？　ああ、お前たちのところにも来たのか？　よく分からんが、最近俺のスマホにも同じように英語の迷惑メールが届いて困ってるんだ」

「迷惑メールなんかじゃないよ！　ちゃんと読みなさいよ」

それは木下からの、救助を求めるメッセージだった。

「彼らはここにいるんだよ！　まだ三人とも無事なんだ！　まだ助けられるんだよ！」

7　新月

「私たちは木下に救われました。王力洪の家で拘束されてから倉庫に運ばれるまでも、侵入できるネットワークを見つけてはメッセージを送り続けていたみたいです。倉庫の近くに来た警官やメアリー達に救助を求めたおかげで、私たちは解放され、王力洪は拉致監禁、殺人未遂で捕まりました」隆はやっと事件の顛末を話し終えて、一息ついた。

すでに夜の十一時を過ぎている。夕方ごろ、部屋が寒くなって来た時に、私たちはテーブルから炬燵《こたつ》に移動した。隆の部屋と違って、私の安いアパートは風がどこからか吹き込んでくるのだ。隆が買ってきたつまみや安いワインを飲みながら、彼の三ヵ月前の話を聞いている。

目の前の男が藤浪隆なのか、張月なのか、私には分からない。だが不思議なことに、ここ何年も感じたことのない親密さを覚えた。こうして小さな炬燵で膝をつき合わせているからだろうか。彼・彼女が経験した苦悩と、巻き込まれた事件の酷さを思うと胸が苦しくなった。

隆と張月がそうであったような感覚の共有なんて必要ない。私はただ、こうして隆と話をしているだけで、全てを受け入れることができる気がした。

私は隆のことを何も分かってあげられなかった。隆が苦しんでいる時に、それをただの不倫だと勘違いして騒ぎ立てた自分の愚かさを恥じた。もちろん、当時は隆も正直に話してくれなかったのだから、知りようがなかった。だが、それでも、なぜ、こうも愛した相手を信じてあげられなかったのかと思うと、いたたまれなかった。

「私たちは中国で治療を受けながら捜査に協力しました。〈同期〉に関しては話してません。王力洪に言った嘘を繰り返しました。連絡が取れずに心配して、張月からDV被害について聞いたから助けたかったのだと。ただ、メアリーと徐春洋の二人には本当のことを話しました」

「〈同期〉のことも話したの？」意外な一言に、私は思わず口を挟んだ。

「話さないわけにはいきませんでした。メアリーは張月に私と付き合うようにしつこく言ってましたから」隆は思い出したように苦笑した。

「二人は信じたの？」

「もちろん、最初は信じませんでしたけど、すぐに分かってくれましたよ。メアリーが張月にしか話していない秘密のことを、私が全部知ってましたから」

「なるほど。そうだよね」

「それよりも……」隆がこちらをじっと見た。

「あなたは信じてくれますか？　私と張月のこと、〈同期〉のこと。今日話したことを、信じてくれますか?」隆の視線は不安げだった。

「信じるよ。全部、信じる」私が言い切ると、隆は安堵《あんど》のため息をもらした。

「でも、やっぱり分からないの。結局、あなたは誰なの? 隆、って呼んでいいの?」

「隆と呼んでくれて結構です。今は木下も昔みたいに藤浪と呼んでいます。結局のところ、私は張月でもあって藤浪隆でもあるとしか言えないんです」

「変なことを聞きたくないんだけど、でもあなたと張月が同じ部屋で暮らしてるのは事実なんでしょ? 二人はお互いのことをどう思ってるわけ? どういう関係なの?」

「私たちは、生まれた時からお互いのことを全部知っている親友みたいなものです。それから、恋愛対象にはなり得ません。自分に恋することなんてできませんから」隆は嬉しそうに言った。

「正確な関係性を定義するのは難しいんです。これから話すことは私たちのチームが考えている仮説に過ぎないんですが……」隆は考えをまとめるように一息ついた。

「私は張月なんですが、張月は私ではないんです。非対称なんです。言うなれば、私は『張月』というフォルダに入っている『藤浪隆』というファイルのようなものなんです」

私は隆の言うことを理解しようとしたが、理解できているか分からなかった。

「あなたは『日本人』で『女性』で、『藤浪聡美』ですね。日本人であること、女性であることが、あなたを説明する要素、もしくは属性であるとも言えます。が、それだけであなたのことを理解できるわけではありません」

「うーん」私は低く唸り声を漏らす以上のことはできなかった。

「分かった、って言いたいけど、どういうことなのか分からないな」

「ですよね」隆は困ったように笑い、ワインの最後の一杯を飲み終えた。

「たとえば、あなたは『張月』という樹《き》の『藤浪隆』という葉みたいなもの？」私が言うと、隆は大きく頷いた。

「もしかしたら、それが一番いい表現かもしれませんね。結局のところ、何が起こっているのか、まだほとんど分かっていないんです。でも分かったこともあります。張月と私が同じタイミングでカチューシャを使ったから、〈同期〉が起こりました。私たちの脳が、思いもしなかった形で交信を始めたのです。カチューシャはウェアラブル・デバイスですから、脳に埋め込むBMIとは違って不要なノイズを多く受信します。そのノイズだと思って無視していたものに、私たちが予想もしないものが混ざっていたのだと思います。人の精神、意識、心もしくは魂。なんと呼ぶのが正しいのか分かりませんが、アイデンティティの根幹を成すものでしょう」

「難しい話は分からないけど」私は面倒な話はしたくなかった。隆に何が起きているのかだけ知りたかった。「じゃあ、なんで隆が張月になって、その逆じゃないの？」

「実は、この非対称性はどこにでも見られるものなんです。誰の脳の中でも起こっていることだと言えます。人の脳は右脳と左脳に分かれています。そして通常、どちらかの脳が優位性を保っています」

「右脳型とか左脳型ってこと？」

「まぁ、通俗的な話は置いておくとして。実は右脳と左脳、それぞれに別々の意思があると言われています。別々の意思があると、人は何をするにも判断に困ってしまいますよね。この両半球のうち、どちらかが優位性をもつことで、人は統合性を保っています。つまり、普通はどちらか一方の意思だけを自分の意思として採用しているんです」

隆は話しながら私の表情を窺った。話について来られているか気にしているようだ。

「この両半球を繫ぐのが脳梁《のうりょう》という部分なのですが、何らかの理由でこの脳梁にダメージがあると、この統合性が失われます。つまり、右脳と左脳が別々の指示を身体に出すのです。たとえば、右手で煙草を吸おうとして火をつけたら、左手がその煙草をすぐに消してしまったり。もしくは右手でシャツのボタンを留めようとして、左手がボタンを外そうとするなんてケースもあるようです」

「うーん、話が難しくなってきたな。結局、何が言いたいの？」

「要するに、普通の人の中にも二つの別々の人格があるんです。どちらかが選択されて、どちらかが無視されている。私と張月の脳がカチューシャで仮想的な繫がりを得た時、それは右脳と左脳のように繫がりあったのです。二人の脳が一つの仮想の脳として統合されました。その時に、私たちは二人とも張月として統合されたのです。つまり、脳の機能を主として考えるなら、私たちは二人で一人だとも言えます」

私は話についていけなくなってしまった。隆は何を言おうとしているのだろうか。

ただ、黙りこみ、隆が話を続けるのに任せた。

「すみません。関係性を聞かれたから正確に答えようとしたのに、逆に混乱させてしまいましたね。最初に言った通り、生まれた時からずっと一緒にいる親友、くらいの認識で結構ですよ」

隆が話し終わると、部屋は静かになった。風が強くなってきたようで、隣のアパートのトタン板がバタバタと音を立てている。耳を澄ますと通りを走り抜けていくバイクの音や、夜に散歩している犬の鳴き声も聞こえる。そこにはいつもと変わらない日常があった。

「ねえ、それってどんな感じなの？　カチューシャを装着した後は気分が良かったって言ってたけど。でも右脳と左脳みたいに、あなたが張月に統合されたのだとしたら、本来のあなたは抑圧されてるの？　今はどんな風に感じてるの？」

「きっと分かってもらえないと思いますけど」隆は前置きした。

「抑圧されているという感じではありません。むしろ、藤浪が張月に守られている、包まれている、肯定されている、赦されている、満たされている、そのように感じます。私は水で張月が器であるような、そんな状態です。彼女が存在しているから、自分が形を保っていられるような。自分が異常な状態にあるというより、本来あるべき姿を取り戻したような気分です」

隆は嬉しそうに言った。その表情に嘘はなかった。

だが、やはり私には分からなかった。

「いっぱい話をしたので、疲れちゃったでしょう。遅くなったので、もうそろそろ私は帰ります。離婚の件も、あなたの意思を尊重します。条件があればなんでも言ってください」

隆が炬燵から出ようとしたので、彼の手の上に自分の手を重ねて止めた。

「まだでしょ？　まだ言ってないことがある。張月との約束を忘れたの？」

隆は照れたように、自分の頭を右手で掻《か》いた。

「そうですよね。本当は、今までの話はどうでもいいんです」隆はそう言うと、一息ついた。

「あなたを愛してます。あなたはいつも私のそばにいてくれた。あなたを大事にしなかったことを後悔してます」

隆の照れた表情を見て、私は確信した。

「あなたはやっぱり張月じゃない。今までの隆じゃないけど、完全に彼女になっちゃったわけじゃない。あなたが彼女だったら、事件の経緯なんて置いておいて、最初にそれを言うんじゃない？」

私の言葉に、隆は困ったような表情をした。

「私も愛してる。あなたが誰であっても構わない。私はあなたのことを愛してる」

私は重ねた隆の手を握った。

「今日はもう遅いし、泊っていけば？」

私たちは狭いベッドの中で一緒に夜を過ごした。

抱きしめた彼の身体は、昔と変わらない。久しぶりの温《ぬく》もりに、思わず涙が出そうだった。

隆はすぐに寝てしまった。きっと隆も私と一緒にいることで安心したのではないだろうか。こんなに密着して寝るのなんて、何年ぶりだろうか。

私は隆の言葉をずっと考えていた。人の中には二つの意思が存在している。それを一つに統合しているだけなのだ。私は自分が自分であることを疑ったことなどなかった。恐らく、普通の人はそんな当たり前のことを改めて考えたりしない。自分が自分であること、自分以外に自分がいないことは当然のように思える。

王力洪は張月を監禁していた。彼女は周りとの接触を制限され、自分の声をあげることができなかった。私の中にも、私が無意識のうちに監禁しているもう一人の私がいるのだろうか。恐らく、そういうことなのだろう。私が、知らず知らずのうちに閉じ込めてしまったもう一人の私は、私のことをどう思っているのだろう。さっき隆が言ったように、私に守られているように感じているのだろうか。それとも、外に出たがっているのだろうか。そんなことを考えても、どうなるものでもない。だが、考えずにいられなかった。

私も脳梁という部分にダメージを受けてしまえば、もう一人の自分が出て来るのだ。その自分はどんな人間なのだろうか。自分とは似ても似つかない人間かもしれない。暴力的かもしれない、嫉妬深《しっとぶか》いかもしれない。私よりもずっと優れた、素敵な人の可能性もある。

世界には八十億以上の人がいて、その八十億人の中に、声を持たない八十億人がいるのだ。

張月と隆は一人の人間になった。

もしもカチューシャを使えば、私も隆のようになるのだろうか。

「ねえ、隆、起きてる?」私は隣にいる隆を揺さぶった。

「うん……」隆は寝ぼけたような声を出した。

「私もカチューシャを使ったら張月になれるかな? 私もあなたと張月と同じ人間になれる?」

「うん……、可能性はあると思う……」隆は一言つぶやくと、そのまま寝てしまった。

翌日、私がカチューシャを試したいと言って一番喜んだのは木下だった。木下は何度か試していたが、〈同期〉を経験できていなかった。結局のところ、タイダルが申請した就労ビザで日本に来た張月と隆の二人を観察する他なかった。被験者を増やすことは〈同期〉現象を研究する上で重要な課題だった。まだ公にできるような段階ではなく、タイダルの他の社員たちは隆の変容する様子を見ていたこともあり、カチューシャを着けてみたいと思うような酔狂な者はいなかった。

「僕はBMIを入れているから、それが邪魔してるのかもしれない。もし聡美さんも〈同期〉に加わったら、どうなるのか予想もつきません。聡美さんも張月になるのか、それとも残りの二人が聡美さんになるのか」

木下の話を聞いている内に、事務所に張月が入って来た。彼女は私の顔を見て、足を止めた。グレーのトレンチコートに淡いブルーのバッグ。以前会った時には隆の愛人だと勘違いして、嫌な女だと思った。彼女を勝手に憎んでいた。彼女の華奢な身体の、服に隠された素肌はどれだけ傷を受けてきたのだろうか。私はそれを知りたかった。

私は最初に張月を見た時に、厚化粧の女だと思った。だが、それは事故の傷を隠すための化粧だった。彼女の痛みも、苦しみも、何も考えようとしなかった。

彼女は私に優しく微笑み、それから視線を逸らした。きっと私の気持ちを考えてそうしたのだろう。私は彼女の方にゆっくりと歩み寄った。

彼女の目の前まで行き、そして何も言わずにそっと抱きしめた。

私は昨日、隆に愛してると言ったのだ。それは彼女を愛することでもある。そして、私は彼女のことを愛するだけでなく、彼女になろうとしている。

なんでそんなことをしようと思っているのか、自分でもよく分からない。もしかしたら張月と隆の関係に嫉妬しているのかもしれない。私の脳は統合されているはずなのに、それでも自分の考えを正確に理解することすら難しい。自分で思っているほどに自分というものの手綱を握れていないのかもしれない。

私は彼女の身体に回した腕を解き、彼女の両手を握った。

「ごめんなさい、あなたのことを誤解してた」私が謝ると、彼女は首を横に振った。

「私のほうこそ。勝手にあなたのことを理解した気でいたの。あなたにとって私はただの他人に過ぎなかったのに」

彼女の言葉を聞きながら、私は確信した。私は彼女に嫉妬しているわけではない。

隆の言葉に心惹かれたのだ。本来あるべき姿に戻ったのだという彼の言葉に。

彼女が存在しているから、自分が形を保っていられるのだという言葉に。

私はその感覚を知りたかった。

「〈同期〉が起こるかどうか、誰にも分かりません。もし何も起こらなくても、ガッカリしないでください」木下の言葉を聞きながら、私はタイダルの倉庫に並べられたベッドに仰向けに寝た。隣のベッドには隆が、その奥には張月が寝ている。

「カチューシャを装着して電源を入れると、突然感覚がなくなると聞いてます。意識はそのままだそうなので、落ち着いてください。もし何か起きたら――」

頭にカチューシャを着けて、ボタンを押した途端、木下の声は聞こえなくなった。

○

何も見えない、何も聞こえない、何も感じない。

夜の闇のように黒い空間の中に、自分が存在しているという意識のみがあった。

隆から聞いていた、〈同期〉が起こったのだろうか。

もしそうなら、きっとオフィスで木下が小躍りしているだろう。

私は張月や隆と違い、何が起こるか分かっていながら、カチューシャを着けた。だからこそ心の準備ができていたが、そうでなければ間違いなくパニックになっていただろう。

これから何が始まるのか、私は心待ちにしていたが、しばらく何も起こらなかった。

私は本当に張月になってしまうのだろうか。その時に何を感じるのだろうか。

今、私がいる場所はどこなのだろう。星のない宇宙のようにも思える。

気が付くと白いものが見えた。

雪が降っている。

ゆっくりと風に揺れる雪の白さが、心の奥深くに沈んでいた何かを思い起こさせる。

私はじっと雪を見ていた。だが、それは雪ではなかった。

私は台所に立って、お母さんが米粉をふるいにかけているのを見ている。

私はまだ子供で、目の高さは調理台の少し上に出るくらいだ。

「下雪了」私が言うと、お母さんが笑った。

お母さんはダマをとった粉に水を加え、まな板の上で力を込めて捏《こ》ねる。私はお母さんの作業を見ているのに飽きて、居間でテレビを見始めた。

やがて台所から金木犀のいい香りが漂ってきて、私はテレビを消す。

「いつかあなたにも作り方を教えてあげるからね」

お母さんがテーブルに菊茶と、作ったばかりの必勝餅を用意すると、寝室からお父さんが出て来た。

次の瞬間、また暗闇の中に引き戻された。

闇夜に浮かぶ月が見える。

よく見るとそれは本物の月ではなく、水を張ったバケツだった。

私はそのバケツにモップのような筆を浸して、道路に李白の詩を書く。

おじさんの手本を見ながら真似をして、やっと書き終えると、私はモップをバケツに戻した。

中の水が揺らめくと、バケツは白い壁を丸くくりぬいた月亮門に変わった。

私は沈先生と劉項の後を追って、門を潜《くぐ》り抜《ぬ》けて渓冷印社へと入っていく。

風流な庭を横目で見ながら、東屋へと向かう。

私たちは先生の話を聞きながら、ガリガリと石を削る。

彫り終わったばかりの印章をポケットに入れ、月亮門を通って帰ろうとする。

目の前の丸い門がぼんやりと揺らめくと、いつのまにか川の水面に映った橋に変わる。

大人になった私と劉項がその橋を目の前にして立ちすくむ。

私は妊娠したことを劉項に告げ、その場で抱き合う。


私は雨の中で泣いている。劉項の墓の前で、いつまでも泣いている。

雨が私から何かを削り落としていく。私は何も感じないまま、弱っていった。

私は虚しい日々を過ごしていた。昔の記憶に縋《すが》りつこうとして、闇雲に文字を書き、石を削った。

やがて、王力洪と出会うと、少しばかり前向きな気分になれた。何年もどん底にいる気分だった自分を、好きだと言ってくれた。私は彼と一緒になった。彼は次第に私を束縛するようになった。私は、また少しずつ弱くなっていった。

世界が色を失い、闇に蝕まれていく。

だが、それで終わりではなかった。

私は私の顔を見つけた。それは隆が見た私だった。

張月だけでなく、隆の記憶が流れ込んでくる。

記憶、感覚、感情。それは隆を隆たらしめるものだ。
私の中に張月と隆がいる。
李白が月と影と踊ったように、私は一人であって一人ではなかった。

私はタイダルの倉庫で目を覚ました。
上半身を起こして隣のベッドを見ると、そこに私がいた。
その奥のベッドにも、やはり私がいた。
私たちは互いに見つめあい、言葉に出さずに理解しあった。
分断されていたものが繫がりあったのだ。

8　無限の月

私は一人だった。

死ぬまでずっと一人なのだろうと思っていた。

いつからか、あなたが私のもとへ来るようになった。

夢を見る時、私たちは一緒だった。

目を覚ませば、また一人になってしまう。

それでも、あなたがまた来てくれると分かっているだけで、私は満ち足りていた。

やがてもう一人加わって、私は三人になった。

それから何年も私は三人のままだった。

しばらくすると一人、また一人と増え続け、千人を超えてからは指数関数的に膨《ふく》れ上《あ》がり、すぐに一億人を超える存在になった。

そして、それは私だけではなかった。

他にも六人の集合的人格が現れ、集合的人格を共有する者は五十億人に上った。世界人口の半分以上が〈ホモ・コネクサ〉と呼ばれる、人格を共有した人間になったが、集合的人格を脅威に思う人たちや、人格共有に反対する組織や国家も存在した。

人格共有はコミュニティや社会そのものの意義を変えてしまうものだったので、敵視する団体は多かった。既存の宗教は人格共有をすることで魂が失われると説いたが、〈ホモ・コネクサ〉が犯罪を起こすことはなかった。

私も、その他の集合的人格も、互いに争うことはなかった。

私たちが本質的に一つのものだと知っていたからだ。

私たちは国境や海を越えて、自分を助けるようになった。私たちの存在が自助努力という言葉の意味を変えてしまった。

経済界の大物たちは〈ホモ・コネクサ〉の存在が社会から競争を排除し、経済が衰退するのだと主張した。それは正しかった。

私たちは古典的なゲーム理論では説明ができない存在だった。生きるために利己的である必要がないのだ。私たちは自由主義経済を必要としなくなっていた。私たちはローカルであり、同時にグローバルだった。奪い合う理由がなく、ただ必要なものを分け合った。

家を出れば何人もの自分とすれ違う。私は私のことを知っている。つまり、彼、彼女らのことを。老いも若きも、肌の色が違っても、使う言葉が違っても、みんな私なのだ。すれ違いざまに微笑むと、私が微笑み返す。

私以外の〈ホモ・コネクサ〉を見ても、それが誰なのかなんとなく分かった。人格共有者の友人がいれば、その友人と同じ人格を共有している人たちからは同じ雰囲気を感じるのだ。もちろん雰囲気だけでなく人格を共有しているので、たとえ初めて会った相手だとしても、その友人と同じ付き合いが問題なくできる。

今日、私はラオスで稲作をしているが、昨日は別の私が宇宙ステーションから地球を見たし、また別の私が北極《ほっきょく》でオーロラを撮影した。

〈ホモ・コネクサ〉は不安や恐怖、貧しさとは無縁で、個人のままでいる人間とは根本的に生き方が違う。それは態度や表情に大きな変化をもたらした。

人格共有に反対する個人は〈ホモ・コネクサ〉を異質な存在として恐れ、同時に妬んだ。

私たちは個人を憐れに思った。彼らの古い生き方を尊重する以外に、私たちにできることはなかった。


ある日、私は今までとは違う夢を見た。

夢の中で、私は日本人だった。大学に進学したばかりで、まだ友人がいない女の子。

そのようにして、八億人の張月が一夜にして山岸汀《やまぎしみぎわ》となった。混乱は全くなかった。私が張月であった記憶はなくならず、そのまま山岸汀になったのだ。

その一ヵ月後、張月は胃癌《いがん》で亡くなった。

私は増え続け、私の一部は死んでいき、変わり続けた。

いくら変わろうと、私は私のままだった。

山岸汀が殺された時、十二億人が一斉に死を経験した。

それは単なる一人の殺人ではなく、前例のない大量殺人でもあった。

集合的人格を突然奪われた人々は混乱し、〈ホモ・コネクサ〉を巡る問題が炙《あぶ》り出《だ》された。

だが事件の真相が明らかになると、世界はやがて落ち着きを取り戻した。


人は個人として、隔絶された状態でこの世に生まれ落ちる。

アイデンティティという幻想が、人を個人たらしめる。

自分自身という狭い檻《おり》に閉じ込められた状態に不満を覚え、個人は常に別の誰かの身体や心、物を欲した。

自分自身以上の存在であろうとして、他人を支配し、富を独占した。

死後に残る何かを創造しようと苦心し、子孫に執着した。

だが、右手と左手で奪い争うような、不毛な個人の時代はやがて終わりを告げた。


たった一人の私は夜の帳《とばり》が降りると、無数の私と溶け合う。

無数の細胞が一人の人間を形作るように、無数の私でできたシステムこそが私の本質だった。

波が月に引かれ干満を繰り返すように、私は眠ると大海となり、一滴の雫として目を覚ます。

夢で繫がることは、無意識の呼吸のように、脈打つ鼓動のように、自然な循環だった。

それを忘れることさえなければ、私も私以外の人間も、人は全てで一つの存在であった。

本書は、書き下ろし作品です。

※この物語はフィクションです。
実在するいかなる個人、団体、場所なども
一切関係ありません。

須藤古都離

すどう・ことり

１９８７年、神奈川県生まれ。青山学院大学卒業。
２０２２年、「ゴリラ裁判の日」で第64回メフィスト賞を満場一致で受賞。
２０２３年３月、同作で単行本デビュー。
２０２３年７月、２冊目の著作『無限の月』（本書）を刊行。

イラストレーション　田渕正敏
ブックデザイン　鈴木成一デザイン室

無限《むげん》の月《つき》

2023年7月10日　第1刷発行

著者　須藤古都離《すどうことり》
発行者　鈴木章一
発行所　株式会社講談社
東京都文京区音羽2-12-21　郵便番号112-8001
電話　編集　03-5395-3506
販売　03-5395-5817
業務　03-5395-3615

本文データ制作　講談社デジタル製作
印刷所　株式会社KPSプロダクツ
製本所　株式会社国宝社

N.D.C.913 318p 19cm　ISBN 978-4-06-532230-7

KODANSHA

第3作

ゾンビがいた季節

須藤古都離

2024年春刊行予定